太閤暗殺

秀吉と本因坊

坂岡真

幻冬舎

太閤暗殺

秀吉と本因坊

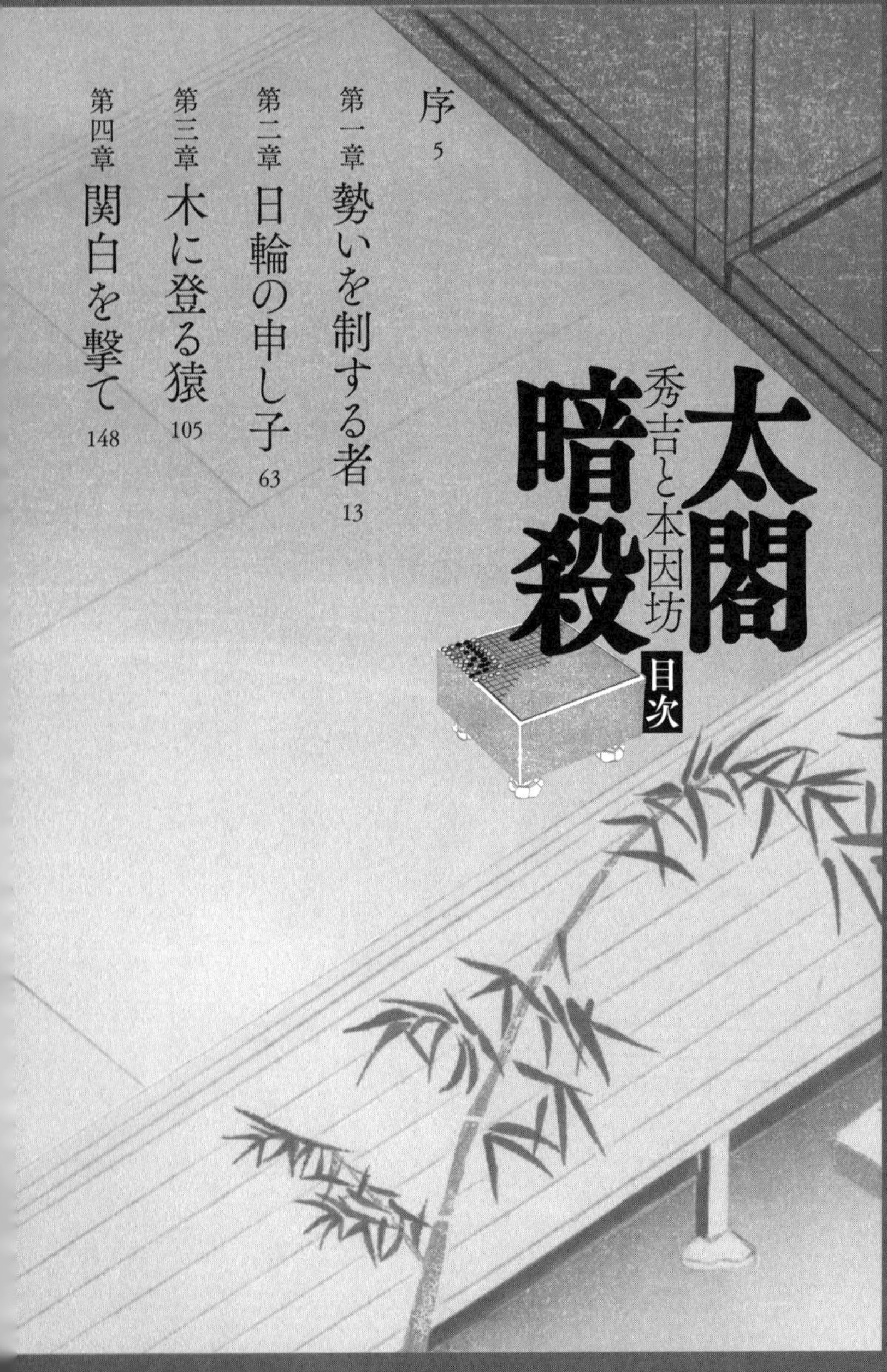

太閤暗殺

秀吉と本因坊

目次

装幀　芦澤泰偉
装画　卯月みゆき

序

京の東寺口《とうじぐち》から南西へ三里、大坂湊《おおさかみなと》へ通じる淀川《よどがわ》の起点に山崎《やまざき》はある。

妙喜庵《みょうきあん》は山崎の天王山《てんのうざん》の麓にあり、山陽道沿いにひっそりと建つ臨済宗《りんざいしゅう》の古刹《こさつ》だ。

本能寺《ほんのうじ》の変が起こった年の秋に、本因坊算砂《ほんいんぼうさんさ》はこの寺を訪れた。変の前夜に信長《のぶなが》公と碁を打っていたことが秀吉《ひでよし》の耳に入り、本能寺で見聞きしたことをつまびらかにするために呼ばれたのだ。

秀吉は信長公の骨を探していた。おそらく、織田《おだ》信長という恐懼《きょうく》すべき化物がこの世から消えたことを、おのが目で確かめたかったのだろう。

備中高松《びっちゅうたかまつ》から大返しをやりおおせた秀吉は、変からわずか十一日後、この山崎で明智光秀《あけちみつひで》と争い、主君信長の仇《かたき》を討った。そののち、天王山城のなかに築かれた茶室が麓の妙喜庵に移され、しばらくのあいだ、ご機嫌伺いに訪れる諸将の接待場に使われた。

茶室の名は待庵《たいあん》という。

わずか二畳の侘《わ》びた風情の茶室を世に問うてみせたのは、秀吉の茶頭《さどう》となったばかりの千利休《せんのりきゅう》にほかならない。

その当時、日海《にっかい》と法名で呼ばれていた算砂は仄暗《ほのぐら》い待庵に導かれ、死の予感に震えながら主人を待ちつづけた。信長公の最期を知る者として正直にすべてを語らねば、生きては帰れぬ土壇場《どたんば》に繫《つな》がれたような心地だった。

されど、秀吉はあらわれず、一服の茶も呑まずにこの地を去ることとなった。

爾来《じらい》、訪れることはなかった。

秀吉と利休が鬼籍《きせき》に入ってから何年も経ち、算砂はふたたび待庵へ招じられた。

慶長《けいちょう》十九（一六一四）年、文月。

招じた相手の心は読めぬ。権大僧都《ごんのだいそうず》の僧位と本因坊の号を許され、徳川《とくがわ》幕府に設けられた碁所《ごどころ》の頂点に君臨する身となり、多少のことでは動じぬ胆《きも》の太さも養ってきたつもりであったが、駿府《すんぷ》からの使者を介して「待庵へ足労せよ」と命じられた際には、凶兆《きょうちょう》を抱《いだ》かざるを得なかった。

天王山に聳《そび》えた城は疾《と》うに廃され、小高い山は草木に覆われている。

緑の狭間に白々とみえるのは山法師《やまぼうし》であろうか。

乗合船や荷船の行き交う淀川の土手には、藤袴《ふじばかま》や女郎花《おみなえし》も咲きはじめている。

日照りつづきの夏はようやく終わり、摂津《せっつ》との国境に位置する山崎には秋の気配が訪れつつあった。

算砂は覚悟を決めて石段を上り、妙喜庵の山門を潜《くぐ》った。

本堂の脇から露地《ろじ》を抜け、重い足取りで柿葺《こけらぶ》きの庵へ向かう。

蹲踞《つくばい》の冷水で手を浄め、数歩進んでほっと息を吐き、腰を屈《かが》めて躙《にじ》り口を開けた。

正面奥にみえる四尺幅の床には「放下著《ほうげじやく》」と禅語の墨書きされた横幅の広い軸が掛けられ、左奥の隅《すみ》切《き》りでは茶釜が湯気を立てている。

忽然《こつぜん》と、三十二年前の記憶が甦《よみがえ》ってきた。

葦《あし》組《ぐ》みを塗り残した背後の下地《したじ》窓《まど》も、一面に煤《すす》の刷《は》かれた荒壁《あらかべ》も、あのときとまったく変わらない。部屋の隅や天井が丸みを帯びているのは、藁《わら》寸《す》莎《さ》を混ぜた壁土で柱や廻り縁を隠すように塗りまわしてあるからだ。

右手の連子《れんじ》窓《まど》からは、淡い光が射し込んでいる。

算砂は衣擦《きぬず》れとともに膝行《しっこう》し、連子窓を背にして客畳《きゃくだたみ》に控えた。

躙り口では息苦しくなるほど狭く感じられたのに、座ってみれば存外に広い。見上げればよくわかる。後方から前方に向かって、次第に高くなっていく掛け込み天井のせいだった。

さよう、あのときと同じ。

息を殺して主人を待つあいだ、菩《ぼ》薩《さつ》の胎内《たいない》で生命《いのち》のはじまりに触れているような奇妙な感覚に陥っていた。

やがて、左手正面の襖《ふすま》が開き、次の間から主人があらわれた。

右手をこちらに向けて黙然と座り、おもむろに茶杓《ちゃしゃく》を取りあげる。

黒楽茶碗《くろらくちゃわん》に湯を注ぎ、茶筅《ちゃせん》を器用にさくさく振りはじめた。所作《しょさ》は堂《どう》に入《い》っており、枯《こ》淡《たん》の風格を漂わせている。碁を打てば感情の起伏が手に取るようにわかるのに、茶室のなかでは心の揺らぎが少しも感じられない。淀みなく流れる大河のごとく、悠久の時の流れをおもわせる佇《たたず》まいであった。

膝前に置かれた黒楽茶碗を、算砂は掌《たなごころ》に包みこむ。

左右の肘を張り、ずずっとひと息に飲み干し、無骨な茶碗に釉薬《ゆうやく》の描いた模様を光に照らしながら眺めまわす。

「よきお点前《てまえ》にございました」

「ふん、さようか」

鼻で笑った主人は大御所《おおごしょ》、徳川家康《いえやす》にほかならない。

頭髪は雪をかぶったように白いものの、艶《つや》やかな肌をみれば古希《こき》を過ぎた老人にはおもえぬ。骨太で大柄な佇まいは、そもそもこの待庵を築いた主人のすがたと重なってみえた。

「利休は七十で腹を切った。一介の商人ずれが死に花を咲かせるべく、武将のまねごとをしてみせたのじゃ」

家康の声は怒気をふくんでいる。

「人知れず静かに逝《い》けばよいものを、何故《なにゆえ》、あのように派手な死に様を晒《さら》したのか。今さら、言うまでもあるまい。名状し難い恨みを、太閤《たいこう》におぼえておったからじゃ。されど、利休は死んで茶の湯の真髄《しんずい》を世に残した。戦いに明け暮れた武将どもは、二畳の茶室に招かれることを何物にも代え難い栄誉に感じ、つまらぬ茶道具ひとつに一国以上の価値を見出そうとする。時として人は、嘘《うそ》と真実《まこと》の見極めがつかぬようになる。算砂よ、その理由がわかるか。碁打ちのおぬしに、利休の心がわかるか」

吐息が掛かるほどの近さから、家康が睨《にら》みつけてくる。

もはや、算砂は死んだも同然であった。

「ふっ、いつぞやであったか、信長公の御首級《みしるし》が何処《どこ》にあるのか、おぬしに尋ねたことがあったな」

四年前の師走《しわす》、駿府城でのことだ。本能寺が炎に包まれた顚末《てんまつ》は語ったものの、肝心の問いについては知らぬ存ぜぬの一点張りで切り抜けた。

「この待庵で、同じ問いを利休に投げたのじゃ。忘れもせぬ、天正《てんしょう》十四（一五八六）年神無月《かんなづき》二十六日、翌日には大坂城で秀吉に頭を下げる段取りになっておった。由緒正しき大大名が由来無き猿のごとき男の臣下となる。それが全国津々浦々に遍《あまね》く伝わってしまう」

生涯一の屈辱を味わうまえに、どうしても知っておきたかったのだという。

「あのとき、秀吉だけが手に入れた尋常ならざる勢いの正体を。信長公の御首級を探しあて、その御《み》霊《たま》と語らった者でなければ、あれだけの勢いは生まれぬ。もし、御霊と語らっておるのであれば、秀吉が信長公から天下を譲られたものと認めよう。そこまでおもいつめ、わしは待庵を訪ねたのじゃ」

ふと、家康はことばを切り、さきほどの黒楽茶碗に冷めかけた湯を注ぐ。

茶碗を片手でひょいと持ちあげるや、ごくごくと湯を飲み干した。

「利休はこたえた。『百姓にもなれぬ河原者が壊れかけた世をつくりなおす。これぞ下克上の最たるもの』と、賢《さか》しらげに発してみせた。信長公の御首級なぞ、もはや、何の役にも立たぬとでも言わんばかりにな。わしの企《くわだ》てはいったい、何処で狂うてしもうたのか。明智光秀とはからい、信長公亡き後は天下を譲りうける算段でおったに。内々で朝廷に掛けあい、征夷大将軍《せいいたいしょうぐん》に推挙される道筋もできあがっておったに。横槍《よこやり》を入れた猿は天下普請《ふしん》で大坂城を建て、公家《くげ》どもを謀《たばか》って帝《みかど》を取りこみ、ぁれよという間に紛《まが》い物の天下を築きあげた。されど、おぬしも知るとおり、わしはあきらめの悪い男でな……ふっ、それにしても、長すぎたわ。猿に頭を下げてから、二十と八年じゃ」

豊臣の残党を狩るのに途方もない年月を掛けてしまったと、家康は口惜《くちお》しげに吐き捨てる。

「伏見《ふしみ》の方広寺《ほうこうじ》へ立ち寄ったついでに、この山崎へ参ったのじゃ。南禅寺《なんぜんじ》の偉い坊主が鐘楼に刻まれた銘文に難癖をつけおってな、ことに『国家安康《こっかあんこう》』と『君臣豊楽《くんしんほうらく》』の二句などは『安の一字で家康を断ち、豊臣を君として楽しむ』との悪意が隠されており、とうてい勘弁ならぬと抜かす。ふふ、見逃してもかまわぬような些細《ささい》なはなしじゃが、上棟式は来月早々と定められておる。延期を命じれば、大坂城の連中は怒りあげ、いやが上にも徳川打倒の機運が盛りあがるに相違ない。怒りの炎に油を注ぐのが狙いよ。早ければこの冬、二条城から二十万の軍勢を押しだすことと相成ろう」

驚いた。この御仁《ごじん》は古希を過ぎても、戦いを止《や》めようとせぬのか。

呆《あき》れてことばを失ったが、算砂は感情をわずかも顔に出さない。

「宿願じゃ。いよいよ、豊家《ほうけ》を葬ることができる。されどな、今ひとつ納得がいかぬ。確乎《かっこ》たる大義が欲しいのじゃ」

合戦の大義を得るために、わざわざ呼びつけたというのか。

「算砂よ、いったい、秀吉は誰に毒を盛られたのじゃ」

家康は唐突に問いを放ち、鼻が触れるほどまで顔を近づけてくる。

「わしはな、淀ではないかと疑《うたご》うておる。まんがいちそうであったならば、秀吉恩顧の連中は大坂城に寄りつくまい。淀の庇護《ひご》する秀頼《ひでより》を守るべき理由を失うのじゃからな」

寄りつく者があったとしても、確実に士気は下がろう。

それにしても、何故、この身に太閤殺しの真相を問うのか。

「教えてつかわそう」

家康はふいに面前から身を離し、囁《ささや》くように語りかけてきた。

「服部半蔵《はっとりはんぞう》は知っておろう。伊賀の忍びを束ねる首領じゃ。その半蔵が申しておった。ほとけになった秀吉は、右手に那智黒《なちぐろ》の碁石を握っておったとな」

どきりとした。

秀吉とは何度か碁を打ったが、いかなるときも五子《ごし》の手合《てあい》で先手の黒石を選んでいたからだ。

しかも、半蔵は天下分け目と称された関ヶ原の戦いののち、とある咎人《とがびと》から謎めいたことばを聞いたという。

「『太閤殺しは本因坊に聞け』と咎人は発し、舌を嚙《か》み切ったそうじゃ」

「えっ」

「ふふ、驚きおったな。頭の片隅にあったのじゃが、おぬしと碁に興じるとつい忘れてしまう。それゆえ、駿府や二条城ではなく、この待庵で問うことにした。おぬしはおそらく、詰め碁の答を知っておる。わしを誑《たぶら》かそうとしても無駄じゃぞ、本因坊算砂」

刃物のような眼差《まなざ》しを向け、家康はこちらの動揺を見透かそうとする。

心ノ臓は激しく脈打っていた。だが、算砂は見透かされまいと、みずからを明鏡止水《めいきょうしすい》の境地に導いていく。

闇は深まり、沈黙が重くのしかかってきた。

太閤殺しの真相など語りたくもないし、語っても信じてはもらえまい。

いずれにしろ、はなせば長いはなしになる。

このまま口を閉じつづけていれば、あきらめてくれるのではあるまいか。

それが甘い考えであることはすぐにわかった。

「さて、もう一杯茶を点《た》てて進ぜよう。日暮れまで、時はたっぷりあるゆえな」

家康は凄味《すごみ》のある笑みを浮かべ、茶筅をさくさく振りはじめる。

無論、天下を掌中に収めつつある人物の所作に、一分たりとも隙などあろうはずはない。

第一章　勢いを制する者

一

――三十二年前、天正十（一五八二）年水無月《みなづき》。

織田信長は死んだ。本能寺で死んだのではない。京を脱して安土《あづち》へ逃れたものの、長筒を使う雑賀《さいか》の刺客に眉間を撃ち抜かれて死んだ。

刺客の名は真葛《まくず》、信長によって「根切《ねぎり》」の仕打ちを受けた一向衆門徒でもあった。

雑賀衆を率いる鈴木《すずき》孫一《まごいち》に拾われ、狙った獲物は百発百中で仕留める冷徹な鉄砲撃ちとなった。一族郎党を滅ぼした信長の命を狙い、洛中《らくちゅう》に南蛮寺が落成した際（天正四年秋）と安土城下の石部《いそべ》神社で相撲の会が催された際（天正九年秋）の二度までは仕損じたものの、三度目で宿願を果たした。

これも運命の悪戯《いたずら》なのか、日海は信長の操る愛馬の背に乗り、炎に巻かれた本能寺から安土のセミナリヨ（神学校）へと逃れた。真葛に手渡されていた麝香《じゃこう》の匂い袋が、信長の死を手繰《たぐ》りよせることになるとも知らずに。

――わたしとおもって、肌身離さずお持ちください。

麝香の芳香は、炎の記憶を鮮明に呼び起こす。

真夜中、静寂に包まれた本能寺で、日海は信長と対局をおこなった。

信長は白に海老茶《えびちゃ》を対比させた片身替わりの着物を纏《まと》い、いつになく寛いだ表情で盤上に黒石を置いた。ともに高目《たかもく》からはじまり、日海が手堅く縦横へ繋ごうとすると、信長は斜めに跳ねたり、横に二間開いたり、定石《じょうせき》とはちがう手を打ってきた。やがて、盤面は左下隅から右上隅の攻防へと移り、布石の段階で白石は隅に追いやられていった。日海が白石を打つと、信長はかぶせるように黒石を置いてくるのである。

「二眼《にがん》は生き、一眼《いちがん》は死ぬ。死活《しかつ》とは、よう言うたものよ」

信長は盤面をみつめてつぶやいた。

「織田にとっての二眼は、光秀と秀吉じゃ。実力の拮抗する者を競わせてこそ、織田が生きのびて繁栄する余地はある。どちらかが欠けて一眼になれば、死活じゃ。定石どおり、織田は滅びよう。ふふ、囲碁とはおもしろいものじゃ。盤上に石を置いていくと、霧が晴れたように世の中の動きがみえてくる」

大局観を語りながらも、信長は身近に迫る凶兆を予期していなかった。身内や側近の裏切りを平然と口にしながらも、実際にはあり得ぬことと高を括《くく》っていたのだ。

対局は中盤に差しかかり、右上隅では白石と黒石とが鬩《せめ》ぎあい、戦いは左下隅から中央へと拡がる気配をみせた。けっして不利な情況ではないが、勝てる気がしなかったのをおぼえている。

そのとき、対局に集中するあまり、日海は弥助《やすけ》が部屋にいるのに気づかなかった。弥助とは黒檀《こくたん》のごとき肌を持つ者、イエズス会巡察師のヴァリニャーノが遠い国から連れてきた従者だ。信長は弥助の生まれた国がとんでもなく広い平原であり、奴隷となって日の本へたどりつくまでに途方もない年月が掛かったことを教えてくれた。そして、弥助のたどった道筋から世の中の大きさを知り、知った以上はどのような手を使ってでも駒を進めねばなるまいと、眸子《まなこ》を輝かせた。

日海はそれより以前に雑賀の鷺森御坊《さぎもりごぼう》へ導かれ、鉄砲衆を束ねる鈴木孫一や真葛の雇い主でもあった近衛前久《このえさきひさ》から、なかば恫喝《どうかつ》されるように命じられていたことがあった。

信長の本心を探りだせ。

いったい、信長はこの国を何処へ導きたいのか。

戦乱の世を終わらせ、本気で王道楽土《おうどうらくど》を築こうとしているのか。

それとも、おのれの野心にしたがい、ただ闇雲に領土を拡げたいだけなのか。

前関白《さきの》の前久は朝廷との橋渡し役、織田家にとって利用価値の高い人物であったが、それ以上に信長とは義兄弟の契《ちぎ》りを結ぶほどの親密さを保っていた。しかし、信長が権勢を極めると、前久の心は次第に離反していった。契機となったのは、朝廷より国師《こくし》の号を与えられた恵林寺《えりんじ》の快川紹喜《かいせんじょうき》を焼き殺した出来事だ。前久の心中には、神仏をも懼《おそ》れぬ信長を誅《ちゅう》すべしとの考えが芽生えたのかもしれない。

前久によれば、安土城に招かれたヴァリニャーノ神父は、信長にアレクサンダー大王の逸話を語って聞かせたのだという。欧州から天竺《てんじく》にいたる広大な版図《はんと》を手に入れた大王は、武力で奪った都にみずからの名を冠していった。

信長も大王と同じように、世界じゅうに「ノブナガ」という名が冠された都を築きたいのではあるまいか。信長の真意が何処にあるのか、かならず、対局の機会がめぐってくるゆえ、そのときに探ってみよと、日海は前久に命じられていたのである。

それが平和を希求する善意から生まれたものならば、前久も信長の夢に寄り添いたいと言っていた。

一方、版図の拡大が邪《よこしま》な野心に衝《つ》き動かされたものならば、朝廷にとって百害あって一利も無しとも断じていた。

とどのつまり、前久は信長公の真意を測りかね、朝廷や国が滅びるかもしれぬという不安から、光秀を焚《た》きつけたのかもしれない。光秀が本能寺へ兵を向けたのは、前久の御墨付きがあったからこそだと、日海は今でもおもっている。

突如として外の空気が変わっても、対局はつづいていた。信長は平然と盤上に黒石を置きつづけ、明智の謀反《むほん》と知ったときも顔色ひとつ変えなかった。慌てもせず、騒ぎもせず、左手で摑んだ髷《まげ》を惜しげもなく切り、日海に髪を剃《そ》らせた。自慢の八の字髭《ひげ》や眉も落とし、睫毛《まつげ》まで抜いてみせたのだ。

そして、刺すような目で睨みつけてきた。

「約束せよ、わしの最期を誰にも喋《しゃべ》らぬと」

そこからさきは、怒濤《どとう》のように時が流れた。明け初めた東涯は血の色に染まり、雲霞《うんか》のごとく迫った光秀の軍勢は、たちまちのうちに本能寺を呑みこんでいった。側近ともども影武者が奮戦するなか、日海は唯一の従者となって信長の背中を追いかけ、秘密の抜け穴から南蛮寺へ逃れた。信長は、いざというときのために待機させていた愛馬大黒の鞍《くら》に飛び乗り、日海の手を握って軽々と引っ張りあげるや、鞍の後ろに座らせた。

鞭《むち》をくれると、大黒は洛中を北に向かって疾駆しはじめた。振り落とされそうになりながらも、日海は信長の腰に縋《すが》りついた。御所の東を右手に折れ、荒神口《こうじんぐち》から鴨川《かもがわ》へ、水飛沫《みずしぶき》を撥《は》ねあげて浅瀬を渡り、山中越の峠道《とうげみち》をめざした。鹿《しし》ヶ谷《がたに》を経て、北白川《きたしらかわ》からは一里ばかり緩やかな上り坂を進み、山中関からは志賀峠を越え、七曲がりの急坂をひた走り、四里の道程を駆けに駆け、唐崎《からさき》へ到達したのである。

静謐《せいひつ》な琵琶湖《びわこ》をみつめ、日海は胸の高鳴りを抑えきれなかった。大黒の背で信長の腰にしがみつき、熱い血潮を感じていたのだ。それだけではない。汀《みぎわ》に浮かんだ小舟に乗り移るとき、信長に強い力で手を引っぱられた。勢い余って抱きついたまま舟上に倒れこんでも、信長は離れようとしなかった。

たゆたう波に身を任せつつ、日海は死んだように息をひそめた。

父のことも母のこともおぼえていない。物心ついたときから、寺院の塔頭《たっちゅう》で寝起きしていた。それゆえか、誰かに甘えたいとおもったことはなかった。甘えることや慈しまれることの喜びを知らずに生きてきた。

琵琶湖の波音を聞きながら、生まれて初めて心の安らぎをおぼえた。抗《あらが》い難い力に抱かれ、身も心も解きはなたれたように感じたのだ。

あのときに抱いたのは、恋情なのであろうか。

信長公には永遠《とわ》に生きつづけてほしいと、心の底から祈念した。そして、一国の行く末がどうなろうとも、信長公をお慕いしつづけようと、日海は舟上で抱かれながら胸に強く誓ったのだ。

今にしておもえば、水泡《みなわ》のような恋情だったのかもしれない。人々が恐懼する魔神のごとき人物に抱擁され、つかのまの快楽をおぼえただけのことであろう。

沖島のみえる対岸の汀に着いたのは八つ刻《どき》、信長は天空に聳える安土城の天主を見上げ、黙然と歩きだした。城下は騒然としており、荷車に家財道具を積んで逃げだす者たちも大勢見受けられたが、喧噪《けんそう》を縫うように歩き、百々橋口《どどばしぐち》へつづく大路の手前で足を止めた。

信長に導かれたのは、高台に建てられたセミナリヨであった。柿葺きの平屋は茶室のような設《しつら》えだが、部屋は八畳ほどもあり、縁側から西側の崖下をのぞめば、琵琶湖の夕景を一望にできた。

「光秀と秀吉には、まだはなしておらなんだが。ともに、明国《みんこく》へ渡海を果たそうとおもうておった」

遠くをみつめる鳶色《とびいろ》の瞳は、何を語ろうとしていたのだろうか。

「弥助の歩んだ道筋から、わしは世の中の大きさを知った。欧州から天竺までまたがる広大な版図に、おのれの名を転々と刻んでいきたい。本気じゃ。もはや、夢物語ではない。それはな、わしの使命なのじゃ」

おもわず、日海は尋ねてみたい衝動に駆られた。

何のために、都という都に「ノブナガ」の名を冠さねばならぬのか。

それは他国を野蛮な方法で征服する行為と、どうちがうというのか。

おのれの「使命」を果たそうとすれば、熾烈《しれつ》な争いが燎原《りょうげん》の火となって拡がるだけのはなしではないのか。

信長さま、あなたはいったい何を為したいのか。

天子をも超越する神にでもなりたいのか。

「わからぬ。何を為したいかなど。ただ、海の向こうへ渡りたい。さきのことは渡ってみねばわかるまい」

光秀や秀吉にたいして、海の向こうへ渡ってみねばわからぬが従《つ》いてこい、とでも言うつもりだったのであろうか。

明確な目途《もくと》もない進軍を、賢いふたりが是とするとはおもえない。光秀や秀吉にとって、天下とはせいぜい畿内五ヶ国（大和《やまと》、山城《やましろ》、河内《かわち》、和泉《いずみ》、摂津）のことなのだ。人は本能から、とらえ難きものや理解できぬものを排除しようとする。かつて謀反を起こした松永久秀《まつながひさひで》も荒木村重《あらきむらしげ》も、そして本能寺を焼いた明智光秀も、理解し難い生き物であったがゆえに、信長公を滅しようとしたのではあるまいか。羽柴《はしば》秀吉でさえ、信長公の命を欲しがっていたのかもしれぬ。たまさか、近くにいなかっただけのことであろう。

日海は、単騎で沃野《よくや》を駆けぬける信長の雄姿を脳裏に描いた。信長さまはただ、広大な沃野を駆けぬけたいだけなのだと、そうおもいたかった。

信長は部屋の隅から、ずっしりと重い碁盤を携えてきた。

「久秀から貰《もろ》うた正倉院《しょうそういん》の碁盤じゃ。昨夜の勝負、途中であったろう。さあ、石を並べてみせよ」

日海は戸惑いもみせずに白と黒の石を並べ、ほどもなく昨夜とまったく変わらぬ盤面ができあがった。

「振り向いてみよ」

命じられたとおりに振り向き、日海は息を呑んだ。

眼下の琵琶湖は一面、真紅に染まっていた。

「ところで、おぬしのその匂い、麝香であるか」

信長は最後のことばを発し、黒石を摘《つ》まみあげるや、まんなかの天元《てんげん》に打った。

――かつん。

石の響きが脳天まで突き抜けると同時に、ひゅっと部屋に夕風が吹きぬけた。

みやれば、信長の眉間には風穴が開き、硝煙が白々と立ちのぼっていた。

振りかえらずとも、誰が撃ったのかはわかった。

麝香の匂いに導かれた刺客が息を殺し、狙いを定めていたのだ。

不思議と驚きもなく、悲しみもなかった。類《たぐ》い希《まれ》なる英傑の骨は安土の土に還《かえ》る。後世、誰かに「首級《しるし》は何処にあるのか」と聞かれても、けっして真実は語るまい。語らぬことで永遠に生き、本人が望むとおり、神仏と化すやもしれぬからだ。

信長公に抱いた恋情は一時であっても、畏敬が薄れることは片時もない。

日海にとって、織田信長は永遠に侵すべからざるものでありつづけている。

日海は真葛とともに、信長の遺体を安土に埋めた。今は廃されてしまったセミナリヨのそばだが、地中深く埋めたあとは墓石も立てずにおいた。

玉座に座りかけていた信長公を死出の入口へ導いたつもりはなかったが、そうなる予感は常のように心の片隅にあった。真葛は信長公の最期を雇い主の近衛前久にはけっして喋らぬと誓った。

「わたしと日海さまと、ふたりだけしか知らぬこと」

悲しげな顔で言いはなち、ぎゅっと手を握ってくれたのだ。

おそらく、二度と会うまい。信長の死は、真葛との別れをも意味していた。思い出せば辛《つら》くなるだけのこと。天正二年の神無月、鴨川の河原で命を助けたときから、淡い恋心を抱いていた。

口移しで水を呑ませ、親身になって介抱した。生まれて初めて肌に触れたおなごも真葛だった。囲碁を教えてほしいと言われたときは有頂天になったものだ。が、真葛は信長公の命を狙う刺客だった。

一度目も二度目も、やろうとおもえばできたにちがいない。だが、いずれも日海が盾となって立ちはだかった。真葛は日海の命を救うために目的を果たすことができなかった。おそらく、深いところで気持ちは通じていたのだとおもう。しかし、真葛が三度目に的を外すことはなかった。

真葛のことも、信長公のことも、すべて忘れてしまおうと、日海は胸の裡《うち》に強く念じつづけた。

二

変から十一日後、羽柴秀吉は山崎の戦いに勝利し、明智光秀の腐った首は京の粟田口《あわたぐち》に晒された。

同じ水無月の終わり頃、尾張《おわり》の清洲《きよす》城に織田家の血族や重臣たちが集まり、家督や領地配分に関する話し合いが持たれたという。二十五で同い年の次男信雄《のぶかつ》と三男信孝《のぶたか》が各々の主張を譲らず、織田家の継嗣《けいし》である三法師《さんぼうし》の名代は定まらなかったものの、肝心の都を擁する山城については、主君の弔《とむら》い合戦を主導した秀吉のものとなった。

日海の拠《よ》る寂光寺《じゃっこうじ》は、御所の東にある。

鴨川のせせらぎ越しに東山連峰をのぞむ寺内でも、焦臭《きなくさ》いはなしばかりが交わされていた。法華経《ほけきょう》を奉じる住職の日淵《にちえん》からして「上洛《じょうらく》しそうな有力大名と申せば、上杉《うえすぎ》、毛利、北条《ほうじょう》、そして、徳川」などと、指を折りながら諳《そら》んじている。

「もはや、誰が来るのか見当もつかぬ。信長さまが野辺の露と消えてなくなり、今や天下は空白、ぽっかり空いた都に鎮座するのは、ひょっとしたら、大返しをやりおおせた羽柴秀吉なのやもしれぬ。日海よ、おぬしはどうおもう」

叔父でもある日淵は問いかけつつも、気儘《きまま》にひとりで喋りつづけた。

「御所の鬼門を守るのは猿じゃ。都の鬼門を守る叡山《えいざん》にも、猿を使わしめとする山王権現《さんのうごんげん》が祀《まつ》られておる。延暦寺《えんりゃくじ》を焼いた信長公の非を改めんとして、臣下の猿が都の安寧を司《つかさど》るとなれば、皮肉と申すよりほかになかろうよ」

三年前の安土問答で日蓮宗は浄土宗に負け、高僧たちは信長から厳しく叱責されたうえに謹慎を誓う起請文《きしょうもん》まで書かされた。屈辱にまみれ、芯の抜かれた枯れ花のように生気を失った日淵が、変ののちに息を吹き返した。

もちろん、日淵に信長公の最期を語ることはなかったので、日海は何を言われても冷めた目を向けるしかない。いずれにしろ、四十九日の忌が明けるまでは、毎日欠かさずに本能寺の焼け跡へ出向き、追善の経をあげようとおもった。

当代一の連歌師《れんがし》と評される里村紹巴《さとむらじようは》と再会したのは文月十五日のこと、幽斎《ゆうさい》と号して頭を丸めた長岡《ながおか》（細川《ほそかわ》）藤孝《ふじたか》の呼びかけに応じ、洛中の貴顕紳商が挙《こぞ》って焼け跡に集まり、信長公を追善する百韻《ひやくいん》連歌の会を催したのだ。

「愛宕《あたご》百韻以来やな」

人垣の前列で見物していると、目敏《めざと》くみつけた紹巴が親しげにはなしかけてきた。

遡《さかのぼ》ること皐月《さつき》二十八日、日海は紹巴に誘われて愛宕山の威徳院へおもむき、明智光秀の主催する連歌の会を覗《のぞ》いた。光秀は主君討伐の意志を歌に託し、決然と発句《ほつく》を詠《よ》んでみせたのである。

散会ののち、紹巴から「ときは今あめが下《した》しる五月《さつき》かな」という発句の記された短冊を、山門の外で待つ使者に渡すようにと頼まれた。待っていたのは、伊丹《いたみ》の有岡《ありおか》城でまみえたことのある荒木村重であった。

見る影もなく落ちぶれてしまった村重は、光秀謀反の一報を秀吉に届ける役目を負っていた。「人知のおよばぬところで、この世の行く末を定める対局がおこなわれようとしている」と予言めいた台詞《せりふ》を残し、威徳院の山門に背を向けたのだ。

摂津一国を任されたにもかかわらず、信長公を裏切って城を落とされ、一族郎党を根絶やしにされた。おのれだけ生きながらえた村重は、今や、秀吉の御伽衆《おとぎしゆう》になっているという。

一方、紹巴は本心のわからぬ危うい連歌師とみなされ、秀吉から遠ざけられていた。それゆえ、幽斎に仲を取りもってもらおうと、追善百韻にのぞむにあたって弟子や知りあいを必死に集めたらしい。

光秀をいの一番で助けると誰もがおもっていた幽斎は、頑《かたく》なに中立を守って出家の道を選び、秀吉から身の安全を保証する血判起請文まで貰《もら》った。家督を継いだ忠興《ただおき》は秀吉から厚遇されており、そうした内情を知る紹巴は伽衆の末席にくわえてもらえることを期待しているようだった。

「近々、おぬしにもお声が掛かるやもしれぬ」

どきりとするようなことを、紹巴は真剣な面持ちで囁いた。

「おぬしは信長さまから、名人の称号を与えられた碁打ちや。もちろん、それだけやない。信長さまは変の前夜、この本能寺で囲碁を楽しまれたと聞いた。囲碁を打った相手は、おぬししかおらぬ。敏い羽柴さまが、それを聞きのがすはずはない。しかも、おぬしは愛宕百韻を廊下の片隅から眺めておった」

ごくりと、日海は唾《つば》を呑みこむ。

「まさか、羽柴さまはそのことを」

「ご存じかどうかはわからぬ。されど、明智さまの発句を短冊に書いて荒木さまに渡してくれと、わしはおぬしに手渡したやろう。荒木さまの口から、おぬしの名が漏れても不思議やない」

脅しには聞こえぬ。光秀の間者《かんじゃ》だったと疑われるかもしれぬ。

つまり、秀吉のもとへ参じるのは命懸けということになるのだろうか。

――ひゃああ。

突如、背後から悲鳴が聞こえてきた。

振り向いてみれば、注連縄《しめなわ》で囲まれた焼け跡に、みすぼらしい装束の女が座りこんでいる。悪鬼のたぐいにでも憑依《ひょうい》されたかのごとく、鬼気迫る顔で護摩《ごま》の灰を貪《むさぼ》っているのだ。

「もしや、さいどのではないか」

炎に包まれた本能寺から逃れる際、納戸の奥の隠し部屋に「さい」という女官が潜んでいた。信長公の呼びかけに応じてすがたをみせたさいは、影武者に腹を切らせたのちの段取りを命じられた。

そのとき、信長公の発したことばが忘れられない。

――何人《なんぴと》にも「わし」の屍骸《むくろ》をみつけさせてはならぬ。焼け跡から骨を探させてもならぬ。骨は砕き、粉にして、おぬしが呑みくだせ。

日海はふらつく足取りで近づき、灰を貪る女に声を掛けようとした。

振りかえった女は脅《おび》えた目でみつめ、はっと日海に気づくや、蜘蛛《くも》のような素早さで逃れていく。

遠ざかる後ろ姿を見送りながら、やはり、あれはさいにちがいないとおもった。

主人の言いつけを守り、今でも影武者の骨を喰《く》いつづけているのだ。

「憐《あわ》れな」

焼け跡に信長公の骨はない。

わかっているはずなのに、止められぬ理由は何なのか。

日海には知りようもなく、ただ、頭《こうべ》を垂れて祈りを捧《ささ》げることしかできなかった。

数日後、紹巴の言ったとおり、羽柴秀吉の使者と名乗る者が寂光寺にやってきた。

山崎の妙喜庵まで足労せよと命じられたとき、けっして誰にも喋らぬと誓った信長公の最期を吐露してしまうのではないかという恐《おそ》れを抱いた。

秀吉という男は、相手の本心を見抜くことにかけて、神にも近い眼力を備えている。そんな噂《うわさ》がまことしやかに囁かれていたからだ。

妙喜庵にひっそりと佇む待庵で、日海は恐怖に震えながら主人を待ちつづけた。

だが、ついに秀吉はあらわれず、運よく虎口《ここう》から逃れることを許された。

三

神無月十五日、大徳寺《だいとくじ》。

上京《かみぎょう》紫野《むらさきの》の禅寺において、織田信長の葬儀が営まれることとなった。

「帝をお迎えした馬揃《うまぞろ》え以来の豪華さや」

京の町衆は口々に噂し合ったが、昨年の如月《きさらぎ》に催された馬揃えを主導したのは明智光秀にほかならず、毛利攻めの最中にあった秀吉は参じていない。いずれにしろ、葬儀の行列は絢爛豪華《けんらんごうか》な馬揃えに喩《たと》えられるほどの規模となり、すべての段取りを練りあげた秀吉の力量が遍く喧伝《けんでん》されることとなった。

利休との深い縁で選ばれた大徳寺には、葬儀に先立って銭一万貫が寄進されていた。秀吉は各所へ念入りな根回しをおこない、禁中公家や諸宗派からは数多《あまた》の写経が届けられているという。

境内を見渡せば、五山の僧を筆頭に数千人の僧侶が一堂に会し、朝から殷々《いんいん》と経をあげていた。

何しろ、費用《ついえ》の掛け方が並外れている。秀吉に言わせれば「子らも恩顧の臣下たちも信長公の葬儀をやろうとせぬ。このままでは外聞に関わるゆえ、小身ながらも営むことにした」とのことらしい。

なるほど、尾張を領する信雄と美濃《みの》を領する信孝は国境の領地配分で揉《も》めに揉め、葬儀どころではなかった。筆頭家老の柴田《しばた》勝家《かついえ》も、妻に迎えたお市《いち》の方に命じて、義兄信長の百日忌をひっそりとやらせたにすぎない。

それならばと秀吉は忠実な織田家の臣下として葬儀を営む体裁を取ったようだが、実態はおのれの権威を内外に誇示する狙いにしかみえなかった。

勝家は秀吉と以前から相性が悪く、山崎の天王山に城を築いたことなどに異を唱えてきた。こたびも勝手に葬儀をおこなうことは許せぬと怒りあげたようだが、その声は都まで届いていない。

一方、信雄は静観の構えをみせ、信孝は秀吉の独断専行を常から苦々しくおもっているので、誘っても返事すらしなかった。ふたりは葬儀に参列するどころか、兵を送りこんでくるとの噂も立ったほどで、そのせいもあってか、葬列は秀吉の弟羽柴秀長《ひでなが》の率いる三万の軍勢によって守られていた。

秀吉が喪主に据えたのは、信長から養子に貰った四男の於次丸《おつぎまる》である。

大徳寺の楽人たちが厳かに葬送の調べを奏でると、棺《ひつぎ》を入れた輿《こし》が本堂から蓮台野《れんだいの》の火屋《ほや》をめざしてゆっくり進みはじめた。

棺に納められたのは沈香《じんこう》でつくった彫像であったが、今の秀吉には遺体が本物かどうかなど、さして重要ではないようだった。

日海は日蓮宗の僧たちに混じり、沿道から葬列を眺めている。

輿を導く役目は池田《いけだ》輝政《てるまさ》がつとめ、輿の背後には十四の於次丸が、さらに、位牌《いはい》を持った十の八男長丸《ちょうまる》が、そして、信長愛刀の不動国行《ふどうくにゆき》を掲げた秀吉が順にしたがった。

二列に並んだ葬列の数は三千人におよび、最後尾を遠望することすらできない。蓮台野の周囲には百二十間四方に幕が張られ、内側にも幕で覆われた檜《ひ》皮葺《わだぶ》きの火屋が仮設されてあった。火屋の正面には白木の鳥居が建っている。葬列の左右には幟《のぼり》を掲げた兵士たちが整然と居並び、楽器を奏でる楽人と僧侶たちが参列していた。

さらに、その周囲を秀吉直属の屈強な軍団が取りかこんでいるのである。まさに、度肝を抜かれるとはこのことで、織田信長の葬儀にふさわしい陣容と華々しさを兼ねそなえていた。

信長恩顧の臣下たちが様子見を決めこむなか、宿老の池田《いけだ》恒興《つねおき》は次男の輝政に棺を先導する重責を託し、丹羽《にわ》長秀《ながひで》も名代を立てた。長岡幽斎はみずから僧衣で参列し、筒井順慶《つついじゆんけい》は警固の兵を送っている。

秀吉の味方になるべく旗幟《きし》を鮮明にした諸将は競うように手を差しのべ、葬儀の盛りあげ役を買ってでていた。もちろん、秀吉は抜かりなく、味方になった諸将へ所領安堵《あんど》と感謝の気持ちを文などで伝えているはずだった。

「安土でもなく、清洲でも岐阜《ぎふ》でもなく、金に糸目を付けずに京の都で派手派手しくやる。それこそが肝要なのや。さすが、秀吉どのはわかっておられる」

葬儀を目前に控えたある日、秀吉と朝廷との橋渡し役を担う吉田《よしだ》兼和《かねかず》に告げられた。

月に一度は碁を打ちに通う吉田神社の神官ゆえ、日海も疎遠にはできない。兼和は光秀との親密な交わりを指摘され、本能寺の変の直後、朝廷や公家たちが光秀に祝意を与えた経緯《いきさつ》などについて、秀吉から直々に詰問されていた。

以前は呼びすてだった秀吉に「どの」をつけ、口調もへりくだったものに変わっている。時勢に敏感な公家衆の変貌ぶりをみれば、誰に勢いがあるのかは容易にわかった。

秀吉の拠る居城は姫路と山崎だが、このところは妙顕寺《みようけんじ》を宿所にして京の政事《まつりごと》も取りしきっている。市中の細々とした差配をめぐっては、信孝と対立する場面が頻発していた。安土城の修築が済むまで、織田家の嗣子《しし》である三法師の身柄は信孝の拠る岐阜城に留め置かれている。それもあって、京の公家たちは訴訟などを血縁でもっとも有力な信孝のもとに持ちこみ、それが秀吉との亀裂を深める原因にもなっていた。

しかも、信孝は叔母のお市を娶《めと》らせることで、柴田勝家と緊密な関わりを保とうとしている。一方、秀吉は信雄や勝家以外の宿老たちを取りこみつつあり、織田家の内紛をわざと煽《あお》っているようにしかみえない。

「当面の敵は信孝どの、さらには、その後ろ盾となっている鬼柴田どのになろう。内紛に乗じてふたりを斥《しりぞ》け、織田家を乗っ取る腹かもしれぬ。なるほど、今の秀吉どのにはそれだけの勢いがある」

兼和は何度か秀吉に会い、すっかり心酔してしまった様子だった。秀吉には人誑《ひとたら》しの異名もあるが、それがどれほどのものかは直《じか》に触れた者でなければわからぬであろう。

日海はこの日、初めて秀吉のすがたをみた。

四十なかばの貧相な男だと聞いていたが、威風堂々とした物腰の人物であることは遠目にもわかった。後光すら射してみえるのは、やはり、金の力であろうか。こののち、秀吉は信長公の位牌所である總見院《そうけんいん》を建立するため、大徳寺に銀子《ぎんす》一千枚と銭一万貫、さらに、米五百石を寄進するという。

それだけのことができる身内は織田家にいない。信長に恩のある者であれば、秀吉の威光に縋ってもよいと考えるかもしれなかった。

欲深く人望のない息子たちよりも、有能で信頼できる宿老を選びたい。これだけの葬儀をみれば、そういう心理がはたらいてもおかしくはなかろう。何せ、秀吉は主君の仇を討っている。毛利と対峙《たいじ》する最前線から命懸けで駆け戻り、ほかの連中がまごついているあいだに難事をやり遂げてみせたのだ。

秀吉には強固な意志と敵を調略する才があり、配下には屈強な軍団を抱えている。何と言っても、天運を味方につけていた。実態はそうでないとしても、そうかもしれぬと信じさせるだけの勢いは確実にある。

「されど」

と、兼和は言った。

「天下を統《す》べる者には、徳がなければならぬ」

あたりまえのはなしだが、徳は得ようとして得られるものではない。秀吉に弱点があるとすれば、やはり、由来のあきらかでない出自であろう。賤《いや》しい身分の生まれという噂もある。賤しい身分の者が天下を摑めば、世にも稀《まれ》なる出世物語と賞賛されるどころか、羨望と嫉妬の的になるやもしれぬ。

「徳を有するためには、あっと驚くような智恵と仕掛けが要るやろうな」

兼和の言うとおりかもしれぬと、日海はおもった。よほどの智恵を絞らぬかぎり、天下を統べる為政者として万人に認められることはなかろう。

今や、行列の先頭は白木の鳥居の目前に迫っていた。

木像を納めた棺は、輿から降ろされようとしている。

突如、沿道から白装束の女が躍りだし、警固の侍《さむらい》たちの制止も聞かずに玉砂利のうえを駆けていった。

みなが呆気《あっけ》に取られるなか、女は泣きながら棺に縋りつこうとする。

さいではない。生前、信長公から情けを受けた女官であろうか。

随従の侍が除こうとするや、秀吉が疳高《かんだか》い声を発してみせた。

「よいよい、放っておけ」

何をおもったか、秀吉は噎《むせ》び泣く女に近づき、後ろから肩を抱くようにしながら、みずからも声をあげて泣きはじめる。

喪主となった四男の於次丸も泣き、八男の長丸も泣き、池田輝政も嗚咽《おえつ》を漏らす。

やがて、沿道の兵たちも貰い泣きしはじめた。

泣き声は僧侶たちの唱和と重なり、大徳寺のみならず、上京一帯を包みこんでいく。

稀にもない出来事は、あらかじめ仕込まれていたにちがいない。

策士の策に嵌《は》まったか。

そのように察しながらも、日海は在りし日の信長を思い出し、稀なる天下人への尽きぬ情ゆえか、溢《あふ》れる涙を止めることができなかった。

四

葬儀から半年余りのあいだ、秀吉は着々と地場を築きあげていった。

まずは師走のなかば過ぎ、三万の軍勢で美濃へ押しだし、西美濃の稲葉一鉄《いなばいってつ》と氏家行広《うじいえゆきひろ》を有無を言わせずに帰属させ、氏家行広の大垣城《おおがきじょう》を美濃、伊勢《いせ》攻略の拠点と定めた。余勢を駆って、伊勢長島《ながしま》の滝川一益《たきがわかずます》とともに挙兵を企てた岐阜城の信孝をも攻め、戦わずに屈服させてしまった。

信孝は切り札の三法師を手放し、秀吉に人質まで差しださねばならなかったのである。

「戦さ上手の羽柴さまにとって、信孝どのは赤子の手を捻《ひね》るようなものや」

そう言って胸を張ったのは、吉田兼和だった。

公家たちが金銭の恩恵を蒙《こうむ》っているせいか、近頃は呼び名も「秀吉どの」から「羽柴さま」に変わっている。

そもそも、岐阜城には信長から家督を譲られた長男の信忠が鎮座していたが、本能寺の変で討ち取られるや、美濃は中小領主が相争う混沌とした情勢になった。ことに、東美濃は信長によって配された森長可《もりながよし》が旧勢力と激しく争い、草刈り場と化していったのである。しかも、信孝にとって厄介なことに、長可は義父の池田恒興に説得されて秀吉に味方し、背後から岐阜城を脅かす勢力となった。

一方、西美濃を牛耳る稲葉、氏家両者は旗幟を鮮明にせず、信孝としては疑心暗鬼のまま、畿内どころか美濃一国ですら安堵できなかった。そこへ、秀吉が攻めこんできたのである。

「後ろ盾の鬼柴田どのは、為す術《すべ》もなかったやろうな」

兼和の言うとおり、雪に阻まれて出陣できぬ柴田勝家は、越前の北庄《きたのしょう》城で歯嚙《はが》みしたにちがいない。

秀吉は岐阜城包囲に先立ち、長浜《ながはま》城の柴田勝豊《かつとよ》を苦もなく降伏させていた。長浜は秀吉が築いた城下町だが、清洲の評定で勝家に与えられていたのだ。北近江《きたおうみ》の要衝だけに、不甲斐ない甥《おい》の勝豊に任せたことを勝家は悔やんだことだろう。いずれにしろ、天下取りの前哨戦《ぜんしょうせん》で、鬼柴田は完全に遅れを取っていた。

翌天正十一（一五八三）年正月、秀吉は新年参賀の名目で姫路城に諸大名を集めた。畿内五ヶ国にくわえて、丹波《たんば》、播磨《はりま》、丹後《たんご》、但馬《たじま》、因幡《いなば》、美作《みまさか》、備前《びぜん》といった広大な版図が掌中にあることを勝家にみせつけたのだ。

そして如月になると、柴田勢に対峙する越後の上杉景勝《かげかつ》と同盟を結び、返す刀で北伊勢の滝川一益を攻めた。翌月になり、一益との戦闘が膠着《こうちゃく》するなか、勝家が誘われたかのごとく兵をあげた。上杉の備えに佐々成政《さっさなりまさ》などの有力諸将を残し、鞆《とも》の足利義昭《あしかがよしあき》を介して毛利へ、さらに、秀吉と対立する四国の長宗我部元親《ちょうそかべもとちか》にも援軍を要請し、大掛かりな包囲網を築くべく目論《もくろ》んだうえでの出陣だった。

もちろん、秀吉も毛利とはしっかり裏で手を結んでいる。日海は京の都にあっても、事情通の吉田兼和などに聞けば、内外の情勢を把握することができた。

手談とも称される囲碁は、今や公家や武家が習得すべき嗜《たしな》みのひとつである。碁石を手にする者たちは、局面でさまざまに変化する戦局を語り、敵味方の思惑を推しはかる。名人の称号を得た日海は引く手数多《あまた》。対局のたびに望まずとも、極秘の情報や対手の考えを聞かされる立場にあった。

それにしても、秀吉さまというお方がよくわからぬ。

かつての敵にはよい顔を向けながら、何故、身内には牙《きば》を剝《む》くのか。

積年の恨みからか、あるいは、天下取りの野心からか、その両方であろうと、日海はおもった。いずれにせよ、秀吉のことを苦々しく感じるのは、主家であったはずの織田家を軽んじる臆面のなさゆえにであろう。

日海は梅雨空を見上げながら御所の北まで進み、相国寺《しょうこくじ》のそばに建つ「啓迪院《けいてきいん》」を訪ねていた。

医学を志す者たちなら、誰もがこの医学舎で学びたいと願うだろう。学舎を創設した曲直瀬《まなせ》道三《どうさん》は正親町《おおぎまち》天皇の脈診もする高名な薬師（医師）だが、かねてより親密にしている日海にしてみれば飲んだくれで噂好きの老い耄《ぼ》れにすぎない。嗜みで囲碁も打ち、なかなかの打ち手だが、五子の手合いで日海に勝った例《ためし》はなかった。

「秀吉と勝家、猿と鬼の一騎打ちじゃ」

道三は興奮気味に唾を飛ばす。

「猿と鬼は各々の思惑を秘めながら、北近江の余呉湖《よごこ》を挟んで南北に布陣しおった。総勢六万に近い軍勢がひしめき合い、小高い山々に砦《とりで》を築いていったのじゃ」

戦局はすぐさま動く。勝家着陣を待ちかねていたかのように、岐阜城の信孝がふたたび挙兵してみせたのだ。卯月《うづき》十六日、秀吉は信孝を討つべく、急遽《きゅうきょ》、兵力の半分を割き、北国脇往還《ほっこくわきおうかん》を大垣まで進んでいった。ところが、折からの大雨で揖斐川《いびがわ》が増水し、大垣からさきへは一歩も進めなくなった。

「くふふ、進退窮《きわ》まれり。さあ、どうする、秀吉」

道三の口調は熱を帯び、日海も知らずと引きこまれていった。

「そこへ、急報がもたらされる。余呉湖を挟んで膠着しておった後方の戦局が動いたのじゃ」

道三は唐桑の碁盤に那智黒の石を置きつつ、秀吉と勝家が激突した合戦の経緯を滔々《とうとう》と語っている。

それが琵琶法師の戦さ語りより何倍もおもしろく、おもわず盤面に目が吸いよせられるほどだった。

「ちがう、そこではない。わしの言った箇所に石を置け。右下隅の攻防じゃ」

道三の導きに応じて描かれた盤面は、今や、北近江の合戦図と化している。

中央の空白は琵琶湖の北にある余呉湖、黒石の道三が湖の北側に陣取る柴田勝家軍、白石の日海が南側に陣取る羽柴秀吉軍という想定だ。

ただし、秀吉の本隊は盤面から遠く外れ、右手へ十三里の大垣で足留めを食っている。大将の留守を狙って奇襲を仕掛けるべしと注進したのは、柴田軍の先鋒《せんぽう》を担う猛将の佐久間盛政《さくまもりまさ》であった。

「盛政は五千の兵を率いて敵中深く侵攻し、中川清秀《なかがわきよひで》が一千で守る大岩山砦《おおいわやま》を奪ってみせた。ここじゃ」

ぱちりと、道三は白石の密集するなかに黒石を置く。

「どうじゃ。死中に活を見出す一手であろう」

悪手と紙一重の一手でもあったが、日海は余計な口をきかない。

喋りたくて仕方がないのは、道三のほうだ。

「中川清秀は討ち死にを遂げ、隣の岩崎山を守る高山右近《たかやまうこん》は砦を捨てて逃げだした。そこで退《ひ》いておればよいものを、佐久間盛政は欲を掻《か》いた」

大岩山で一夜を明かし、桑山重晴《くわやましげはる》が一千の兵で守る湖南の砦をついでに奪おうとおもったのだ。

道三は石を握る手に力を込め、盤面の下辺に黒石を叩きつける。

「賤ヶ《しずが》岳《たけ》じゃ」

遥か後方の狐塚《きつねづか》に陣取る勝家からは、再三にわたって深追いは避けよとの指示が飛んできた。が、盛政はことごとく無視し、おのが手柄を焦った。

「捨て石にするにはあまりに惜しい。それが猛将、佐久間盛政よ」

勝家は必死に呼び戻そうとしたが、盛政には賤ヶ岳しかみえていなかった。

「どっちが優勢だとおもう」

黒白の碁石が鬩ぎあう盤上をみつめ、道三は嬉々《きき》として問うてくる。

卯月二十日の夜までは、相手の後方を突いた黒石、柴田軍が優勢にみえた。

「されどな、佐久間隊の動きを報《しら》されるや、大垣の秀吉は欣喜雀躍《きんきじゃくやく》、獲物が好餌《こうじ》に食らいついたと喜んだらしい。一万五千からなる軍勢が、颶風《ぐふう》のごとく大垣から北国脇往還を取って返した。秀吉得意の大返しじゃ」

垂井《たるい》、関ヶ原、藤川、小谷山《おだにやま》と悪路山道を駆けつづけ、一万五千もの雑兵たちが木之本《きのもと》まで十三里の道程を何と半日で走破してみせた。

「具足も着けず、槍《やり》も刀も持たず、身ひとつで走りきったそうじゃ」

武器や胴丸は「お貸し具足」を利用し、長浜城から船で運ばせた。しかも、脇往還の随所では百姓たちが炊きだしをおこない、無数の松明《たいまつ》を灯《とも》したという。あらかじめ手配りしておかねば、これだけの軍勢を半日で移動させることはできない。

　翌日の午後までは余裕があると踏んでいた盛政は、大岩山砦から眼下の北国脇往還に点々と連なる松明の炎をのぞみ、臍《ほぞ》を咬《か》まざるを得なかった。逆しまに秀吉側の留守隊が歓呼の声を木霊《こだま》させるなか、疲労困憊《こんぱい》の兵らを駆りたて、撤退の準備に取りかかったのだ。

「どうじゃ、戦局は一気にひっくり返ったぞ」

　道三は白髪混じりの泥鰌髭《どじょうひげ》をしごき、おのが目でみてきたように喋りつづける。徳運軒全宗《とくうんけんぜんそう》という弟子の薬師が秀吉に侍《はべ》っており、都の連中が知り得ぬ合戦の一部始終を教えてもらったのだという。

「さあ、石を置け。つぎは左辺の攻防じゃ」

　空がいまだ明け初めぬ頃、秀吉は先鋒二千に命じて、撤退する佐久間隊に攻撃を仕掛けさせた。相手の殿《しんがり》は強靭《きょうじん》に抵抗し、なかなか突き崩すことができない。しかも、行く手の飯《はん》ノ浦切通《うらきりどおし》からは、勝家の信頼も厚い養子の柴田勝政が三千の兵力で挑みかかってくる。

　はなしを聞いているだけでも、合戦場の阿鼻叫喚《あびきょうかん》が聞こえてくるようだった。

　佐久間隊は無傷で権現坂《ごんげんざか》へ逃れていった。だが、秀吉に焦りはない。残余の兵を糾合し、味方の兵力は膨れあがっており、明け方から一刻《いっとき》ほどの攻防で優位に立った。

「あとは勝政隊の撤退に乗じて、賤ヶ岳から一気呵成《いっきかせい》に攻め寄せるのみじゃ」

　吼《ほ》える道三は武将のひとりと化している。

勝政隊が佐久間隊と糾合すべく撤退を開始したのは、辰の五つ頃であった。

「みなの者、功名を立てるは今ぞと、秀吉は叫んだそうじゃ。福島某《なにがし》、加藤某といった一騎当千の近習《きんじゅ》どもが人馬もろとも山を駆けおり、白兵戦におよんだ」

主戦場は余呉湖の西に移っている。切通から湖畔にかけては修羅《しゅら》の巷《ちまた》と化し、盛政配下の拝郷家嘉《はいごういえよし》、山路正国《やまじまさくに》といった名だたる猛将たちが討ち死にを遂げていった。山麓も畔《ほとり》も死屍《しし》累々《るいるい》、湖面は真っ赤な血で染まったのである。

「されど、佐久間盛政はあきらめなんだ」

怒濤となって迫りくる秀吉軍を食いとめるべく、権現坂で立てなおしをはかった。

ところが、正午頃、予期せぬ事態が起こる。頼みにしていた背後の味方、前田利家《まえだとしいえ》が二千の兵とともに撤退しはじめたのだ。しかも、退いていくさきは柴田本隊ではなく、大きく西に外れた塩津のほうだった。前田隊に引きずられるように、不破勝光《ふわかつみつ》と金森長近《かなもりながちか》の軍勢も離脱していく。

「あきらかな裏切り、裏崩れじゃ」

動揺した佐久間隊は四分五裂し、秀吉軍は三方から勝家本隊を呑みに掛かった。狐塚に陣取った勝家の兵力は、恐れをなした雑兵たちの敵前逃亡などにより、七千から三千に数を大きく減らしていた。

「もはや、万事休す。投了じゃ。柴田勝家はわずかな手勢を率いて、越前の北庄まで落ちのびていった」

二日後の二十三日、勝家は籠城戦におよんだものの、万策尽きて最後は天守閣で酒宴を開き、最愛のお市の方ともども自刃を遂げた。

一方、岐阜城で刻々と変わる戦況に固唾《かたず》を呑んでいた信孝は、尾張の信雄にも攻められて降伏し、尾張知多郡野間の大御堂寺《おおみどうじ》において腹を切ったという。

「織田家筆頭家老の鬼柴田は死に、お市の方も信孝さまもおられぬようになった。信雄さまはまだ清洲の城主じゃが、天下を統べる器ではない」

道三は重い溜息を吐き、かたわらの香炉に火を付ける。

「はたして、信長さまはどうおもっておられるのか」

狭い部屋はすぐさま、うっとりするような香気に包まれた。

「貴人にしか嗅《か》げぬ香気ぞ。信長さまに頂戴した蘭奢待《らんじゃたい》じゃ。こののち、天下が誰の手に転がりこむのかはわからぬ。されど、織田の世は終わった。わしはそうおもう。織田家を追善すべく、貴重な蘭奢待を焚いたのじゃ。そう言えば、おぬしは秀吉に会《お》うたことがあるか」

「いいえ」

「案ずるな。信長さまとちがって、衆道やない。あれは、なかなかの男ぞ。合戦好きなただの猿ではないわ」

呵々《かか》と笑う道三は急に肩を落とし、真顔になる。

「日海よ、わしは受洗しようとおもう」

「えっ、受洗にござりますか」

「さよう、わしは切支丹《キリシタン》になる。得度《とくど》して南蛮の坊主になるということじゃ」

どうしてと問いかけ、日海は口を噤《つぐ》む。わかるような気がしたのだ。

合戦の経緯を饒舌《じょうぜつ》に語りながらも、目を瞑《つむ》れば地獄絵のごとき情景が浮かんでくるのであろう。この世の辛さから逃れるためには、神仏に縋るよりほかに方法はない。

「都の坊主どもは金銭に敏い。現世利益ばかりを追いかけておる。それにくらべれば、切支丹はまだましじゃ。かつての一向衆門徒のごとく、信じる者のためならば喜んで死による。宣教師のオルガンティーノに誘われてな、洗礼名もベルショールと定まっておる」

「ベルショールにござりますか」

「意味などわからぬ。どうでもよいわ」

吐きすてる道三の肩を抱き、労《ねぎら》ってやりたくなった。

蘭奢待は燃え尽き、やがて、燃え滓《かす》になるのであろう。

盛者必衰のことわりを想起しつつ、日海は医学舎をあとにした。

五

宿坊の片隅で額に汗を滲《にじ》ませながら、日海はひとりで碁盤に碁石を置いていく。

——ぱちり。

聞き慣れた音が、日海を明鏡止水の境地へと誘いこむ。すべての物音は遮断され、ここが何処なのかも、相手が誰なのかもどうでもよくなり、あらゆる雑念は思慮の外へ弾《はじ》かれていく。

窮地であればあるほど、日海は実力を発揮してきた。いかなるときも、闘う相手は自分なのだと言い聞かせる。目にみえるのは縦横十九路ずつの線が交差する盤上のみ、対話を重ねる相手はおのれの握る石だけだ。石に問えば、石はかならずこたえてくれる。

水無月二日、紫野の大徳寺で信長の一周忌法要が営まれ、安土城二ノ丸跡には信雄や三法師立ち会いのもと、立派な方形の廟《びょう》が建立された。

だが、この世から消えた者に人々の興味は向かない。

はたして、織田信長のつぎに天下に覇を唱えるのは誰か。

今や、それこそが都で暮らす人々の関心事にちがいなかった。天下とは京の都を中心とする畿内五ヶ国のことで、日海もこの地域を治める羽柴秀吉に期待する声は日増しに強くなっているように感じている。

秀吉は京の政事を司るべく、二条の妙顕寺を堅城に造りかえ、京都所司代の前田玄以《げんい》を常住させた。山城から近江にかけての田畑は検地奉行によって厳密に計測され、検地帳を捲《めく》れば石高《こくだか》が一目瞭然となりつつある。

武家地や寺領の境界争い、商人同士の利権争いなど、京都所司代のもとには連日、山のように煩雑な公事が寄せられたものの、裁定は的確で従来より何倍も早いため、次第に都の人々は玄以の後ろに控える秀吉を頼るようになった。

秀吉に期待する商人のひとり、小西隆佐《りゅうさ》に呼びとめられたのは紅葉《もみじ》も赤くなりはじめた頃のこと、檀家へのお勤めを済ませて寂光寺へ戻る途中だった。

賛美歌の調べに誘われて四条坊門姥柳町《うばやなぎちょう》のほうへ足を向けると、三層楼閣風の南蛮寺から見掛けたことのある初老の人物が近づいてきた。

「日海さま、お久しぶりにございます。四年前の皐月頃、安土の御城でお目に掛かりましたな。おぼえておられましょうか」

忘れるはずはない。日淵に従《つ》いて安土問答へ参じるために向かった折、物見遊山《ものみゆさん》がてら安土城へ上った。信長は全国六十余州に遍く威勢をしめすべく、貴賤《きせん》の別なく多くの人々に城の見物を許したのだ。

大手道の石段を上って二ノ丸御殿を通りぬけると、白砂の中央に青石の敷きつめられた道のさきには、法隆寺夢殿のような正八角形の望楼を備えた天主が聳えていた。

そのときの感動と興奮は、昨日のことのようにおぼえている。ただし、内陣を見学するには銀二匁《もんめ》が必要だった。あきらめて立ちもどろうとしたとき、たまさか居合わせた隆佐が日淵とふたり分の見物料を払ってくれたのである。

「その節はお世話になりました。小西さまのおかげで、この世の奇蹟としか言いようのない安土城の内観を目に焼きつけることができました」

「金箔《きんぱく》押しの壁や柱、彩色鮮やかな格天井《ごうてんじょう》、そして見事な障壁画の数々、望楼から見下ろせば紺碧《こんぺき》の琵琶湖を一望にできたでしょうな。されど、それだけは許されなかった。天の頂から下々を睥睨《へいげい》できるのは、信長さまをおいてほかにはおられぬ。あの頃は、そう信じておりました。まあ、立ち話も何ですから、こちらへどうぞ。天竺渡りのお茶でも差しあげましょう」

宝物のような思い出を脳裏に甦らせつつ、日海は南蛮寺の門を潜った。

隆佐は丸みを帯びた背中を向け、南蛮寺の内へ導いていく。

大屋根を見上げれば、午後の日差しを浴びた十字架が燦然《さんぜん》と輝いていた。

伊太利亜《イタリア》様式の意匠が随所に施された礼拝堂に足を踏みいれるのは、何年ぶりであろうか。

建物の指図を描いた宣教師のオルガンティーノは日蓮宗の教えをよく学び、日本の風土に溶けこもうと努力していた。明るく親しみやすい性分で、日海もずいぶん懇意にしてもらったが、セミナリヨの院長として安土へおもむいてからは疎遠になっていた。

本能寺の変ののち、安土のセミナリヨは破却され、オルガンティーノも行方知れずとなった。信者たちから「ジョーチン」という洗礼名で呼ばれる隆佐なら、消息を知っているはずだ。

「オルガンティーノさまは息災であられますか」

磔《はりつけ》にされたイエス・キリスト像を仰ぎ、さりげなく尋ねてみると、隆佐はふくよかな頬に笑みを浮かべた。

「お元気ですよ。西国九州の各所や摂津の高槻《たかつき》などへ、大車輪のごとく駆けまわっておいでです。そう言えば、先月は羽柴秀吉さまにお引き合わせいたしました。安土のセミナリヨを再建したいと申し出たところ、安土なんぞにではなく、羽柴さまのお膝元に新しく築けばよいと仰せになりましてな」

「お膝元とは」

「大坂にござりますよ」

柴田勝家と歩調を合わせてきた滝川一益が降伏し、北伊勢の長島城は織田信雄のものになった。尾張の清洲城にくわえて、要衝の長島城を所有することには大きな意味があったが、諸大名は信雄などみていない。傅役《もりやく》の堀秀政《ほりひでまさ》と安土城に控える三法師のことなど、すっかり忘れてしまっている。

誰もがみな、大坂をみていた。鍬入《くわい》れは長月朔日《ながつきさくじつ》、秀吉は三十におよぶ諸大名に手伝い普請を呼びかけ、巨大な城を築こうとしている。集められた人足は三万人とも五万人とも言われ、石垣にする大石は三河の千塚や生駒山《いこまやま》や神戸の御影《みかげ》などから運びこまれていた。ふた月足らずのあいだに天守台はほぼ完成し、湊から外海をのぞむ賑《にぎ》やかな城下町も形成されつつあるというのだ。

なるほど、大坂という響きを聞くと、新風が吹きぬけたように感じるから不思議だ。

「信長さまの築かれた安土を枯れ野にしてでも、城下町ごとそっくり大坂へ移す。羽柴さまは、さようにお考えなのでしょう」

隆佐のことばに、日海は驚きを隠せない。

そもそも、上町《うえまち》の台地には本願寺の城があった。信長と四つに組んで十年も戦った一向宗門徒の総本山である。外海から船でやってくる毛利方の補給路を断てなかったせいで、兵糧攻めができなかった。

織田方の諸将ならば、誰しもが苦い経験を持っている。琵琶湖とも京の都とも水運で結ばれており、地の利を知る者であれば、何としてでも大坂を拠点にしたいと考えるはずだ。

秀吉は本願寺攻めの主力ではなかっただけに、かえってそのあたりを冷静に見極めることができたのだろう。賤ヶ岳の戦いにおける論功行賞を坂本城でおこなった際、さっそく池田恒興に打診し、美濃を与える代わりに摂津が欲しいと申し出たらしかった。もちろん、狙いは大坂に城を築くことにほかならない。

「御城や城下町どころか、大坂に都をも移すつもりだと、羽柴さまは豪快に笑っておいででした」

「何と、都を」

「戯《ざ》れ事《ごと》には聞こえませなんだぞ。羽柴さまなら、やっておしまいになるやもしれませぬ」

本願寺十一世として信長に抗いつづけた顕如《けんにょ》は、この秋、紀伊の鷺森御坊から和泉の貝塚御坊へ居を移した。

顕如はいったい、秀吉のことをどうおもっているのだろうか。

大言壮語の痴《し》れ者《もの》とみなすのか、それとも、乱世に安寧《あんねい》をもたらす仏の使わしめとみなすのか、説法の合間にでも聞いてみたいものだと、日海はふとおもう。

「大坂城の縄張りと天守台を、この目でみてまいりました。おそらく、天守閣ができあがるのは、来年の夏頃になろうかと」

すでに、秀吉と妻女のねねは城内の御殿に移り、茶会なども開かれているという。

「見る者の度肝を抜くような御城になりましょう。安土城を凌駕《りょうが》するはずですし、羽柴さまは何よりもそれを望んでおられるはず。天に聳える天守閣を目にするや、諸大名は羽柴さまと張りあう気力を無くしてしまわれるにちがいない。それこそが築城の狙いだとすれば、わたしなんぞの想像もおよばぬ壮大なお考えをお持ちなのかもしれませぬ。たとえば、畿内どころか日の本六十余州をも超える版図を描いておられるのやも」

大兵力を擁して海の向こうへ渡る構想ならば、信長公も脳裏に描いていた。

戦火に包まれた本能寺から安土へ逃れたのち、正倉院の碁盤を挟んで言ったのだ。

「欧州から天竺までまたがる広大な版図に、おのれの名を点々と刻んでいきたい」

日海は耳を疑った。

信長公は「夢物語ではなく、使命なのだ」とも言いきった。まさに、死の直前に聞いたはなしだ。

秀吉が信長の存念を知り得ていたのならば、かつて欧州全土に覇を唱えたアレクサンダー大王のごとく、未知の大陸へ雄々しく駒を進め、広大な版図に「ノブナガ」ではなく「ヒデヨシ」という名の都を点々と築く野望を抱いても不思議ではない。

ふと、日海は我に返った。

それにしても、隆佐はずいぶん秀吉を持ちあげる。どうやら、理由があるらしい。

「わたしら堺の商人も、うかうかとはしていられない。何せ、大坂湊が拡充されれば、堺は必要なくなりますからな。堺を牛耳《ぎゆうじ》ってきた納屋衆《なやしゆう》のなかでも、古い考えをお持ちの方々は置き去りにされていくしかございますまい」

いったい、誰のことを言っているのだろうか。

信長に重用された今井宗久《いまいそうきゆう》や津田宗及《つだそうぎゆう》は明智光秀とも昵懇《じつこん》だったせいか、秀吉とは今ひとつ馴染んでいないようだった。信長から三番手と目されていた千宗易《そうえき》（利休）は、商人というよりも、茶頭の一番手になった。今は納屋衆の誰もが目の色を変え、競うように秀吉と親密になりたがっているという。

「手前味噌にございますが、商人ではわたしが一番手になるかもしれませぬ」

たいした自信である。

隆佐は薬種を主に扱い、呂宋《ルソン》や暹羅《シャム》のほうまで幅広く渡航して交易をおこなってきた。それゆえ、秀吉の興味を引くようなはなしもできよう。だが、重用されている理由はそれだけではないらしい。

隆佐は、ぐっと胸を張った。

「商家へ養子に出した次男坊が、備前の宇喜多《うきた》さまに気に入られて侍になり、三木城攻めのときに使者として羽柴さまに目通り申しあげたところ、これまた気に入られて、そのまま臣下にくわえていただきました。とんとん拍子に出世を重ね、船奉行にまで出世したのでございます」

なるほど、小西行長《ゆきなが》という実子との縁も少なからず影響していようが、やはり、秀吉は隆佐自身を気に入っているはずだった。

今から十八年前の永禄《えいろく》八（一五六五）年、正親町天皇が京から宣教師を追放するように命じ、松永久秀や三好《みよし》党の連中が武をもって追いだしにかかったとき、隆佐は宣教師のフロイスや神父のヴィレラを命懸けで助けた。

さらに八年後の元亀四年、将軍義昭が信長によって追放され、京の町が動乱の渦に包まれた際には、フロイスらを警固し、信長に宣教師たちの庇護を求めるべく、みずから使者を買ってでた。

隆佐は金儲けだけに走る商人ではない。一途な信仰によって培われた骨太なところが、秀吉の眼鏡にかなったのであろう。

「羽柴さまが囲碁を嗜まれるというはなしは聞きませぬが、お望みならばいつでもお引き合わせいたしましょう」

ありがたくもないので黙っていると、隆佐は笑いながら立ちあがった。

「そう言えば、お茶を忘れておりました」

「おかまいなく。そろそろ、お暇《いとま》いたしますので」

「侘び茶と異なり、難しい作法は要りませぬ。二畳の部屋へ招くつもりもござりませぬゆえ、どうかご安心を」

隆佐も山崎の「待庵」に招かれ、秀吉の点てた茶を呑んだのであろうか。

そうであったとしても、羨《うらや》ましくはないなと、日海は胸の裡に囁いた。

六

年が明けても、秀吉のもとへ参じる機会は訪れなかった。

大坂城の普請は着々と進み、その全容があきらかとなるにつれて、織田信雄の不信は募っていったにちがいない。信雄以上に反感を強めたのは、今や五ヶ国（甲斐、信濃《しなの》、駿河《するが》、遠江《とおとうみ》、三河）を治める大大名となった徳川家康である。昨年の暮れ、家康は秀吉の勢いを封じるべく、織田家の後継には意のままになる信雄を立てるようにと迫り、秀吉に約束させていた。

ところが年明けになると、秀吉はまるで自分が天下人であるがごとく大坂城に諸将を招いて派手に年賀を催した。それればかりか、信雄のもとへ何度も使者を送り、しきりに大坂城への出仕を求めた。

無論、織田家の中心は自分だと信じる信雄は臣従の礼を取ろうとせず、痺《しび》れを切らした秀吉はみずから出向き、ついに両者は坂本の三井寺《みいでら》において対面することとなった。

三井寺での会見を日海に再現してみせたのは、秀吉の御伽衆を弟子に持つ薬師の曲直瀬道三である。

「『おう、参ったな、三介どの、久方ぶりではないか』と開口一番、秀吉は言ったそうじゃ」

秀吉はいち早く到着して上座を占め、ふてぶてしい笑みを浮かべて言いはなった。三介こと信雄は「はばかりに行く」と発して席を離れ、そのまま戻らなかったという。家老三人を残し、伊勢長島城へ帰ったのだ。

残った家老たちは、その場で秀吉に籠絡《ろうらく》された。遅れて長島城へ戻り、秀吉との仲直りを諫言《かんげん》するにいたり、信雄の怒りは抑え難いものになった。弥生《やよい》六日、家康とも相談のうえで家老たちを謀殺してしまったのだ。

「信雄の無情な仕打ちを市中に遍く触れてまわらせたのは、じつを言えば秀吉なのじゃ」

信雄との決裂は誰の目にもあきらかとなったが、局面を俯瞰《ふかん》できる日海にしてみれば、秀吉が信雄をわざと怒らせ、大立者《おおだてもの》の家康を対決の場へ引っぱりだすことに成功したとしかおもえなかった。

弥生なかば、秀吉と家康は各々の軍勢を率いて尾張をめざした。

「羽柴方は十万、たいする徳川方は三万じゃ」

泥鰌髭の曲直瀬道三は、碁石をもてあそびながら楽しげに喋る。

数の上では秀吉のほうが勝っていたが、家康が絶対不利とは言いきれない。

「戦さ上手の家康だけに、勝算がなければ出張っては来ぬわ」

道三の読みでは、遠大な秀吉包囲網を画策しているはずだという。

五ヶ国を治める家康は、相模《さがみ》や上野《こうずけ》を治める北条氏直《うじなお》と同盟を結んでいた。さらに、同盟の一翼を担う信雄は、尾張、伊勢、伊賀の三ヶ国から兵を集めており、越中の佐々成政や四国の長宗我部元親も秀吉に抗う勢力になる。しかも、紀伊の根来《ねごろ》や雑賀の一党は家康の挙兵に応じ、一揆を煽ることで秀吉の背後を攪乱《かくらん》する手筈《てはず》になっていた。

「これに毛利がくわわれば、形勢は一気に変わる。何せ、秀吉は宇喜多勢だけに留守を任せ、後詰めの連中もすべて引きつれていったというからな。毛利に背後から攻めこまれれば、総崩れになるやもしれぬ」

「毛利が動きましょうか」

「まず、動くまい。動かぬのが毛利じゃ。秀吉もようわかっておる」

道三は軍師のごとき風貌で言いきった。

諸大名との連携で言えば、筆まめな秀吉のほうが家康より上をいく。

「日の本を俯瞰すれば、秀吉のしたたかさがわかろうというもの」

道三は大局観を描いてみせる。

「北条の抑えとしては、越後の上杉景勝ならびに常陸《ひたち》の佐竹義重《さたけよししげ》と緊密な連携をはかり、挟撃する構えで動けぬようにしておった。しかも、上杉は徳川の背後をも脅かす存在となる」

遠交近攻策においては、たしかに、秀吉のほうが一枚上手のようだと、日海もおもう。

それでも、家康は退かない。退くはずがないと、道三は言う。

「わしはな、家康さまの脈も診させてもろうたことがある。一見、物静かなようにみえて、まことのお気持ちは烈火と燃えておられた。あれは怒りじゃ。大大名が百姓あがりの成り上がり者に負けてなるものかと、お思いなのじゃ」

局面ごとの戦いでは、家康に分があった。弥生十三日に小牧山周辺での戦端は開かれ、半月ほどのあいだは小競り合いがつづいたのち、家康方が見晴らしのよい小牧山城を占拠したのだ。

家康は小牧山城、一方の秀吉は楽田城に本陣を構え、じっと睨みあうかたちになった。

このとき、公家の吉田兼和は朝廷の命で秀吉の陣中に使者を送り、両者対陣の絵図を持ちかえらせている。

「帝もご心慮を悩ませておいでなのじゃな」

都の人々も戦いの趨勢《すうせい》を固唾を呑んで見守っていた。まさに、雌雄を決する戦いなのだ。

溜息を吐く道三に命じられ、日海は兼和から聞いた絵図を盤上に再現してみせた。

秀吉の陣取る楽田城からすれば、南西の小牧山城は目外しの位置にあり、囲碁好きな家康にとっては相手の出方に応じて機動力を遺憾なく発揮できる位置取りにちがいなかった。

「やはり、小牧山城に陣取った家康方の優位は動かぬか」

ふたりの読みはまったく同じで、実際の戦局は読みどおりになった。

秀吉は野戦での不利を挽回すべく、家康の留守を突いて岡崎城を落とす「三河中入り」の奇策を講じた。

ところが、伊賀者の探索によって動きは筒抜けとなり、先回りした徳川勢から逆しまに腹背を突かれ、潰走を余儀なくされたのである。なかでも、初陣を飾るはずだった秀吉の甥、羽柴信吉《のぶよし》（のちの秀次《ひでつぐ》）の狼狽《うろた》えぶりはあまりに酷く、後々までの語り草になるほどだったという。

野戦では家康に一日の長があったと、曲直瀬道三は日海に説いた。

卯月上旬までつづいた激戦において、秀吉は池田恒興や森長可といった織田家の頃からつづく有力な武将を失った。小牧長久手における敗戦の報は、秀吉の勝利を信じていた都の人々を動揺させた。家康が勢いに乗じて上洛し、都が火の海になることを案じたのだ。

しかし、そうはならなかった。家康の慎重さが、秀吉に立てなおしの猶予を与えた。

皐月のはじめから水無月にかけて、秀吉は南美濃や西尾張にある城をたてつづけに落としていった。噂によれば、合戦場のそばで茶会を開く余裕までみせたという。固唾を呑んで合戦の行方を見守る諸大名に向かって、虚勢を張ってみせたのだろうと、日海はおもった。

文月、秀吉の軍門に下っていた滝川一益が徳川勢と戦わずに逃げたため、蟄居《ちっきょ》の沙汰を受けた。一益は尾張の蟹江城を攻略していた。ところが文月になり、反撃に転じた徳川勢に包囲されて観念し、起請文を差しだしたうえで伊勢へ退却してしまった。すぐのち、秀吉は鬼の形相で怒りあげ、一益に蟄居を命じたという。

信長公と乳兄弟の池田恒興は長久手の合戦で散り、織田の東国遠征軍を統率していた滝川一益は表舞台から消えた。明智光秀も柴田勝家もこの世にはおらず、丹羽長秀は新たに与えられた北庄城で牙を抜かれたも同然となっている。

かつて、秀吉と肩を並べていた織田家の宿老たちはみな、出世争いの土俵から消えた。出世争いどころか、秀吉は今、生まれついての大名である徳川家康と天下取りを争っている。

合戦の趨勢を遠望しながら、日海はどうしても知りたくなった。

秀吉を衝き動かしているものは何なのか。あれだけの勢いが、いったい、どこから生まれてくるのか。衝き動かしているものの正体は、ぜったいに負けたくないという反骨心なのか。あるいは、是が非でも人の上に立ってやろうという野心なのか。

わからぬ。都で傍観しているだけでは、何ひとつわからぬ。知りたければ、本人に会うしかない。秀吉と碁を打つ以外に知る方法はない。

命を奪われる危うさを察し、会いたくないとおもってきた。今も恐い。にもかかわらず、秀吉を動かしているものの正体を知りたいという衝動を、日海は抑えきれなかった。

公家衆のなかには、本能寺の変にのぞむにあたって、光秀は家康と裏で通じていたのではないかと噂する者もある。ただの噂にすぎぬとしても、家康には信長公を助けられず、弔い合戦もできなかった負い目があるはずだ。

一方の秀吉はどうであろうか。

愛宕百韻にまで間者を忍ばせ、光秀の動向を探っていた。備中高松で変の一報を聞いたとき、信長公の死を悲しみながらも、光秀よ、よくぞやってくれたと、心のどこかで快哉《かいさい》を叫んでいたにちがいない。

天運を信じ、秀吉は果敢に行動を起こした。そして、弔い合戦を見事にやってのけ、信長公の血族や恩顧の諸将を瞬く間に斥けたかとおもえば、大坂に途轍《とてつ》もない城を築き、新たな都と目された安土さえもこの世から消しにかかっている。

織田信長を超えてやる。もしかしたら、その一念で天下取りの梯子《はしご》を登りきろうとしているのかもしれない。

日海の脳裏には、天にも届かんとするほどの梯子をするすると容易《たやす》く登っていく猿のすがたが浮かんでいた。

七

大坂城本丸の普請が着々と進むなか、秀吉は上杉景勝から人質を貰い受け、両者は正式に同盟を結んだ。家康は上杉の動きに神経を尖《とが》らせ、おもいきった決断ができぬようで、戦局は膠着していった。

文月もなかばを過ぎた頃、前田玄以の使者が寂光寺へやってきた。

信長の命でおこなわれた安土問答で負けた折、日蓮宗の高僧たちは自分たちの負けを認めて、以後は他宗派と問答をしないと約束させられた。そのときに交わした屈辱にまみれた詫《わ》び証文が返却されるとともに、都からの退去謹慎を命じられていた高僧たちの帰還が許されたのだ。

「これぞ御仏のご加護、みなで地道にお願いをつづけてきたおかげじゃ」

叔父の日淵は、目に涙を溜めながら声を震わせた。

詫び証文はこののち、頂妙寺《ちょうみょうじ》を預かる日珖上人《にっこうしょうにん》の手で棄却されるはこびとなろう。

「前田玄以さまには無論のこと、羽柴秀吉さまのもとへも御礼に伺わねばなるまい」

と、日淵はこともなげに言う。

日海は身の縮むおもいであったが、ここは腹を決めねばならぬ局面かもしれなかった。

秋になっても、秀吉と家康は戦う姿勢をみせていたが、葉月の終わり、秀吉は家康の陣取る清洲へ攻めこんだ。が、戦いに終止符を打つべく和睦《わぼく》の道も探っていた。

長月になり、やや優勢となった秀吉から家康に和睦の打診がなされたものの、条件が折りあわず頓挫したらしいとの噂を聞くたびに、関わりのない日海でさえも落胆をおぼえずにはいられなかった。

長引く戦闘は当人同士だけではなく、傍《はた》で眺めている人々の心をも疲弊させる。

「羽柴さまは蒲生《がもう》さまに命じて、伊勢の戸木《へき》城を攻めさせたらしいで」

日海の前で目を輝かせるのは、公家衆では誰よりも戦局に詳しい吉田兼和だった。

秀吉は矛先を尾張の家康から伊勢の織田信雄に変え、信長公の娘婿としても知られる蒲生氏郷《うじさと》を送りこんだという。

「蒲生さまは歴戦の強者《つわもの》、銀の鯰尾《なまずお》の兜《かぶと》を煌《きら》めかせた雄姿は城方を震えさせたはずや」

その氏郷をもってしても、戸木城は容易に落ちなかったが、兼和に言わせれば、秀吉の思惑は長期戦に持ちこみ、信雄方の士気を挫《くじ》くことにあるらしかった。

「羽柴さまは堺の有力商人を味方につけてはる。生野《いくの》や石見《いわみ》の銀山も抑えてはるし、軍資金は潤沢にあった。やろうとおもえば、いくらでも合戦を長引かせられるのや」

しかも、大坂城の普請や京の政事などをやりながらのはなしで、遠くから戦況を窺《うかが》う日海にも、信雄が根負けするのはそう遠い時期ではなかろうと予想できた。

都の人々も合戦に飽いてゆくなか、神無月二日、秀吉は従五位下左近衛権少将《じゆごいげさこんえごんのしようしよう》に推挙された。その二日後、朝廷では譲位の意向がしめされ、新たに誠仁《さねひと》親王が即位するはこびとなった。秀吉は一万貫を献上するとともに、上皇となる正親町天皇がお移りになる仙洞御所の縄打ちをおこなった。

「羽柴さまは来月、公家のお仲間になられる。帝から平氏《たいらし》の姓を冠されて平秀吉さまとなり、従三位《じゆさんみ》権大納言《ごんだいなごん》の官位を授けられるはこびとなろう」

兼和は碁盤のうえに身を乗りだし、日海の耳許《みみもと》に囁きかけてきた。

何故、秀吉は朝廷の官位を欲しがるのだろうか。首を捻ると、兼和は「官位をありがたがる武士がおらぬようになれば、朝廷は役目を失う」と、自嘲してみせた。

「されど、羽柴さまのご本心まではわからぬ。知りたければ、ご本人にお尋ね申しあげるがよかろう」

そう言って、兼和は意味ありげに笑った。

山里の紅葉も見頃を迎えたとき、日海は日淵ともども、秀吉のもとへ参じる機会を与えられた。

身の引きしまるおもいであったが、不思議と恐怖は感じない。

「いよいよだな」

どのようなかたちで目見得《めみえ》できるのかも知らされておらず、実感が湧かないというのが正直なところだった。

目見得の場所に指定されたのは、公家のあいだでもよく知られている「湯山《ゆのやま》」である。東寺口から山陽道をたどって郡山で一泊し、ひとつさきの瀬川から小浜を経て湯山街道で向かう。

二日掛かりの旅であったが、日淵の顔はずっとほころんでいた。

「何せ、湯山ははじめてでな。一日湯に浸《つ》かっただけで、百日は寿命が延びるとも聞いたぞ」

そんなはなしをしては、子供のようにはしゃいでいる。

暢気《のんき》な叔父がいつになく頼もしく感じられるのは、やはり、昇龍のごとき勢いで天下を掌中に収めつつある秀吉への恐れがあるからだろう。

街道はよく整備されていた。秀吉が別所氏の三木城を攻めた折、有馬につづく旧道を普請しなおしたのだ。おかげで、姫路から京にいたる近道ができあがった。秀吉が湯治をするために道をわざわざつけかえたとの逸話もある。いずれにせよ、大坂とも近いので、秀吉は合戦の疲れを癒やすべく気軽に訪れているらしかった。

道中は箕面《みのお》で紅葉狩りなどをやり、久方ぶりに遊山気分を楽しんだ。

湯山の入口で出迎えてくれたのは僧体の薬師、徳運軒全宗である。

曲直瀬道三から、名だけは聞いていた。もとは比叡山延暦寺の住持であったが、信長の命で強行された焼き討ちに遭遇し、還俗《げんぞく》を余儀なくされた。そののち、道三に師事して漢方医術を極め、今は秀吉の侍医となり、御伽衆の取りまとめ役をも担っている。

「おふたりのことは、よく存じあげております。ことに、日海さまについては、道三先生からも伺っております。まさしく囲碁の力量は天下無双、名人とお呼びするのにふさわしい豊かな才の持ち主であられると」

「さよう、日海は日の本一の碁打ちにござる」

と、日淵が胸を張る。

日海は恥ずかしさで耳まで赤く染め、全宗の背にしたがった。

ふたりが連れていかれたのは、愛宕山の山麓にある旅籠《はたご》で、秀吉はそこからしばらく歩いたさきの御殿に、妻女のねねといっしょに滞在しているという。

全宗に指図されたとおり、旅装を解いて岩風呂に浸かった。あまりの気持ちよさに、日淵は「海月《くらげ》になった気分じゃのう」などと、戯《たわむ》れていた。いつも聖域の寺にいるというのに、世俗の垢《あか》が洗われた気分だった。

湯からあがってしばらく部屋で休んでいると、全宗が迎えにきた。

いよいよ、秀吉と顔を合わせねばならない。落日まではまだ一刻の猶予があり、行く手にたいそう立派な楼閣風の御殿がみえてくると、緊張で喉がからからになった。

しかも、日淵は足を止め、わけのわからぬことを言い出す。

「どうやら、わしはお呼びでないようじゃ。日海、ここからさきは、ひとりで行け」

「何を仰《おつしや》います、ご上人さま、本日は詫び状をお戻しくだされたことへの御礼に参ったのではござりませぬか」

「御礼ならば、頂妙寺の日珖さまがもう済まされた」

「もしや、最初からわかっておいでだったのですか」

「いいや、そうではない。さきほど、全宗どのに耳打ちされたのじゃ。平秀吉さまは、囲碁名人に会いたがっておられるとな。わしのような年寄りが随伴すれば、ご機嫌を損ねてしまうやもしれぬ。わかるな、おぬしひとりで行ってまいれ」

日淵は突きはなすように発し、くるっと踵《きびす》を返してしまう。

日海は淋《さび》しげな叔父の背中を見送り、仕方なく重い足を引きずった。

御殿の入口に近づくと、全宗が影のように佇んでいる。

「お待ちかねですぞ」

ふわふわとした心持ちで履き物を脱ぎ、磨きこまれた廊下を奥へと進んでいった。

恐怖なのか、期待なのか、もはや、判別すらつかない。どっくん、どっくんと、みずからの高鳴る鼓動を聞きながら、日海は大広間へ導かれていった。

「ほう、参ったな。おぬしが新発意《しんぼち》か」

突如、頭の上から疳高い声が振りかかってくる。

正面の上座には、誰も座っていない。

秀吉は襖の陰からふいにあらわれ、隠れ鬼に興じる童子のごとく、後ろから袖を摑んできた。

「ほうら、捕まえた。肌の白い、可愛《かわい》い顔をしておるのう。されど、案ずるでない。閨《ねや》には誘わぬゆえな。ぬひゃひゃ、困った顔をいたすな。おぬし、齢《よわい》はいくつじゃ」

「はい、二十六にござります」

「十五ほどの小僧にしかみえぬぞ。わしはいくつにみえる。いや、こたえずともよい。四十八じゃ。このとおり、皺々《しわしわ》の猿顔ゆえ、還暦を過ぎておろうと申す者もおったが、見掛けなぞはどうにでもなる。よいか、みておれ」

秀吉は軽快に袖を翻し、畳を滑るように進むと、一段高い上座に素早く腰を下ろす。

おもわず、日海は下座にかしこまり、潰《つぶ》れ蛙《がえる》のごとく畳に平伏した。

「面《おもて》をあげよ」

「はは」

気づいてみれば、秀吉は錦糸で龍の刺繍《ししゅう》が施された陣羽織を纏っている。後ろの床の間には大日如《だいにちによ》来《らい》の描かれた金色の軸が掛かっており、ちょうど秀吉に後光が射しているやにみえた。

「どうじゃ、見ちがえたであろう。地位に応じて人の見方は変わる。上座でふんぞり返ってみせれば、たいていの者は平伏《ひれふ》す。おもしろいことに、地位や身分は銭で買える。銭さえあれば、人の上に立てるというはなしじゃ。されど、銭で容易に買えぬものがふたつある。持って生まれた才と運じゃ。このふたつが揃わねば勝負にならぬ。才があっても運がなければ、天下は取れぬゆえな。ひゃはは、囲碁坊主よ、時折、わしのもとを訪ねてこい。おぬしの持つ才と運を、わしのもとへ運んでくるのじゃ。ひとつところに才人たちの気が集まれば、天下取りの機運はいやが上にも高まろう。おぬしも、その一助となるがよい。のう、碁石を携えて慰みにまいれ。わしの臣下で囲碁の手合いを望む者があれば、一手指南してつかわすのじゃ。たとえば、ほれ、家康とか申す三河の田舎大名なぞも、たいそう囲碁好きと聞いておる。名人のおぬしが相手をしてやれば、きっと喜ぶに相違ない」

矢継ぎ早に喋り、秀吉はすっくと立ちあがる。

平伏す日海の脇を擦り抜け、部屋から出ていこうとした。

ところが、出ていかずに身を翻し、すたすた戻ってくる。

「そうじゃ、忘れるところであった。おぬし、織田信長の最期を存じておるのではあるまいな」

息が止まった。首元に鋭い刃《やいば》を突きつけられた気分だ。

脳裏にぽっと浮かんだのは、眉間に風穴を開けた信長公の顔である。

悲しげに笑ったその顔をほんとうにみたのかどうかさえ、今となってみれば定かでない。

返答に窮していると、秀吉は殺気を放ちながらも黙って去っていった。

廊下の奥へ遠ざかる跫音《あしおと》を聞きながら、日海は全身の震えを止められずにいた。

こののち、日海は二十石を下賜するという御墨付きを与えられた。

秀吉は「織田信長」と呼びすてにし、上をめざす者のぎらついた野心を隠そうともしなかった。

ただし、信長公の最期を尋ねた真意は判然としない。

やはり、強烈に意識しているのだということ以外は見当もつかなかった。

神無月の終わり、秀吉の軍勢は桑名に攻めこんだ。秀吉自身も神戸《かんべ》城へおもむき、北伊勢の諸将に命じて激しく敵城を攻めさせた。そして、伊勢の核となる長島城が落城の憂き目に瀕するにいたり、信雄はついに音をあげた。家康に相談する余裕もなく、人質を差しだすゆえ、和議に応じてほしいと、秀吉に懇願したのである。

霜月《しもつき》十五日、桑名近郊の矢田川原において和議が成立した。

秀吉は下座に平伏す信雄にたいし、紙子《かみこ》ふたつと金二十枚、さらに、北伊勢の一揆衆が捨ておいた兵糧二万五千俵とともに、信長愛刀の腰物である「不動国行」を譲った。

信雄が負けを認めたことで、家康は大義を失い、清洲から浜松に帰っていった。そののち、秀吉との講和に応じ、師走も押しせまった頃、養子として十一の次男於義丸《おぎまる》（のちの秀康）を大坂城に送ってきた。

秀吉のほうも家康との縁を深めるべく、異父妹の旭姫《あさひひめ》に浜松城へ嫁ぐようにと命じている。旭姫は齢四十を過ぎており、地侍の妻になっていたが、強引に別れさせられ、泣く泣く兄の命にしたがわねばならなかった。

こうした仕打ちを、都の連中で笑う者はいない。天下に近づいたのは家康ではなく、秀吉のほうだと、誰もがわかっていたからだ。

都へ戻ってみれば、湯山での目見得はまぼろしのごとき出来事におもわれて仕方ない。

日海は寂光寺の塔頭にひとり籠《こ》もり、碁盤に石を置きながら余計なことは考えぬようにつとめた。

第二章　日輪の申し子

一

天正十三（一五八五）年、皐月なかば。

日海は乗合船に乗って淀川を下り、大坂へやってきた。

堺で津田宗及の主催する囲碁の会があり、秀吉配下の武将たちも集まるので是非にと招かれたのだ。

納屋衆の宗及には以前から寺への寄進などでよくしてもらっており、無下にはできない。近頃は檀家と関わりのある武家や公家からも一手指南の依頼が増え、日淵には「これも出家のお勤めとおもうがよい」と諭《さと》された。

今ひとつ納得はいかないものの、望まれれば何処へでも行こうと決めている。望まれているうちが花だし、自分を生かす道は囲碁しかないとおもっていた。

都を出るのは久方ぶりなので、気持ちは浮きたっている。伏見を早朝に出れば、大坂へは正午前には着いた。気兼ねの要らない一人旅というのも、日海にとってはありがたい。

梅雨空の裂け目からは、一条の陽光が射し込んでいる。

「ほうら、みえてきたで」

船尾で竿《さお》をさす船頭に誘われ、客たちは一斉に身を乗り出した。

舳先《へさき》の向こうには、できあがったばかりの大坂城天守閣が聳えている。

「おお」

おもわず、驚嘆の声が口を衝いて出た。

黒漆塗《くろうるし》りの下見板張りに灰色の漆喰《しっくい》壁、波と連なる比翼千鳥《ひよくちどり》の破風《はふ》と方形の望楼を司る唐破風《からはふ》、見事な調和を描く破風の金具も五層望楼の屋根瓦《やねがわら》も何もかもが黄金に輝き、大屋根のてっぺんに飾られた一対の鯱《しゃちほこ》は眩《まばゆ》いばかりの光彩を放っている。

川筋に沿って船が右手に大きく曲がっても、日海は天守閣から目を逸《そ》らすことができなかった。

城からみると淀川は北面を守る外堀の役目を果たし、天守閣を擁する本丸は南面以外の三方を内堀に囲まれている。幅の広い水堀を渡る橋は北に一箇所しかなく、船頭によれば「極楽橋《ごくらくばし》」と名付けられているそうだが、橋は唐破風の屋根と壁に囲まれた回廊だった。

本丸の普請は一年半ほどで終わり、早くも二ノ丸の縄張りが着々と進められている。さらに、南の四天王寺まで三里強におよぶ台地には、広大な城下町が着々と形成されつつあった。

大坂は今、誰もが一度は来てみたいとおもう町だ。桟橋から陸《おか》へあがって少し歩いただけでも、賑わいを肌で感じることができる。織田軍も手を焼かされた石山本願寺城と寺内町があったところとはおもえない。その頃の景観を知る日海も、唖然《あぜん》とさせられるほどの変貌ぶりであった。

淀川の河口寄りには渡辺津という湊があり、中洲《なかす》の手前には行基《ぎょうき》上人の架けた古い木橋が遠望できる。木橋を渡った川向こう、天満《てんま》天神《てんじん》の杜《もり》がある辺りだけはまだ手つかずのようで、以前の面影を残していた。

堺には夕刻までに着けばよいので、昼餉《ひるげ》を食べがてら散策しようとおもった。

南北に延びる往来には旅籠もあれば商家もあり、食べ物や土産を売る葦簀《よしず》張《ば》りの見世《みせ》も並んでいる。寺社の門前町さながらの殷賑《いんしん》ぶりは堺にも匹敵するほどのものだが、いまだ普請途上の物々しい雰囲気も感じられ、具足の侍や汗臭い人足たちも随所に見受けられた。

往来の片隅には物乞《ものご》いの子供などもいる。暗くなれば夜盗や辻斬《つじぎ》りのたぐいも横行するらしいぞと日淵に脅されてきたが、横道に迷い込んで野犬に吠えられたときなどは、それがけっして脅しでないことを思い知らされた。

日海は人の行き交う往来へ急いで立ちもどり、串に刺さった焼き餅を求めた。甘い味噌を付けて香ばしく焼きあげたもので、都ではお目に掛かれぬ代物だ。

熱々の餅を頬張った途端、涙が出るほど美味《うま》かった。腹も空いていたせいだろう。夢中で食べていたので、後ろから小童《こわつぱ》が近づいてくるのに気づかなかった。

――ばすっ。

左腕に衝撃を受けて振り向けば、さっと逃げだす小童の後ろ姿がみえた。

刃物のようなもので、左の袂《たもと》を断たれている。

「ぬうっ」

袂ごと中味を盗まれたと気づき、日海は餅を放って駆けだした。

財布だけならあきらめもつくが、使いこんだ白檀《びゃくだん》の数珠《じゅず》と麝香の匂い袋も盗まれた。ことに、匂い袋は因縁の品だけに、失うわけにはいかない。

日海は自分でも驚くほどの速さで駆け、横道から抜け裏へ、また別の横道へとたどり、必死の形相で追いかけたものの、独楽鼠《こまねずみ》のようにすばしこい小童には追いつけず、とうとう見失ってしまった。

汗だくで息も絶え絶えになり、両手を膝について顔を持ちあげると、道の向こうに木橋がみえた。いつの間にか、行基上人によって架けられた木橋の手前までやってきたらしい。

派手な着物を肩外しに纏った娘がひとり、欄干《らんかん》に背をもたれさせ、こちらを冷めた目で眺めている。鎖骨が浮きでるほど痩せており、鹿のように手足が長い。齢は十七、八であろうか。目鼻立ちのはっきりした顔で、化粧気はなく、色は浅黒かった。

外見は異なるものの、醸し出す雰囲気はどことなく真葛を彷彿《ほうふつ》とさせる。

地に根づいた娘であろうと察したが、走りすぎて吐き気を催したので、日海はまともに喋りかけることもできなかった。

「お坊さん、都から来たのやろう」

娘は謡《うた》うように喋り、妖艶に笑いかけてくる。

「この町で隙をみせたら、袂を切られてまうのやで」

「……こ、小童の知りあいか。ならば、返すように伝えてほしい。せめて、匂い袋だけでも」

「匂い袋」

「因縁のある品なのだ。頼む、路銀も数珠もくれてやるゆえ、それだけは返してもらえぬか」

「その因縁とやらを聞かせてくれたら、考えてもええで」

「言えぬ。なれど、たいせつな相手から貰ったものだ」

「ふふ、たいせつな相手とは、お坊さんが好いたおなごのことか。ほんなら、返さなあかんかもな。でも、無理や。ハトは巣に戻ったさかいにな」

「ハトとは小童のことか」

「そうや。わいはサヤ、ハトは弟や。あんたは」

「日海」

「ふうん、日海か。わいかて、弟に罰当《ばちあ》たりなまねはさせとうない。好いたおなごの思い出を返してほしいのやったら、橋向こうまで付きおうてもらうしかないな」

　橋を渡ったさきに何が待っているのかわからぬが、日海は仕方なくサヤという娘の背中にしたがった。

　しばらく歩いてたどりついたのは天満天神の裏手、竹藪《たけやぶ》を抜けたさきに石積みの門があり、門を潜ると襤褸《ぼろ》長屋が長々とつづいている。住んでいる連中も襤褸布を纏っただけの風体をしており、一帯は鼻がつんとするような小便臭さに包まれていた。

「トリデや」

　娘は胸を張って言い、日海を往来の片隅へ誘う。

「みてのとおり、トリデに集まるのは城下町で暮らせぬ者ばかり。盗人《ぬすっと》も人斬りも物乞いも逃げ込んでくる。ほんでも、秀吉はトリデを潰せぬ。ここにはむかしから役に立つ連中が住んでおってな、それがわかっておるからや。連雀《れんじやく》商人や木地師《きじし》や綱差《つなさし》なぞも住んでおるし、頭《かしら》は普請人足を何千人も調達できる。頭は秀吉と裏で通じておると言うてはった。秀吉はここの連中と出自が同じやから、みなの気持ちがようわかるのやて。嘘か真実《まこと》かわからへんはなしやけどな」

娘は屈託なく笑い、粗末な門のある建物のまえで立ち止まる。

「さあ、ここや。恐がらずに入り」

促されて門を潜り、朽《く》ちかけた玄関の敷居をまたぐと、薄暗い板の間の片隅に小童が蹲《うずくま》っていた。囲炉裏《いろり》の近くで胡座《あぐら》を掻く巨漢が、舌を出してこちらを威嚇《いかく》する。

「あれは力士くずれの陣幕《じんまく》や。織田信長のお抱えやったそうやけど、身分のある侍を素手で殺《あや》めてしもうた。打ち首にされる寸前で逃げだしてな、しばらくは都で辻強盗をはたらいてはったのやて」

部屋は奥にもうひとつあり、何者かの気配を感じた。

「頭、五右衛門《ごえもん》の頭」

サヤが名を呼ぶと、陣幕よりさらに大きな男がのっそりあらわれた。

ぎょろ目を剝いた顔は、南禅寺の山門に立つ力士像と寸分も変わらない。

日海は恐怖に縮みあがったが、相手には伝わっていないようだった。

「ふうん、わしをみても平然としておる。なかなかの肝っ玉やな。おぬし、何処の坊主や」

低い濁声《だみごえ》で問われ、日海は声を振り絞る。

「御所の南にある寂光寺の者にござります」

「知らぬではない。寂光寺と申せば法華やな。んで、これを返してほしいんか」

五右衛門という名の頭は、財布や数珠の入った袂をもてあそんだ。

すかさず、サヤが口を挟む。

「頭、このお坊さん、匂い袋を返してほしいのやて」

「ほう、これか」

袂から取りだした匂い袋を、五右衛門は鼻に近づけた。

「ええ匂いがする。これは麝香やな。高う売れる品やから、容易なことでは返されへんで。のう、法華坊主、経を読む以外に何かできるんか」

「囲碁をやります」

蚊の泣くような声で応じると、五右衛門は太い眉を捻りあげた。

「サヤ、照算《しょうざん》どのを連れてこい。照算どのは日の本一の筒撃ちやが、囲碁の腕前も畿内で三指に入ると聞いた。どっちが勝つか見物してやろうやないか。法華坊主が互先《たがいせん》で照算どのに勝ったら、匂い袋は返してやる。その代わり、負けたときはどうするか。坊主の首でも貰うかのう、ぬはは」

大笑いが途切れぬうちに、背中の曲がった初老の男がやってきた。

碁盤を重そうに抱えており、盤のうえには碁笥《ごけ》もふたつ載せてある。

「頭、わしを見くびってもらっては困る。生白い都の坊主には負けへんで」

「おう、その意気や。さあ、ここに碁盤を置け。泣いても笑っても一局勝負や」

五右衛門は板の間にどっかり座り、碁盤を挟んで日海と照算が対峙する。

照算は断りもなく先攻の黒石を取り、左上辺星の脇へ高目に置いてみせた。

いつもと同じだ。

雑音は消え、対局の道筋と盤面に描かれる白と黒の絵模様だけが頭に浮かんでくる。

――ぱちり。

ひとつ目の白石を右下隅に置いた途端、痺れるような快感が五体を走り抜けた。

二

局面は布石の段階から中盤に差しかかっている。

照算は左上隅を厚く攻め、日海はこれを受けながらも右下隅から中央へ切れこむ好機を窺っていた。

五右衛門が「畿内で三指に入る」と言ったとおり、照算はなかなかに強い。悪手を避け、斜めに跳ねたり、横に大きく開いたりもせず、手堅く縦横に石を繋いでくる。

定石がわかっているだけに、長考におよぶこともあった。そのあたりが淡々と同じ調子で石を置く日海とはちがい、考える時が長くなればそれだけ焦りも募ってくる。

陣幕は居眠りしているものの、サヤとハトは興味があるのか、時折、盤面を覗きこんできた。

行司役の五右衛門が、だしぬけに口を開く。

「大きい声では言えぬが、照算どのは雑賀三搦《みつがらみ》きっての鉄砲撃ちや。こたびの合戦では秀吉方の将兵を誰よりも多く仕留めた。そやから、みつかったら命はない。くふふ、秀吉の配下に捕まったら、即刻、磔獄門やろうな」

　こたびの合戦とは、秀吉の紀州攻めをさしているのだろう。小牧長久手の戦いにおいて、紀州や南和泉一帯の根来衆と雑賀衆は一揆を煽るやり方で刃向かってみせた。秀吉は報復として十万の軍勢を繰りだし、まずは、寺領五十万石とも伝えられる根来寺と結託する勢力を攻めた。

　行人衆《ぎょうにんしゅう》と呼ぶ強靭な僧兵たちを抱えた武装勢力である。岸和田城の南には沢城や積善寺城《しゃくぜんじ》などの頑強な城が六つも築かれており、秀吉の軍勢はこうした城を個別に撃破しながら進軍を重ね、弥生の終わり頃には根来寺と粉河寺《こがわでら》を落城させた。

　その勢いをもって紀ノ川を渡り、雑賀三搦の根城である太田城へ迫ったのだが、このときに先導役を担ったのは、石山本願寺攻めで信長に敵対した雑賀荘の鈴木孫一であったという。

「雑賀の連中は偏屈者ばかりでな、けっして一枚岩にはならぬ」

　雑賀衆のほとんどは一向宗門徒である。ただし、みながみな信仰によって結束しているわけではなく、利によって村ごとに動くことが多い。

　雑賀は大きく五つの地域に分かれ、鈴木孫一率いる雑賀荘と紀ノ川の北にある十ヶ郷《じっかごう》は、かつて石山本願寺の味方についた。このとき、信長方に調略されたのが三搦と呼ぶ残りの三つ、中郷、南郷、宮郷の者たちであったが、このたびは立場が逆しまになり、鈴木孫一たちは秀吉に味方し、三搦の連中は抗ってみせたのである。

「秀吉に誑しこまれて十ヶ郷を降伏させたんは、大坂で威勢を張った本願寺の顕如や。隠居しても、威光はまだあったっちゅうはなしやな。しかも驚くなかれ、顕如はこの天満一円を褒美に貰い受けるそうや」

雑賀荘も十ヶ郷も離れ、雑賀衆は分断された。宮郷の太田二郎左衛門尉《おおたじろうざえもんのじょう》に率いられた鉄砲衆は抗戦も虚《むな》しく、先月の卯月二十二日、太田城は落ちたのである。土塁と堀に囲まれた砦に毛が生えただけの城であったが、秀吉は周囲に堤防を築き、得意の水攻めをやらせた。

「城に逃げ込んだ連中は五千人からおった。半分は百姓の女子供や」

信長ならば、女子供もすべて「根切にせよ」と命じていたかもしれない。だが、秀吉は恩情をみせた。抵抗の中心になった土豪や地侍たち五十三人を斬首にし、生き残った百姓たちはすべて助けたという。

「槍や刀はぜんぶ取りあげられた。戻されたのは鍬だけや。侍のまねをして無駄な抵抗はせず、百姓らしゅう田畑を耕しておれっちゅうことや。のう、照算どの」

水を向けられても、照算は返事をしない。じっと碁盤を睨みつけ、つぎの一手を考えている。

「おまんはたったひとり、太田城から逃げのびてきよった。一族郎党を失っても、生きておんのは何でや。ふふ、わいにはわかるで。裏切った鈴木孫一と秀吉の命を狙《ねろ》うておんのやろう」

やはり、照算は返事をしない。

すでに一局は百手を超え、盤上には白と黒の斑模様《まだらもよう》が描かれていた。

ここからさきは読みの勝負になる。盤面を大きく俯瞰し、何十手もさきまで読みきったほうが優位になる。日海は千変万化する局面を脳裏に描き、取るべき一手を迷いなく瞬時に繰りだすことができた。

この身を名人と呼び、碁打ちとしての矜持《きょうじ》を支えてくれたのは、誰あろう、信長公にほかならない。思考の樹海に分け入っていくと、時折、あの重厚な声が聞こえてくるような気がした。

――死中に活をみよ。

その途端、石を置く手に魂が籠もり、五体に揺るぎない自信が漲《みなぎ》るのだ。

照算は何手か悪手を打ち、次第に追いこまれていった。

皺の目立つ額には、うっすらと汗さえも滲んでいる。

敢《あ》えて目算せずとも、不利に気づいているのだろう。

「ええ匂いがする。これは麝香か」

唐突に、照算がつぶやいた。

「そう言えば、孫一のところに女鉄砲撃ちがひとりおった。孫一に拾われ、刺客に育てあげられた娘や。その娘が麝香の匂い袋を携えておった。何に使うのかと聞いたら、的に掛ける相手に持たせ、居場所を探るのに使うのやと申す。その娘が、さるやんごとなきお方の密命を帯び、織田信長の命を狙うておった」

「ほう、それで」

俄然、五右衛門たちが身を乗りだしてきた。

日海はさきほどから、喉の渇きをおぼえている。囲碁に集中しようとおもっても、容易にはできなかった。眉間を撃ち抜かれた信長の顔が、瞼《まぶた》の裏に浮かんでくるのだ。

照算の声が耳朶《じだ》を震えさせた。

「信長は本能寺で死んでおらぬ。それだけは確かや。ただし、何処でどうなったかは誰も知らぬ。本能寺のあと、娘も消えた。密命を遂げたかどうかはわからぬ。生死すらもわからぬ。噂では今も、どこぞの大名に雇われ、誰かの命を狙っておるそうや。狙った相手か、もしくは、そばに近寄ることのできる者に、おおかた、匂い袋でも手渡してんのやろう。織田信長が麝香の匂いを嗅いだとすれば、孫一の娘に仕留められたことになる。もしも、そうであったならば、わしも雑賀の鉄砲撃ちとして、えろう鼻が高い」

　照算は黒石を置こうとして、ふいに手を止めた。

「投了や」

「えっ」

　五右衛門が驚き、碁盤を覗きこむ。

「まだ、勝負はついてへんやろう」

「いいや、さきはみえておる。これだけの短手数で負けたんは、何年かぶりや。この坊さんはえろう強い。きっと、名のあるお方や」

「ほんまか」

　五右衛門が目を輝かすと、サヤが割って入った。

「負けは負けや。頭、お坊さんに袂を返してあげなあかんで」

「ふん、偉そうに」

　悪態を吐《つ》きながらも、五右衛門は袂ごと返してくれた。

日海は立ちあがり、照算に向かって深々と礼をする。

鈴木孫一の育てた女鉄砲撃ちは、真葛しかいない。密命を与えた「さるやんごとなきお方」とは、前関白の近衛前久にまちがいなかろう。

日海は前久に二度、目通りを許されていた。一度目は吉田神社の岩風呂で、二度目は顕如の拠る雑賀の鷺森御坊ではなしかけられた。しかも、鷺森御坊では鈴木孫一にも会い、真葛の素姓を告げられたのだ。

すべては因縁の糸で結ばれ、その糸はか細いながらも、まだ切れていない。切れるどころか、ふたたび、新たな因縁で結ばれようとしている。

門まで見送ってくれたサヤとハトをみつめ、日海はそうおもった。

三

――天下の万機を関《あずか》り白《もう》す。

秀吉は従一位に叙され、関白となった。

関白宣下は文月十一日、秀吉は宿所の妙顕寺に勅使を迎え、未ノ刻（午後二時）に御所へ参内《さんだい》すると、長橋局で衣冠に改め、御所の清涼殿より昇殿したという。そして、常御所で正親町天皇に目見得を許され、叡慮《えいりよ》によって慎んで関白を承《うけたまわ》る旨の口上を堂々と述べた。

帝を助けて公家を統轄する関白に就いたので、帝を仰ぐ着座の順は誠仁親王と和仁《かずひと》親王につづいて三番目となった。

「狐につままれたようなはなしやな」

と、日淵も声をひそめる。

秀吉の関白就任は、洛中の人々に驚きをもって迎えられた。

何故、秀吉は公家の頂点に立とうとするのか。

日海にもよくわからぬが、湯山で目にした策士の風貌を思い浮かべれば、天下を我が物にするための策謀なのではないかと邪推せざるを得なかった。

宣下から十日後、こうした経緯を日海に説いてくれたのは、朝廷から占卜《せんぼく》や日和見《ひよりみ》などの役目も課せられる吉田兼和であった。社務所の奥で一局囲んだあと、屋敷の深奥に築かれた岩風呂に誘われたのだ。

すでに、室全体が乳色の蒸気に包まれている。岩場の底には灼熱《しゃくねつ》に焼かれた石がごろごろ転がっており、巫女《みこ》らしき娘が頃合いをみては冷水を掛けにきた。日海は帷子一枚の恰好《かっこう》だった。じゅっと石が悲鳴をあげるたびに、心ノ臓が止まりそうになる。

緊張しすぎたせいか、のぼせたせいかはわからぬが、療養に訪れた近衛前久の面前で気を失ったことがあった。何度訪れても、岩風呂だけは馴染めそうにない。

「位人臣《くらいじんしん》を極めるとは、このことや。すでに、布石は打たれておった」

如月二十六日、秀吉は臣従を申し出た織田信雄ともども上洛すると、信雄を五位中将から正三位権大納言に叙位任官させたという。兼和によれば、かつての主家にあたる信雄のために自分と同等の官位を斡旋《あっせん》してやり、上手に懐柔することで、後ろに控える家康の上洛を促す狙いがあったらしい。

ところが、翌月の弥生十日、秀吉自身は従三位権大納言から正二位内大臣にあっさり昇進を遂げた。涼しい顔で朝廷での位をあげ、信雄を下に置くとともに、従一位をも狙える地位まで昇ったのだ。

「今からおもえば、最初から関白の座を狙うておられたに相違ない」

秀吉の関白任官には、五摂家の者以外は関白に就くことができないという不文律を破らねばならない。近衛家とのあいだで密談をおこない、秀吉は隠居した近衛前久の猶子になることで解決をはかった。前久は齢五十、秀吉のひとつ年上にすぎず、秀吉側から提案を受けたとき、実子の信輔は「凡下《ぼんげ》ずれが何故、関白を望むのか」と、側近に吐きすてたらしい。

「ふっ、凡下とは言い得て妙や」

何が可笑《おか》しいのか、兼和はふくみ笑いしてみせる。

凡下とは身分の定まらぬ者たちを揶揄《やゆ》する蔑称である。

そもそも、由来なき秀吉の出自では公家の末席にも座れぬはずだと言いたかったのだろう。同様の感情は前久も持っていないはずはない。それでも、秀吉の条件を呑んだ。猶子にしてくれれば、もれなく一千石の領地を贈呈し、いずれは関白職を信輔に譲ると約束されたからだ。

「今の近衛さまには、断る理由も力もなかろう」

秀吉は藤原の姓を名乗り、一条、二条、鷹司《たかつかさ》といった他の摂家にも謝礼として五百石ずつの領地を与えると約束した。

「武家ならば、棟梁《とうりょう》たる征夷大将軍《せいいたいしょうぐん》にならはりたかったんやとおもう。なれど、東国にはまだ北条もおれば徳川もおる。東国を平らげぬうちは、征夷大将軍になられへん。それゆえ、関白に目をつけはったのや」

そもそも、征夷大将軍を頭に戴いた幕府の権威は地に堕《お》ちている。十六年前に一時、京都奉行だった秀吉にそれがわからぬはずはないし、幕府に代わる権威を朝廷に求めるのは自然の成りゆきだった。関白宣下とともに、石田三成《いしだみつなり》や大谷吉継《おおたによしつぐ》や古田重然《ふるたしげなり》（織部《おりべ》）などの直臣十二名が従五位下諸大夫に叙された。諸大夫は昇殿の許されぬ地下人《じげにん》だが、公家であることに変わりはない。一方、一門や有力な大名には、昇殿の許される五位以上の身分を与えることが検討されているという。

「武家が公家になり、官位の衣を纏う。そうやって序列をつけられれば、下の者は上をめざそうとするやろう。少しでも上の官位を得たいがために、関白さまにたいして忠誠を誓うようになる」

兼和の見たてどおりだとすれば、全国六十余州の諸将たちは秀吉から手玉に取られることになろうと、日海はおもう。

朝廷の権威を利用し、武家の頂点に立つ。関白任官には、そうした秀吉の深い意図が隠されていた。

「今日からは、関白さまと呼ばなあかん。関白さまはさすがにお疲れのようでな、近江の坂本城で養生なさるらしい」

秀吉は関白宣下にのぞみつつ、一方では四国攻めを下知《げち》していた。

相手は長宗我部元親である。土佐と阿波の二国を与えて手打ちにする案も取り沙汰されたが、十年も掛けてようやく四国全土を統一した元親が妥協するはずもなかろう。

案の定、徹底抗戦の構えをみせた。それゆえ、秀吉は秀長に五万の軍勢を預け、阿波の一宮城を攻めさせた。文月十五日のことだ。それとは別に、仙石秀久《せんごくひでひさ》率いる軍勢が讃岐《さぬき》へ、小早川隆景《たかかげ》の軍勢が伊予へ上陸し、秀吉方の総兵力は十一万に膨らんだ。

数に圧倒され、さすがの元親も降参するしかなかった。葉月六日に結ばれた講和条件により、長宗我部氏は土佐一国だけを安堵された。阿波は蜂須賀家政《はちすかいえまさ》に、讃岐と伊予は仙石秀久と小早川隆景に、各々、褒美として与えられたのである。

一方、同じ葉月の終わりには、越中の佐々成政が剃髪して軍門に下った。成政が家康に援軍を求めたこともあり、秀吉はみずから大軍を率いて越中攻めにおもむいた。もちろん、ひとたまりもない。信雄が和睦の仲介役を負い、秀吉は越中一国を盟友と頼む前田利家の嗣子利長《としなが》に与えた。秀吉は気前がよい。武勇で鳴らした成政は、秀吉の御伽衆になったという。

「関白さまは賢いお方や」

ぽつんと漏れた兼和のつぶやきが耳から離れない。

朝廷の権威にしろ、敵対する相手にしろ、容易には排除せず、使えるものは何でも貪欲に使おうとする。信長のもとで激しく出世争いをしていたときから、秀吉は着々と天下取りの布石を打っていたのではないのかと、日海はおもった。

四

天正十三（一五八五）年神無月、都は七日に催された禁中茶会の噂でもちきりだった。

「御所のなかに黄金の茶室を築いてみせたらしい。さすが関白秀吉さま、豪勢なはなしじゃ」

日淵の物言いには、かなりの皮肉がふくまれている。出自の賤しい者がとんとん拍子の出世を遂げ、ついには帝に肩を並べる天下人に成りおおせた。下克上があたりまえの世とは申せ、万にひとつもない出世物語を手放しで喜ぶ心境にはならぬのだろう。

「だいいち、かの御仁《ごじん》には徳がない」

と、日淵はうっかり本音を漏らす。

「堯舜《ぎょうしゅん》の例を繙《ひもと》くまでもなく、天下を治める君主には徳が求められる。徳は一代で手に入れられるものではない。何代も掛けて培われるものじゃ。かの御仁は金品を御所にばらまき、かりそめの栄華を手に入れた。巷間《こうかん》には飢饉《ききん》や疫病が蔓延し、生きることも定かならぬ者たちが溢れておるというのに、かの御仁はみずからを飾りたてることにしか興味がない。ふん、黄金の茶室が聞いて呆れるわ」

「叔父上、ちと声が大きゅうござりますぞ」

「ほう、わしに意見するのか。めずらしいこともあるものじゃ」

言いたいことはよくわかるが、持たざる者のやっかみにも聞こえる。法華坊主が何と言おうとも、秀吉は禁中で茶会を開くという「偉業」をやってのけた。小御所に築かれた黄金の茶室では、秀吉と千宗易が茶頭となり、帝や親王に茶を点てた。

前例のないことを果敢にやってみせるところは、信長公に似ている。遺志を引き継いでいると言えなくもない。それだけでも評価に値すると、日海はおもう。

「甘いぞ、日海。秀吉どのには遠慮というものがないのじゃ」

秀吉は大友宗麟《おおともそうりん》に献上された似茄子《にたりなす》を茶入れに使い、千宗易は新田肩衝《にったかたつき》を使ったという。千宗易は御所へあがるに際し、利休という居士号《こじごう》を勅賜されていた。

「天下の茶匠じゃ。近頃はみながみな、利休さまと呼びよる。利休さまを介さねば、関白秀吉さまに目通りも許されぬらしい。名のある武将たちでさえも、利休さまの茶を呑みたがる。どうしてなのか、茶に興味の湧かぬ者にはようわからぬ。権威の衣を纏ったのは、おひとりではないというはなしじゃ」

戒律で禁じられた酒でも飲んだのかとおもうほど、日淵は饒舌に喋りつづける。酒ではなしに「利休さま」の点てた茶を呑んでみたいと、日海は秘《ひそ》かに願った。


禁中茶会ののち、ふたたび吉田邸に呼ばれた。

岩風呂の湯気の狭間から兼和の声が聞こえたので、日海は蒸気で火照《ほて》った顔をそちらに向ける。

「かりそめの権威であっても、欲しがる大名たちは大勢おんのや」

秀吉はそのあたりの心理をたくみに利用し、五位以上で昇殿の許される身分の大名として、羽柴、織田、徳川、上杉、毛利、前田、小早川、宇喜多の八家を推挙したという。

「宇喜多秀家《ひでいえ》さまなどは、齢十四にもかかわらず、錚々たる大名に肩を並べはった」

あきらかに、備前を後顧の要と重視する秀吉の思惑によるものだろう。備前と接する毛利と小早川、前田と接する上杉、さらには、上杉と対立する徳川、日の本の描かれた絵図を俯瞰すればわかるとおり、秀吉にとって八家は大きなひとかたまりでなければならぬ。

「東北には伊達と最上《もがみ》がおり、関東には北条が、九州には島津がいる」

敵対する勢力を平らげるには八家の結束が必須で、それは小を捨てて大につくという囲碁の定石にも通じる戦略にほかならない。

「あのお方は、とんでもない策士や」

秀吉は大坂城を築いて周囲を威圧し、茶会に招いては言葉巧みに相手を誑しこむ。会えぬ相手には文をせっせと書いて情に訴え、帝を戴いて国を支える大義を説き、人質を出せとは言わぬまでも、上洛して帝と自分に拝謁《はいえつ》せよと促した。

それでも、不安は拭えない。離合集散《りごうしゅうさん》は戦国のことわり、肉親でも裏切りが日常茶飯事の世の中だ。

「案じられるのは、家康さまの動向やろう」

まちがいあるまい。公家成《くげなり》の八家にくわえてやったにもかかわらず、礼のひとつもない。それどころか、佐々成政と結ぼうとしたり、勝手に信濃の真田《さなだ》を攻めたり、秀吉にしてみれば許し難く感じられたことだろう。


翌霜月二十二日、妙顕寺城にて囲碁の会が催された。

畿内の主立った碁打ちが一堂に会し、秀吉の面前で一局勝ちぬけの対戦をおこなったのだ。前評判どおり、日海の圧勝だった。秀吉は途中で席を立ったが、翌日、日海はあらためて呼びだされた。

二日つづけて参じた妙顕寺城は、京の政庁である。寺を移転した跡地に建てられ、城と呼ばれるように、堀もあれば天守もあった。

襟を正して参じると、京都所司代の前田玄以から一乗寺の寺領と禄米四石を与えると銘記された朱印状を下賜された。過分の褒美に驚きながらも、日海は囲碁の位置づけが高まっていくことに喜びをおぼえた。

「精進すれば、茶の湯に匹敵する嗜みになるやもしれぬぞ」

玄以はそう言い、碁盤を重そうに抱えてくる。

「どうじゃ、わしと一局」

玄以も囲碁をやるのは知っていた。

還俗する以前は、美濃の禅僧であったという。信長に見出され、嫡子の信忠付きとなった。本能寺の変に際しては、信忠から三法師を預けられ、ともに落ちのびよと命じられた。正室の実父は村井貞《むらいさだ》勝《かつ》、信忠とともに明智勢と戦って討ち死にを遂げた京都所司代である。日海は本能寺のそばにあった自邸に何度か招かれ、貞勝と碁を打っていた。

「義父上《ちちうえ》から、おぬしのことは聞いておった。五子の手合いごときでは、まったく歯が立たぬ名人じゃとな」

「恐れ多いことにございます」

「義父上だけではないぞ。連歌師の里村紹巴も申しておった。寂光寺の日海は紛《まご》うかたなき囲碁上手、何かと役に立つ男に相違ないと、わしに助言しおったわ」

そう言えば、紹巴は変の際、二条新御所から誠仁親王を助け、ともに徒歩《かち》で逃げたと聞いている。二条新御所は信忠の拠った妙覚寺《みょうかくじ》ともども灰燼《かいじん》に帰し、跡地には秀吉によって変の直後、信忠の菩提《ぼだい》を弔う大雲院《だいうんいん》が建立された。

生死の瀬戸際から逃れた者同士、玄以と紹巴には相通じるものがあるのだろう。

「おぬしは変の前夜、本能寺におったそうじゃな」

玄以は目を伏せたまま、黒石を右隅上辺の星から一目ずらして高目に置いた。

日海は顔色を少しも変えず、白石を摘まんで右隅下辺の星の隣に置く。

盤上に石を置く音だけが重苦しく交互に響き、淡々と布石は進んでいった。

「本能寺で何があったか、おぬしが何をみたかなど、今さらどうでもよいことじゃ。されど、関白さまのお心には信長さまが生きておられる。時折、魘《うな》されたように信長さまの名をつぶやくのじゃ。信長さまなら、きっとこうしておった。いや、こうはせなんだろうと、ひとりで真剣につぶやいておられる。苦悶するおすがたは、つぎの一手を長考する碁打ちのごとくじゃ。ふふ、関白さまにとって信長さまは、除こうとしても除けぬ巌《いわお》のごときものかもしれぬ。ほれ、いかがした、おぬしの手番ぞ」

促されて、はっとする。いつの間にか、碁盤から意識が遠退《とおの》いていた。

信長公のことを思い出すと、白黒斑模様の描かれた碁盤のなかへ身ごと埋もれてしまうようになる。

「徳川さまの存念が知りたいと、関白さまは仰せになった。ひょっとしたら、囲碁坊主なら読めるかもしれぬ。ゆえに、こうして碁盤を囲んでおると申したら、さて、どういたす。ふふ、面相が強張《こわば》ってきおったな」

小牧長久手の戦いののち、秀吉と家康は和睦したはずであったが、両者の対立はふたたび深刻の度合いを増していた。ただ、焦っているのは家康のほうではないかという見方が都では大勢を占めている。

対立の火種は、上野の沼田城を領する真田だった。武田二十四将のひとりとしても名高い真田昌幸《まさゆき》は徳川に従属していたが、武田氏の遺領配分で北条が要所の沼田城を要求し、これを家康が認めたことで徳川と袂を分かった。しかも、あろうことか、敵対していたはずの上杉と通じたため、家康は鳥《とり》居元忠《いもとただ》らに七千の軍勢を預け、真田の本拠地である上田城を攻撃させたのである。

城方の兵力は二千ほどであったが、真田昌幸は秀吉も「官兵衛《かんべえ》に比肩する策士」と持ちあげるほどの戦さ上手、事実、官兵衛こと黒田孝高も舌を巻くほどの罠を仕掛け、徳川の精鋭を大敗させた。昌幸は櫓《やぐら》のうえで家臣と碁を打つ豪胆さまでみせたという。

「ひゃっ、してやったり」

秀吉が大坂城で快哉《かいさい》を叫んだのは、閏《うるう》葉月二日に上田で激戦のあった翌日のこと、戦勝を報告したのは上杉の軒猿《のきざる》だったという。かねてより信を置く忍びの一報を受け、秀吉はさっそく真田昌幸に慰労の文を送った。

家康は北条との盟約を第一に考え、背後に秀吉の影がちらついても、真田討伐の方針を変えなかった。両者が対立する萌芽《ほうが》は、秀吉が葉月に越中へ出陣した時点にまで遡る。家康は佐々成政と通じていると疑われ、仲介に立った織田信雄から「二心無きをしめすべく人質を送るべし」と、進言されていた。信雄のみならず、岡崎城城代の石川数正《いしかわかずまさ》も家康を懸命に説得した。

秀吉との繋ぎ役を担う数正は、徳川にとっての生命線である。ところが、家康は数正の進言を入れず、人質供出を拒んだ。

一方、秀吉は真田昌幸と正式に臣従の契りを交わす。信濃においては、新たに小笠原貞慶《おがさわらさだよし》も秀吉方についた。飛驒《ひだ》の木曽義昌はすでに秀吉方なので、家康としては信濃を放っておけなくなったのだ。

霜月のなかば、家康にとってみれば寝耳に水の出来事が起こった。何と、腹心の石川数正が秀吉に寝返ったのだ。秀吉がせっせと調略の手を差しのべていたのは言うまでもない。数正の離反で双方の亀裂は修復し難いものとなり、秀吉は真田昌幸に「家康は天下にたいして事を構えているので、来年正月には討伐軍をあげる」という主旨の文を送ったらしかった。

玄以は碁打ちになると、相手にうっかり気を許してしまう癖でもあるのか、極秘に近いような内容を茶飲み話のようにはなす。日海は耳をふさぎたくなった。

「関白さまは勇ましいことを仰せになりながらも、和睦の道も探っておられる。徳川さまにそのお気持ちがおありかどうか、まずは、それをお確かめになりたいのだ。徳川さまとて和睦の道を探っておられよう。されど、みずからは言いだせまい。生まれついての御大名ゆえ、矜持が邪魔をするのだ。成り上がり者の秀吉に、何故、頭を下げねばならぬ。そうしたお気持ちを懐柔するにはどうしたらよいか、関白さまは常のように心を砕いておられるのじゃ」

信長公のごとく、力でねじ伏せようとすれば無理が生じる。敵味方にかぎらず、真心を込めて接しなければ、手痛いしっぺ返しを受けるにちがいない。ほかの誰よりも秀吉はわかっている。信長公の志を引き継ぎながらも、けっして同じ轍《てつ》は踏まない。

懐柔、それこそが秀吉のやり方なのだ。

玄以に勝つには勝ったが、また近いうちにと請われて訪ねるのは気が重い。

天下人の内情を知りすぎれば間者《かんじゃ》とみなされ、きっとこの身は危うくなろう。それゆえ、囲碁の相手には深入りせぬように心懸けてきたし、対局で知り得た内容を日淵にさえも告げたことはなかった。

二十九日の夜半、東海から美濃、北陸、さらには畿内一円を襲う大地震《おおない》があった。

飛騨の内ヶ島氏などは、庄川の洪水により帰雲城《かえりぐも》ごと水没し、五百余りの人や牛馬が一瞬のうちに呑み込まれてしまったという。丹後や若狭の海辺は津波に襲われ、近江や伊勢も甚大な被害を受けた。信雄の拠る長島城の天守は大破し、坂本城で眠っていた秀吉は急いで上洛するや、吉田神社の兼和に祈禱《きとう》を申しつけた。

ただ、堅牢な地盤のうえに築かれた大坂城だけは、まったく被害を受けなかった。

ともあれ、秀吉と家康は合戦どころではなくなった。

大地震によって和睦の道が開かれたのだ。

五

天正十四（一五八六）年、皐月の終わり。

花菖蒲《はなしょうぶ》も紫陽花《あじさい》も終わり、境内には合歓《ねむ》の花が咲きはじめている。

水涸《みずが》れの季節がやってくると、日海は炎の記憶に苛《さいな》まれた。信長公が亡くなってから、丸四年を迎えようとしている。都は大きく様変わりし、御所の西方に位置する内野の一帯では如月の頃から昼夜を分かたず槌音《つちおと》が響いていた。妙顕寺城に代わる新たな政庁が普請されているのである。

――聚楽第《じゅらくだい》。

今では誰しもが、期待に胸を弾ませながら口ずさむ。「聚楽」とは「長生不老の樂《うたまい》を聚《あつ》むるもの」とのことらしいが、名をおもいついた秀吉はご満悦であったという。

ふたたび請われて妙顕寺城を訪ねた折、前田玄以は自慢げに絵図面をみせてくれた。「第」とは邸《やしき》を意味するはずだが、絵図面には天守を戴いた城が描かれてあった。多くの者は黄金の御殿を脳裏に浮かべるだろう。なるほど、秀吉ならばやりかねぬと、日海でさえもおもう。

聚楽第の鍬入れがはじまった頃、吉田兼和に誘われて仙洞御所へおもむいた。

上皇になられる帝のために、狩野永徳《かのうえいとく》が魂を込めて障壁画を描きあげた。それらを目にする機会に恵まれたのだが、仰天したのは見事な障壁画よりも御所の一隅に築かれた黄金の茶室であった。

「帝は古希を迎えられた。関白さまは老いてもなお貴賓を失われぬ帝にあやかりたいとお思いのようでな、ご自身を齢五十の赤子じゃと仰せになった。帝からみれば、ただの赤子、さらにあと五十年は生きねばならぬと、戯れておみせになったそうな」

兼和のことばを聞きながら、日海は複雑な気持ちにとらわれた。関白秀吉が貪欲に何もかも飲みこむ蟒蛇《うわばみ》におもわれて仕方ない。大坂では二ノ丸の普請が突貫で進んでいるようだし、数日前には東山の東福寺近くで大仏殿の定礎式も催された。

「何と、東大寺大仏殿を遥かに凌駕するものができあがるそうじゃ」

興奮の醒めやらぬ顔で告げたのは、叔父の日淵であった。

何故、大仏などを築くのか。

巷間には「関白さまは普請狂い」との評もあるが、日海は仏門の末端に生きる者として、何を供養するための大仏なのかを問いたくなった。

日海には怒りもある。

そもそもの普請案では、大徳寺のそばにある船岡山に信長公の菩提を弔う御位牌所を建立することになっていた。「天正寺」と名付けられ、正親町天皇の宸筆《しんぴつ》による勅額も下賜されてあった。

にもかかわらず、秀吉は関白に成りおおせた途端、御位牌所の建立をあっさり取りやめ、代わりに大仏殿を造立すると言いだした。

「ようわからぬ。何故、大仏殿なのか」

日淵も首を捻る。少なくとも、信長公の菩提を弔うためではあるまい。

なるほど、東大寺大仏殿は今から十九年前の永禄十年、松永久秀《まつながひさひで》と三好三人衆の合戦で炎上してから再建されず、大仏は露座のまま雨晒《あまざら》しになっている。秀吉は「遍く衆生《しゅじょう》を救わねばならぬ」と豪語し、号泣までしながら博愛の気持ちをしめしたというが、それなどはお得意の猿芝居であろう。

すでに、諸大名に用材の供出を命じ、大仏の鋼に用いるべく畿内一帯の百姓地では刀狩りがおこなわれているとも聞く。秀吉がみずから奈良へ下向し、東大寺大仏の丈を測るとの噂も広まっており、こうして矢継ぎ早に繰りだされる壮大な企てを、都の人々はわくわくしながら待ち望んでいる様子だった。

日海にしてみれば、すべては信長公の影を消し去るための所業としか考えられない。

昨年の閏葉月、大坂城で紀伊ならびに四国征伐の論功行賞がおこなわれた。遠征軍の副将に任じられていた羽柴信吉は、小牧長久手の戦いの汚名返上とばかりに手柄を立て、近江蒲生郡など四十三万石の領地を与えられた。

信吉は秀吉にとって姉の子、唯一、血縁のなかでは将来を嘱望される十八の若武者である。関白就任時には秀次と改名し、秀吉がみずから指図した近江八幡城をも与えられた。琵琶湖のみならず、安土をも見下ろす城である。人も建物も何もかも、城下町ごとごっそり移されたため、安土にはほとんど何も残らなくなった。

信長公の痕跡は消えたのだ。いや、秀吉によって消されたと思い知るべきだろう。

なお、織田家を継ぐべき三法師は、小牧長久手の戦いののちは坂本城に身を寄せているという。秀吉の庇護《ひご》下にありながらも、おらぬも同然だった。

本能寺の変から、まだ四年しか経っていない。にもかかわらず、秀吉は破竹の勢いで諸大名を従え、朝廷からかりそめの官位を掠《かす》めとり、人々があっと驚くような企てをたてつづけに繰りだし、神仏と崇《あが》められた主君を超えようとしている。

その類い希なる才覚と豪胆極まりない決断を尊ぶべきか否か、日海は大いに迷っていた。

湯山で目見得してわかった。秀吉には天性の明るさと、権力者らしからぬ親しみやすさがある。謁見した者は例外なく、絆《ほだ》されてしまうと聞くし、そうなってしまうのもよくわかる。ただ、信長公への情が深すぎて、日海はどうしても秀吉を受けいれられない。

この気持ちをわかってくれるのは、おそらく、真葛しかおるまい。信長公の命を奪った真葛ならば、はたして、秀吉をどうおもうのか、日海は聞いてみたい衝動に駆られていた。

寂光寺の山門をあとにし、いつものように追善の祈りを捧げるべく、本能寺跡へ向かった。すると、オルガンの調べに合わせて、グレゴリオ聖歌が聞こえてくる。

「オルガンティーノ神父が、お戻りになったのだろうか」

懐かしくなり、南蛮寺のほうへ近づいていった。

門前の通りへ来るたびに思い出す。

ちょうど十年前の天正四（一五七六）年文月、南蛮寺は落成を迎えた。信者や市井の人々が大勢集まり、たいへんな賑わいのなか、信長公が愛馬の黒駒《くろこま》に乗って颯爽《さっそう》とあらわれたのだ。

見物に訪れていた日海は我を忘れた。初めて目にする信長公である。お忍びゆえに、オルガンティーノとフロイスはきちんと出迎えもできなかった。

そこへ、突如、一発の筒音が響いた。

善住坊《ぜんじゆぼう》という刺客が待ちぶせしていたのだ。放たれた弾《たま》は外れ、善住坊は小姓の万見《まんみ》仙千代《せんちよ》に首を刎《は》ねられた。ところが、そちらを囮《おとり》にした刺客が別に潜んでいた。雑賀の女鉄砲撃ち、真葛である。

逃げまどう野次馬に紛れて近づき、真葛が至近から信長公の眉間に狙いを定めた瞬間、からだが自然に動いた。日海は両手を広げ、信長公の盾になったのだ。

真葛はわずかに躊躇《ちゆうちよ》し、空に向けて弾を撃った。一介の法華僧にすぎぬ日海が織田信長の命を救ったのである。そのとき、褒美に下賜された洋套《マント》は手許にない。オルガンティーノに託した。「貴殿は尊敬すべき神の子」だと、涙ぐまれたのをおぼえている。

日海は荘厳な調べに導かれ、礼拝堂に足を踏みいれた。

多くの人はオルガンの音色と美しい賛美歌に心を奪われ、切支丹の洗礼を受けるのだという。南蛮寺へやってくると、信者たちの気持ちはよくわかった。

やはり、オルガンティーノは戻ってきている。かたわらで熱心に祈りを捧げる人物に気づき、日海ははっとして息を呑んだ。

ジュストの洗礼名を持つ高山右近であろうか。

まちがいない、高名な武将の後ろ姿にはみおぼえがある。荒木村重の妻子らが六条河原で処刑された直後、この南蛮寺で泣きながら祈りを捧げていた。

聞くところによれば、四国攻めの論功行賞で摂津の高槻から播州《ばんしゅう》の明石へ国替えになったという。石高四万石から六万石へ、破格の出世と羨ましがられた。右近は信長公に見出されて荒木村重の与力となったが、村重の謀反で難しい立場に追いこまれた。それでも、絶体絶命の窮地を脱し、信長公に忠誠を誓って数々の手柄を立て、本能寺の変ののちは、山崎の戦いで明智光秀に加担せずに秀吉方の先鋒となった。

齢は三十五、勇敢な武将であるとともに、信仰心の厚い切支丹大名でもある。高槻を切支丹の城下町に変え、イエズス会の宣教師たちを支えてきた。高潔な心の持ち主で、けっして裏切らぬとわかっているからこそ、秀吉は二百隻の船を預けて瀬戸内の玄関口に置いたのだ。

右近は期待にこたえて背後の大坂城を守るべく、海に面した高台に船上《ふなげ》城を築きあげた。そして、明石湊で宣教師ガスパール・コエリョの乗る南蛮船を迎え、大坂城において秀吉に会見させる道筋をつくった。弥生なかばのことだ。コエリョの一行は三十人ほどからなり、セミナリヨの童子たちもふくまれていたらしい。もちろん、オルガンティーノも随行したにちがいない。

祈りが終わるのを待って、日海はふたりのもとへ近づいた。

「おお、これはこれは、日海さまではござらぬか」

伊太利亜人宣教師のオルガンティーノは持ち前の陽気さで両手を広げ、躍りあがらんばかりに喜んでみせる。

「ジュスト右近、ご紹介申しあげましょう。こちらは寂光寺の日海さま、日の本一の囲碁名人であられます。いや、身を盾にして、かの信長公のお命をお救いになったお方と申したほうがよかろうかと」

十年前の出来事を、オルガンティーノは昨日のことのようにはなして聞かせる。

興味深げに耳をかたむけていた右近は、慈愛の籠もった表情で笑いかけてきた。

南蛮寺に一歩踏みこめば、貴賤や身分の差は消えてしまう。同じ場所に立つことの許されぬ大名であっても、対等に会話を交わすことができるのだ。

「まあ、お寛ぎくだされ」

オルガンティーノは天竺渡りの茶を淹《い》れてくれ、コエリョの随員として大坂城に招かれたときのことを喋りはじめた。

城で出迎える側には前田利家や長岡忠興などの名だたる諸将も顔を揃えており、秀吉は当初こそ表情もわからぬほど遠い上座に座っていたものの、正式の挨拶を済ませると控えの間へ気軽に訪れ、みずから城内を案内してくれたという。

「黄金の茶室にもご案内いただきましたぞ。あれは目の保養になった。コエリョさまなどは驚きのあまり、声を失ってしまわれたほどで。されど、黄金をご覧になったことがよかったのかどうか。そのとき、コエリョさまがおもわず漏らしたことばを、フロイスはそのまま関白さまにお伝え申しあげてしまった」

喋りつづける宣教師の横顔を、右近がぎろりと睨《にら》みつける。それでも、はなしを遮ろうとはせず、ふたたび、柔和な顔に戻った。

「『唐に黄金はない。それゆえ、関白さまは勝利なさるでしょう』と、フロイスはお伝え申しあげた。ご挨拶の席で、関白さまは仰せになったのです。『日の本全土を治めたあかつきには、弟の秀長にすべての領土を譲り、みずからは朝鮮と唐を征服することに専念したい。ついては、大型帆船《ナウ》二隻と航海士を貰い受けたい』と。そのときは、うなずいていただけのコエリョさまが、黄金の茶室をご覧になった途端、気が大きくなったのか、うっかり本音を漏らしてしまった。『唐へ渡る足掛かりは、西国九州になりましょう。わたしは九州のほぼ全域を掌握しておりますゆえ、お望みとあらばいくらでも助力はできる。大型帆船でも葡萄牙《ポルトガル》人の航海士でも、関白さまに差しあげたく存じます』と言って胸を張り、通詞役のフロイスはそのまま伝えてしまったのです。わたしは身が縮むような心地になりました。ジュスト右近も同じお気持ちだったと伺いました。コエリョさまの居丈高な態度に、関白さまがお怒りになるのではないか。ところが、それは杞憂《きゆう》にすぎなかった。関白さまは、さも嬉しそうにお笑いになったのです。わたしは、あれほど寛大なお方を知らない。関白さまは引きつづき、この国での布教をお認めくださりました。何もかも、ジュスト右近のおかげです」

「いいえ、すべては主のお導きにござりましょう」

十字架に架けられたキリスト像に向かって、ふたりはふたたび祈りを捧げた。

一行を招いた相手が信長公であったならば、居丈高な態度を取ったコエリョはその場で命を落としていたかもしれない。

それにしてもと、日海は暗い気持ちにさせられた。

秀吉はこの国に留《とど》まらず、隣国の領土をも奪おうとしているのだ。まちがいなく、それは広大な地に「ノブナガ」という都を点々と築きたいと願った信長公の野望と重なってみえる。

秀吉はいったい、どうしたいのだろうか。

宣教師や商人たちのはなしを聞き、隣の明国は存外に近く、領土として魅力に溢れているとでもおもってしまったのか。破竹の勢いで天下人にまで登りつめたせいで、みずからを過信しているのではあるまいか。

一介の「囲碁坊主」に、天下人の本心などわかろうはずもない。

ただ、秀吉はあきらかに、織田信長を超えたいと切望している。それがおのれを前へ前へと押しだす力になっているのは疑いのないところだった。そして、日海はそんな秀吉に言い知れぬ怒りを抱いているのだ。

信者の奏でるオルガンの音色は優しく、賛美歌は慈しみに溢れている。

それがいつまでも都に響きつづけることを、日海は法華の僧であることも忘れて祈らずにいられなかった。

六

百姓たちが旱《ひでり》による不作に喘《あえ》ぐなか、都では凶事があった。

文月二十四日、誠仁親王が譲位を目前にして身罷《みまか》ったのだ。享年三十五、突然の死を訝《いぶか》った者たちのあいだから、自死ではあるまいかとの臆測が流れた。関白が親王の側室と密通したのを恨んでいたとか、関白が親王を差しおいて帝になると思い込んだからとか、あらぬ噂が巷間に溢れた。

噂も下火になった長月となり、滝川一益が人知れず亡くなった。すでに、丹羽長秀は昨年の卯月に逝去しているので、織田家に仕えた宿老で生き残っているのは秀吉だけになった。なお、盟友として秀吉を支えつづけた蜂須賀正勝《まさかつ》も、皐月の終わりに病死している。

「織田は遠くなりにけり」

題目でも唱えるように口ずさんだのは、日淵であった。

秀吉の関心事はただひとつ、徳川家康の動向にある。

前田玄以のつぶやきを聞かずとも、それくらいは日海にもわかる。

織田信雄の仲介で今年早々に講和は成ったものの、家康の動きは鈍い。皐月の時点で秀吉は妹の旭姫を送りつけ、浜松城で婚儀をあげさせた。それでも、家康は動かず、人質を条件に入洛すると言ってきたので、秀吉は七十四になった母の大政所を岡崎城へ送りつけた。神無月十八日のことだ。秀吉の捨て身とも言うべきやり口に根負けし、同月二十七日、ついに家康は大坂へやってきた。

「関白さまにとっては、待ちに待った瞬間じゃ」

玄以は碁盤を睨みつつ、ひとりごとのようにつぶやく。

徳川家康が軍門に下ったことを、満天下に遍く知らしめねばならなかった。

「ここだけのはなし、対面の前日、関白さまはわざわざ徳川さまの宿所へ出向かれ、長旅の疲れを労うとともに、明日はまことに申し訳ないが猿の顔を立ててほしいと、袖に縋るように懇願なされたのじゃ」

お得意の猿芝居であろう。

翌日、いよいよ大坂城での謁見と相成った。一段高い上座に座った秀吉は下座に平伏す家康に向かって、堂々たる物腰で「上洛大儀」と告げたというのである。

「くふふ、徳川さまはついに折れた」

内心では歯嚙みしながらも、秀吉とは張りあえぬとおもったにちがいない。大坂から戻ると、拠点を浜松城から駿府城へ移すことに決めたらしかった。

霜月七日、正親町天皇の退位にともなって、祖父の猶子とされていた和仁親王が新天皇に即位し、後陽成《ごようぜい》天皇となった。即位式にあたっては、密教の秘技とされる即位灌頂《そくいかんじょう》もおこなわれた。新天皇が二条家から大日如来の印相や荼枳尼天《だきにてん》の真言などを伝授されるのだが、関白の秀吉も一連の儀式に参列したのだという。

翌月十九日、秀吉は右大臣と左大臣を飛ばして太政大臣に任じられ、朝廷より豊臣という姓を下賜された。

「まさに、やりたい放題じゃ。いくら何でも、増上慢《ぞうじょうまん》と申すべき所業であろう」

声をひそめたのは、叔父の日淵である。

もちろん、表立って秀吉を悪く言う者など、洛中にはひとりもいなかった。

おのれが誰よりも優れていると思い込み、周囲も持ちあげて本人をその気にさせれば、やがて、世の中に大きな禍《わざわい》が訪れるにちがいない。秀吉のそばに増上慢を戒める役目の者があってほしいと、日海は願った。

もちろん、みずからは名乗りでる勇気もなく、ただ、黙然と碁を打つ以外にできることはない。虚しいと感じることもあった。

秀吉は織田家の一武将から金品を朝廷に献じることで公家成を遂げ、あれよという間に令外官《りょうげのかん》である関白となり、新たな天皇の即位灌頂に立ち会い、朝廷の最高位に昇って豊臣の姓まで賜った。が、それだけではない。権威付けのためなのか、みずからは天皇の落胤《らくいん》なのだと吹聴しはじめた。

市中でも今や知らぬ者のいないはなしだが、秀吉は祐筆の大村由己《おおむらゆうこ》に命じ、類い希なる英傑の生涯をたどる『天正記』なる軍記物を綴《つづ》らせていた。

一巻目は天正八（一五八〇）年の三木合戦での活躍ぶりをたどった『播磨別所記』である。これなどは由己本人が本願寺の顕如と教如《きょうにょ》のもとへ出向き、蟄居している父子の面前で朗読してみせたという。さらに、山崎の戦いから信長の葬儀にいたる『惟任《これとう》退治記』も編まれ、賤ヶ岳の戦いを詳述した『柴田退治記』や紀伊攻めの経緯が記された『紀州御発向記』も完成していた。

そして、皇胤《こういん》説によって関白就任の正当性を述べる『関白任官記』が、おおやけにされたのである。記述によれば、秀吉の母である大政所は萩中納言《はぎちゅうなごん》なる貴族の娘で、とある理由で尾張に配流されていたのだが、許されて宮中に仕えたのち、ふたたび尾張に下って秀吉を産んだとされている。

「お生まれになるとき、大政所さまは懐中に日輪が入る吉夢をみられた。しかも、その夜は閨が昼日中のごとく陽の光に照らされたとか。さような与太話を信じる阿呆《あほう》がおるものかと、わしも当初は小《こ》莫迦《ばか》にしておった。されど、近頃は信じる者が出てきおった。ひとりやふたりではないぞ。宮中にも市井にも、信じる者は日毎《ひごと》に増えておる。秀吉さまは日輪の申し子なのやとな」

信じる者が大勢を占めれば、もはや、虚言は真実になる。人々は皇胤説や日輪受胎説を妄信し、異を唱える者の口をふさごうとするであろう。疑義を口にすれば捕縛され、真実を唱えれば首を斬られる。表向きは平穏でも、ずいぶん息苦しい世の中になったものだと、日海はおもった。


師走二十日、日海は雪上に点々と足跡を残し、信長公の葬儀がおこなわれた大徳寺へ向かった。葬儀で導師をつとめた古渓宗陳《こけいそうちん》の法話を拝聴しようと思い立ったのだ。

他宗派といえども、高僧の法話は拝聴しに行ってもよいし、禅寺で座禅を組むことも許されている。一休宗純《いっきゅうそうじゅん》などの名僧を輩出した大徳寺へは、名の知られた武将や公家たちも足繁く通っていた。ことに、茶の湯との縁が深い。「大徳寺の茶面《ちゃづら》」などと、悪童どもにからかわれることもある。それは侘び茶を世に問うた村田珠光《むらたしゅこう》が一休に参禅して以来のことだともいう。

古渓宗陳は法嗣となるべく、大徳寺の住持となった。千利休とは古い付きあいらしく、法号なども授けている。信長公の葬儀を仕切ったあとは寺領内に總見院を開創し、菩提寺として船岡山に天正寺を建立するはずであったが、大仏殿造立というはなしが降ってわいたせいで、こちらは絵に描いた餅になりつつある。

もっとも、秀吉は大仏殿に関わっている暇《ひま》などなかった。豊後の大友宗麟に泣きつかれ、島津を討伐すべく西国九州へ兵を差しむけている最中なのだ。

相手は屈強な島津である。さきごろ軍門に下った四国の兵を中心に討伐軍は編成されたものの、数日前、島津家久率いる島津勢に豊後戸次《へつぎ》川の戦いで大敗を喫していた。長宗我部元親は辛くも逃げのびたが、嗣子の信親は討ち死にしている。先鋒を率いた仙石秀久は、敗残兵をまとめもせずに逃げ帰ってきた。激怒した秀吉は秀久を改易とし、畿内など二十四ヶ国の諸将に陣立てを急がせた。

島津討伐の執念に燃える秀吉の念頭には、天正寺も大仏殿もあるまい。

日海は粉雪の舞うなか、底冷えのする大徳寺へたどりついた。

そこで、おもいがけず、千利休に初めて対面する機会を得たのである。

引きあわせてくれたのは、以前から面識のある古渓宗陳にほかならない。

「茶を所望してはどうか」

と、気軽に提案されて面食らったが、勇気を出してお願いすると、宗陳みずから塔頭のひとつに案内してくれた。

「黄梅院《おうばいいん》じゃ」

何とも、美しい造作の庵である。ことに、直中庭《じきちゅうてい》と呼ばれる枯山水の苔庭《こけにわ》が美しい。

信長公が二十八で上洛した際、父信秀を追善するために建立した。塔頭と呼ぶには手狭だが、秀吉や利休によって増築もなされているという。

墨色の法衣を纏った利休は書院の片隅に座し、静かに苔庭を眺めていた。

客の訪れを知っていたかのように、かたわらで鶴首《つるくび》の茶釜が湯気を立ちのぼらせている。

宗陳は音も無く去り、日海はひとり残された。

冷たい廊下に平伏し、突然の来訪を詫びようとする。

「よいよい、こちらへ」

利休は気軽な調子で手招きしてみせる。

部屋の間取りは山崎の待庵と同様の二畳だが、窓はなく、三方が土壁と襖に囲われている。

床に飾られた花入れには、白い柊《ひいらぎ》が葉ごと生けてあった。

妙なことに、葉に棘《とげ》はない。

おそらく、老木から伐《き》ったひと枝なのだろう。

床の軸には太い墨文字で「生死《しょうじ》」とある。

利休もふくめて部屋のすべては漆黒に塗りこめられ、柊の花だけがぽっと白い。

客畳に座ると、張りつめた緊張がわずかに解けた。それでも、唇の震えを止めることはできない。

歯の根が合わず、下手をすれば音を出してしまいそうだ。

利休は中節《なかふし》の茶杓を取り、肩衝の茶入れから抹茶を掬《すく》う。

もしや、本能寺で目にした勢高《せいたか》肩衝であろうか。それとも、初花《はつはな》肩衝か。初花は家康の手に渡ったのち、賤ヶ岳の戦いでの勝利を祝って秀吉に献上されていた。

好奇の目は無骨な黒い茶碗にも、茶筅を振る利休の手にも注がれた。

八つ手の葉のごとく、大きな手だ。太くて長い指が繊細な動きをしてみせ、気づいてみれば、黒い茶碗が膝前に置かれている。

ようやく覚悟が定まったのか、唇の震えは収まっていた。

日海は茶碗を取り、ずずっと音を起《た》てながら一気に飲み干す。

細かい茶の作法など知らぬ。露地や蹲踞や躙り口の意味も、侘び茶の何たるかも知らぬ。ただ、宇宙を飲み干すがごとく茶は一気に飲み干せとだけ、日淵に教わったことがあった。

さよう、天正九（一五八一）年卯月のことだ。里村紹巴に誘われて、今は幽斎と号する長岡藤孝の丹後宮津城へおもむいた。明智光秀が亭主をつとめ、茶の湯の会が催されたのだ。

曜変《ようへん》と称される美しい天目《てんもく》茶碗で茶を飲み干したあと、茶碗の底に何がみえるかと光秀に問われた。二度まで問われ、日海は「不立文字《ふりゅうもんじ》」がみえると、苦しまぎれに応じた。ことばや文字にすれば真意は伝わらぬという禅の核心を述べたにすぎぬ。賢しらげな答えだが、当を得ているかもしれぬと、光秀は笑いながら応じてくれた。

そのときの記憶が鮮烈すぎるせいか、茶室に招かれると、いつも脳裏に死の予感が過《よぎ》る。

「長次郎《ちょうじろう》の焼いた黒茶碗や」

地の底から、利休の声が響いてきた。

「人は誰しも闇を抱えておる。闇をみつめてその正体を知り、仕舞いには闇ごと飲み干す。それが茶やと申す者もおる。人を大勢殺めた武将たちにとって、茶は追善にほかならぬ。散っていった者たちを供養し、生死の区切りをつけたいがために茶を所望する」

利休は一度はなしを切り、闇をみつめるように押し黙った。

閑寂《かんじゃく》さを際立たせるかのごとく、雪は降りつづいている。

「関白さまは黒茶碗がお嫌いや。口には出さぬが、ようわかる。おおかた、闇と向かいあうのが恐ろしいのやろう。されど、茶室は心そのもの、どれだけ煌びやかに飾ったところで、闇を覆い隠すことはできぬ」

御所に築かせた黄金の茶室にたいして、それとなく皮肉を述べているのだろうか。

利休は誰よりも秀吉の近くにあって、理不尽な暴走を抑える役目を担っているのかもしれない。

「名人日海どの、おぬしのことは聞いておる。明智光秀さまの点てた茶を呑み、織田信長さまと本能寺で囲碁を打った。常人の尺度で申せば、生ききったも同然や。ふっ、あとはどうやって死にきるか、それこそが難問やな」

ふと、軸に目がいった。

――生死。

生ききること、死にきること。禅者にとって生死とは何か。

関山慧玄《かんざんえげん》なる傑僧は弟子に聞かれて「慧玄が這裏《しゃり》に生死なし」と応じた。八十の齢を超えて、唐突に行脚へ出ると言いだし、旅装束をととのえて山門まで歩んだ。弟子とわずかに問答したのち、その場で屹立《きつりつ》しながら往生してみせたという。

死にきるとは、生死を超越することなのだろうか。
脳裏に浮かんでくるのは、信長公の尊顔であった。
肉体は滅びようとも、誇り高い志が滅することはない。
はたして、誰が信長公の志を継ぐのであろうか。
少なくとも、それは増上慢の秀吉ではあるまいと、日海はおもう。
ならば、いったい、誰なのか。
そもそも、信長公の志を継ぐ者があらわれるのだろうか。
「ふっ、禅問答やな」
雪はしんしんと降り、苔の緑を覆いつくしてしまう。
利休は一度も目を合わさず、静かに語りつづけた。

第三章　木に登る猿

一

　事前に相手の弱点を見極めて調略をはかり、いざ対戦となった際には数で圧倒して、戦うまえに勝負をつける。

「位押《くらいお》しこそが、秀吉の戦い方じゃ」

　曲直瀬道三は碁石を使い、日海に九州征伐の経緯を披露した。

「島津は一騎当千の強者《つわもの》揃い、大軍を相手取って寡兵で戦う戦術にも長《た》けておる。されど、さすがに二十五万もの大軍には手も足も出まいよ」

　島津勢は戸次川の戦いでも一隊が囮となって敵を呼びこみ、左右の伏兵とともに殲滅《せんめつ》する「釣り野伏せ」と称する戦法で大勝利を摑んだ。

　それならばと秀吉は諸将にはたらきかけ、九州へ二十五万もの兵力を投入した。秀吉自身の率いる十万は肥後経由で、秀長の率いる十五万は日向経由で薩摩をめざし、秀吉軍は豊前岩石《がんじやく》城や肥後熊本城などの要所を難なく撃破、一方の秀長軍は日向高城で島津の主力を撃退し、山津波のごとく九州全土を席捲したのである。

押しせまる大軍をまえに、鬼と恐れられた島津勢もさすがに戦意を失い、当主の島津義久《よしひさ》は剃髪して恭順の意をしめした。秀吉の本営が置かれた薩摩川内《せんだい》の泰平寺へおもむいたのだ。天正十五年皐月八日のことである。弟の島津義弘《よしひろ》も十九日に降伏し、義久には薩摩一国が、義弘には大隅一国が安堵されたという。

「四月足らずで九州は制圧された。秀吉、恐るべしじゃ」

遠征のきっかけをつくった大友宗麟は、島津の降伏をみずに豊後津久見で病死していた。

制圧の起点となった筑前の筥崎《はこざき》において、水無月七日、論功行賞も兼ねた国分けがおこなわれた。

大友家の家督を継いだ義統《よしむね》には豊後一国を、龍造寺政家《りゅうぞうじまさいえ》、大村純忠の子喜前《よしあき》、松浦隆信《たかのぶ》には、それぞれ肥前国内の所領を、宗義調《そうよししげ》には対馬を安堵し、先乗りで調略にも功績のあった小早川隆景には筑前や筑後の所領が、黒田孝高と森吉成には豊前の所領が与えられた。

また、緒戦で奮闘した立花宗茂には筑後柳川城が、小早川秀包には筑後三郡が与えられ、名誉挽回の手柄をあげた佐々成政には肥後の大部分が与えられたのである。

なお、調略の際に本領安堵を約束された西国諸将には文句を言う者もあったが、そうした連中には厳しい裁定が下された。

「国分けは天下人の裁量に委ねられておる。転封や移封はあたりまえだと、猿関白は豪語したらしい」

先祖伝来の土地を一所懸命に守らんとする武家の考え方を、秀吉はまっこうから覆してみせた。

「百姓出の秀吉でなければ、おもいつかぬことかもしれぬな」

道三はめずらしく感心し、弟子の徳運軒改め施薬院全宗《せやくいんぜんそう》から届いた文をみせてくれた。

「秀吉は戦勝祝いに訪れたコエリョに招かれて葡萄牙《ポルトガル》船に乗り、南蛮料理に舌鼓を打ったそうじゃ」

随行した利休は神谷宗湛《かみやそうたん》ら博多の有力商人を招いて茶会を開き、松葉や柴などを燻《く》べて湯を沸かす野点《のだて》もおこなったという。

「度重なる合戦で荒廃した博多の町を見廻り、堺のような湊町にするための町割りを指図したとも書いてある」

石田三成、小西行長、長《な》束正家《つかまさいえ》などが町割奉行に任じられ、神谷宗湛や島井宗室《しまいそうしつ》らが費用を捻出する。蔵入地《くらいりち》の博多湊を「大唐、南蛮、高麗《こうらい》」の船着場とする構想で、秀吉の拠る「殿下御座所」も築かれるらしかった。

「博多は変わり、九州も変わる。そのさきにあるのは、何じゃとおもう」

道三に聞かれて、日海は返答に詰まった。

遠征軍が筥崎を離れたのは文月朔日、半月ほどで大坂城へ凱旋《がいせん》するものとおもわれ、京の都は豊臣軍大勝利の報に沸いていた。

ところが、日海の耳に由々しい噂が飛びこんできた。

「明石の高山右近さまが、関白さまのお怒りを買ったらしい」

生死すらも判然としないと聞いたので、噂の真偽を確かめたくなり、さっそく南蛮寺へ足を向けた。

曇天のもと、三階建ての楼閣が暗く沈んでみえる。黒い鉄板張りの柱で白壁の四隅を囲った意匠が、いつになく異質なものにみえるのは気のせいか。オルガンの音色も賛美歌も聞こえず、信者たちのすがたもない。

開いている入口から内を覗いてみると、がらんとした礼拝堂の片隅にひとりだけ誰かがぽつんと座り、惚《ほう》けたようにイエス・キリスト像をみつめていた。

「小西隆佐さま」

呼びかけても気づかぬのか、振りかえりもしない。

急いで近づくと、隆佐は泣き腫らした目を向けた。

「ああ、日海さまであられたか」

「高山右近さまのお噂を伺いました。まさか、お命を絶たれたのでは」

「ご案じめさるな。ジュスト右近は生きておられます。御身ひとつで能古島《のこのしま》へ逃れたとアゴスチノより秘かに連絡がござりました」

アゴスチノは小西行長の洗礼名、遠征軍の陣中にあった実子から連絡《つなぎ》があったのだ。能古島は博多湊の鼻先に浮かぶ小島らしい。

日海は逸《はや》る気持ちを抑えかねた。

「いったい、何があったのですか」

隆佐はまっすぐにみつめかえす。

「日海さまなら、おはなししても差しつかえござりますまい。関白さまは筥崎において大名領主の切支丹改宗を禁じ、神父さまたちを海の向こうへ追放する旨の命令を下されました。そして、手始めにジュスト右近を呼びつけ、事実無根の罪状を並べたてたあげく、その場で棄教を迫られたのです」

事実無根の罪状とは、神社仏閣の破壊や領民へキリスト教の改宗を強いたことらしいが、今までは切支丹大名の好きに任せてきたし、伴天連《バテレン》たちの布教にも御墨付きを与えてきただけに、唐突な印象を拭えなかった。

「ジュスト右近に教えを説かれ、改宗された御大名は多い。蒲生氏郷さましかり、黒田孝高さましかり、前田利家さまや長岡忠興さまも切支丹には寛容であられ、御家来衆の多くが洗礼を受けておられる。大坂城の奥向きを支える女房衆のあいだでも、切支丹の教えは広まっております。されど、関白さまは一度たりとも、厳しいことを仰せにならなかった。むしろ、切支丹を支えてくださったはずなのに、どうしてこのようなことになったのか」

領土を召しあげて追放するぞと秀吉に脅されても、右近は断固として棄教を拒んだという。みずからの宿所へ戻ったのちも、秀吉からは未練がましく二度も使者が寄こされたのだ。

「二度目の御使者は、茶の湯のお師匠でもあられる利休さまにござりました」

利休は「今謝れば家督は存続させる。それでも棄教を拒むようなら伴天連ともども唐へ放逐となろう」と懸命に説得したが、右近は「全世界に代えても、切支丹宗門とおのが魂の救いを捨てる意思はない」と応じ、志操堅固な武士の心意気をみせ、利休を感嘆させたという。

右近追放の報せは、半日で武将のあいだに広まった。右近は仲間たちの説得を避けるように、身ひとつで能古島へ逃れたのだ。

そうした経緯は、同じ切支丹の小西行長から明石で留守を守る右近の父飛驒守や弟太郎右衛門のもとへも伝えられた。ふたりは落胆するどころか、意志を貫いた右近を褒め讃えた。

一方、二千人を超える領民たちは路頭に迷うことになった。明石の領内は今、蜂の巣をつついたような大騒ぎだという。

「今にしておもえば、コエリョ神父を関白さまにお引き合わせしたのが、まちがいのはじまりであったやもしれませぬ。神父の居丈高な態度を、関白さまは笑って見過ごされた。されど、しっかりとおぼえておられたのです」

日本における切支丹の数は二十万人におよび、教会数も今や二百を超えている。布教の中心は、肥前、豊後、筑前といった地域で、秀吉は九州に降りたった途端、切支丹勢力の脅威を肌で感じたにちがいなかった。

「御伽衆のなかには、切支丹をよくおもっておられぬ方々もおられます。九州に住む女や子供が伴天連船に乗せられ、海の向こうへ売られている。かような讒言《ざんげん》もあったやに聞きました」

事実なら捨ておけぬと、秀吉がおもったのかどうか。むしろ、名のある大名たちが宣教師から洗礼を受けて改宗し、勝手に領地を提供したり、領民を改宗させることのほうが危うく映っていたのかもしれない。

あくまでも、この国の民と領土は天下人のものであり、切支丹大名が得手勝手に扱ってはならぬ。

九州征伐にのぞむにあたり、秀吉という為政者がそうした理念を徹底する必要に迫られていたのだろう。

　隆佐は悲しげにつづけた。

「コエリョ神父は、葡萄牙のフスタ船に関白さまを案内されたそうです。商船とは名ばかりで、船には大砲が積まれていた。神父が大砲の威力を自慢すると、関白さまは目を丸くなされておいでだったとか」

　同席した右近と行長は心配になり、内々にフスタ船の献上をすすめたが、コエリョはこれを拒否した。さらに数日後、来航していた葡萄牙船の司令官でドミンゴス・モンテイロという者が贈り物を抱えて訪れた。秀吉は「黒船」と呼ばれる葡萄牙船の回航について、以後は博多湊に限定する旨の提案をおこなったものの、司令官は言下に拒んでみせたという。

　伴天連門徒は、本願寺門徒を超える一大勢力になるかもしれない。

　そうした考えは、日海たち法華のなかにもあった。秀吉はかつて、年貢を納めぬ本願寺門徒を「天下の障り」と断じている。切支丹をそうさせぬためには、手綱《たづな》を握っておかねばならぬとおもったのだ。

　そこで、まずは「覚《おぼえ》」十一箇条を布告した。

　下々の信仰は本人の心次第で妨げるつもりはないが、高禄武士の切支丹改宗には秀吉の許しを要するとし、領民への強制改宗についてはこれを厳しく禁じた。

　右近を念頭に置いた通達であることは、誰の目にもあきらかだった。秀吉は右近に棄教を迫る使者を送ると同時に、コエリョへも使者を送った。日本人への強制改宗や神社仏閣の破壊、牛馬食や日本人奴隷の売買などを、使者に詰問させたのだ。そして、布教は九州に限ることを求め、拒むようなら澳門《マカオ》へ帰還するように命じた。

コエリョが拒んだので、翌日、秀吉は一段と厳しい布告に踏みきらざるを得なくなった。

五箇条からなる「定《さだめ》」において、日本は神国であり、伴天連の教えは邪法にほかならず、寺社を破壊するなどの許し難い愚行を看過できぬので、すべての伴天連は国外へ追放するものとする。ただし、黒船は商売を継続できるといった内容だった。

「いわば、主の教えが仏法の妨げになると仰ったようなもの。やがて、都や大坂や堺の教会は、ことごとく破壊されましょう」

「オルガンティーノさまは、どうしておられるのですか」

「わたしが秘かに匿《かくま》っております。おそらく、ジュスト右近のご一族ともども、備前の小豆島《しょうどしま》へお迎えすることになりましょう」

隆佐は日海を見つめ、口外せぬようにと目で告げた。

瀬戸内に浮かぶ小さな島は、小西行長の領土なのだという。小西父子は山中に隠れ家を築き、当面のあいだ、右近らの一族と日本に留まる宣教師たちを匿うつもりでいるのだ。

「立派なお考えにござります」

「そう仰っていただけますか。わたしは秀吉さまにお仕えする商人にござります。商人ゆえに、棄教を命じられることはござりますまい。されど、行長は棄教を受けいれざるを得ぬでしょう。もちろん、表向きのはなしです。一度洗礼を受けた者は、主の教えを捨てることはできない。卑怯者の誹《そし》りを受けても、隠れ信者とならねば、ジュスト右近やオルガンティーノさまをお守りはできぬ。関白さまの勘気が解け、ふたたび、切支丹が気兼ねなく暮らしていける世になればよいと、わたしは切に望んでおります」

追放令が発布されたのち、コエリョはすぐさま平戸に戻って各地の宣教師たちを招集した。切支丹大名の有馬《ありま》晴信《はるのぶ》と秘かに会い、武器の提供と引換に秀吉への敵対を呼びかけた。即座に拒まれると、返す刀で呂宋総督に秀吉討伐軍の派兵を要請する文を書いたという。

信じ難いはなしだが、そうした動きはすべて、コエリョに反感を抱く宣教師を通じてオルガンティーノのもとへ秘かに報されてくるのだ。

「短慮にもほどがある」

オルガンティーノのように何年も日本に留まり、地道に布教を重ねてきた神父たちの努力を無にする行為だと、隆佐は静かに怒ってみせる。

「コエリョ神父がうっかり、口を滑らせたことがござりました。西班牙《スペイン》や葡萄牙にとって、富める明と銀の豊富な日本は『蜜の流れる地』なのだと。蜜を手に入れるためには切支丹大名をいかに増やすかが肝要なのだと、葡萄酒を呑みながら仰ったのです」

日本の大名たちを手懐《てなず》け、屈強な侍たちを尖兵として送りこめば、明を占領できるかもしれない。そうした強国の野心や思惑が、コエリョの居丈高な態度に見え隠れしていたのであろうか。

秀吉は鋭い鼻で危うさを嗅ぎつけ、伴天連の追放を打ち出した。

かりにそうであったならば、右近追放も大局観に立ってなされたものではあるまいか。

日海は右近や隆佐に同情しながらも、そんなことを考えていた。

二

天正十五（一五八七）年の夏は大雨つづきで、吉田兼和は朝廷より止雨《しう》祈願を命じられたほどだった。

九州から戻った秀吉は大坂城をあとにし、完成に近づきつつある聚楽第に移った。

御所の西方、平安京の大内裏《だいだいり》があった跡地はすっかり様変わりし、金箔瓦の御殿群がそこかしこに建っている。聚楽第の外郭に集められた諸大名の屋敷で、日海が今歩いている一条戻橋の西寄りに建っているのは上杉景勝の屋敷だった。

南のほうには宇喜多屋敷や毛利屋敷もあり、それらより内側には秀長や秀次などの親族一門、前田利家や黒田孝高、長岡忠興や蒲生氏郷といった秀吉恩顧の諸大名が屋敷を構え、鬼門にあたる北東隅の北御門近くには千利休の屋敷もあった。

それらの武家屋敷を通り抜けたさきに、二十間幅の濠《ほり》と穴太《あのう》積《づ》みの石垣に囲まれた聚楽第の内郭はある。

御所や二条城を遥かに凌ぐ広大な敷地に、本丸、北之丸、西之丸、南二之丸が配され、三層の天守閣は本丸の北西隅に築かれていた。いまだ頂部の大屋根はできあがっていないものの、都のまんなかに堅牢な平城が忽然とあらわれた感は否めない。金箔瓦の煌《きら》めきは、秀吉の威勢を満天下に知らしめているかのようだ。

日海は濠の南にまわりこみ、とある武家屋敷の門を潜りぬけた。

番士に取次を頼むと、若々しい武将が玄関先までやってくる。

「お師匠、ようこそお出でくだされた」

親しげに手招きするのは、徳川家重臣の奥平信昌《おくだいらのぶまさ》である。

秀吉の九州遠征にあたって、都の防備を任されたのは前田利家だった。利家のもとに関東の諸大名から有力な武将も人質として集められ、徳川家からは信昌が寄こされた。家康の娘婿でもある信昌は齢三十三にして三河新城城の城主、武田勝頼を相手に大勝利を収めた長篠の戦いでは一番手柄をあげた。信昌の信は信長公から貰った一字で、秀吉も軽々しくは扱えぬ武将なのだ。

その信昌は主君家康の影響か、三度の飯よりも囲碁が好きらしく、京にやってきたその足で寂光寺を訪れ、日海の弟子になった。四つ年上の武将から師匠呼ばわりされるのは恐縮の極みだが、何度断っても直さぬので放っておくことにした。

すでに、寂光寺でも何局か手合わせしており、できあがったばかりの徳川屋敷を訪ねるのも今日で三度目になる。

檜《ひのき》の廊下を渡りながら、信昌は声をひそめた。

「今日の相手は、わしではない」

「えっ」

「お師匠に是非とも手合わせ願いたいお方がお待ちじゃ」

問いかえす間隙も与えられず、落葉松《からまつ》の描かれた襖のまえに立たされた。通されたことのない大広間のようだ。

「奥平信昌にござります。件《くだん》の名人をお連れ申しあげました」

「さようか、入るがよい」

「はっ」

襖がすっと左右に開き、畳の匂いも新しい大広間に招かれた。

すぐそばに、小姓がふたりかしこまっている。

床の間を背にした上座には、ずんぐりした猪首《いくび》の武将が胡座を掻いていた。

たちどころに正体がわかった。ぎょろ目を剝いた眼光に射貫かれ、おもわず身を竦《すく》めてしまう。

「徳川家康さまであらせられる」

「へへえ」

信昌のかしこまった物言いと家康の威厳に圧倒され、日海はその場に平伏した。

「よいよい、堅苦しい挨拶は抜きにせよ。ほれ、仕度はできておる。こっちへ参れ、近《ちこ》う近う」

家康はひょいと上座から降り、畳のうえに敷かれた丸御座に座る。

どっしりとした榧《かや》の碁盤が置いてあり、対座にも丸御座が敷いてあった。

「殿、それがしもよろしゅうござりますか」

信昌が懇願すると、家康は少し考えてうなずく。

「まあよかろう。されど、邪魔をいたすでないぞ」

「心得てござります」

信昌は嬉々として応じ、日海の手を取るようにして対座へ導こうとする。

「なるほど、信昌に聞いておったとおりじゃな。一見すると華奢《きゃしゃ》にみえるが、芯の強そうな眼差しをしておる。勝負師の目じゃ。さあ、座ってくれ。名人日海、五子の手合いでよいか」

「はい」

「よし」

家康は待ちきれぬという様子で、黒石を碁盤に置きはじめる。

――ぱちり。

初手を左辺上隅へ高目に置いた。

対局がはじまれば、すうっと緊張は抜けていく。

布石の段階では攻防らしい攻防もなく、両者は堅実に掛け接ぎで白黒の模様を描いていった。

小姓が音もなく近づき、温《ぬく》い茶をふたつ置いていく。

家康がさきに茶を啜《すす》るのを待ち、日海も茶碗に手を伸ばした。

「猿には会《お》うたか」

唐突に問われ、口にふくんだ茶を噴きだしそうになる。

どうにか我慢し、こっくりうなずいた。

「三年前の秋、湯山にてお目通りを許されました」

「碁を打ったのか」

「いいえ」

「猿は何と申しておった」

「銭で容易に買えぬものがふたつあると、関白さまは仰いました」

「ほう、それは何じゃ」

「持って生まれた才と運。このふたつが揃わねば勝負にならぬ。才があっても運がなければ、天下は取れぬと、そのように」

「ぬはは、おもしろい。それで」

「おぬしの持つ才と運を運んでこい。ひとつところに才人たちの気が集まれば、天下取りの機運はいやが上にも高まろうと、そのように仰せになったかと」

そこからさきは、告げずにおいたほうがよかろう。秀吉は囲碁好きな臣下たちに一手指南せよと言い、家康を引き合いに出して「三河の田舎大名」と蔑《さげす》んでみせた。そして、去り際に「織田信長の最期を存じておるのではあるまいな」と、恫喝するように囁いたのだ。

——ぱちり。

家康は右辺の白石群を生かす絶妙の一手を打った。

日海はしかし、顔色ひとつ変えない。

どうだと言わんばかりの家康は、つぎの瞬間、碁盤に顔が埋まるほど身を乗りだしてくる。

——ぱちり。

日海が左下隅に予期せぬ一手を置いたのだ。

盤上に一陣の風が吹きぬけた。

「ぬうっ」

家康は唸《うな》る。

みずからの黒石が一挙にひっくり返る恐怖を味わったにちがいない。

長考しながら、家康は呻《うめ》くように言った。

「猿はわしを高みから睨《ね》めつけ、駿河大納言と呼びおった。ふん、従二位権大納言に推挙したそうじゃが、それがどうした。嬉しゅうも何ともないわ。しかも、羽柴の名字を下賜すると抜かす。腰を抜かしかけたわ。のう、信昌よ、わしは来月から羽柴家康になるそうじゃ」

家康は右上隅をあきらめ、果敢に中央を攻めにかかる。

心に乱れがあるのか、二手ほど悪手がつづいた。

「大坂城ができ、聚楽第ができ、猿を悪く言う者はおらぬようになった。賤しい身分の者でも、才と運さえあれば天下を取ることができる。この世にかなわぬ望みはないと、猿は身をもってしめしたのじゃ。しかも、わしとちがって気前が良い。金を湯水と使いよる。それゆえ、下からも上からも慕われる。沿道を行列すれば、衆生は喝采《かっさい》を送るにちがいない。口惜しいが、猿には水をあけられた」

家康は碁盤を睨み、拇指《おやゆび》の爪を嚙みはじめる。

――ぱちり。

絶妙とおもわれる一手を打ち、わずかに相好《そうごう》を崩した。

「されどな、猿にも悩みはある。子胤《こだね》じゃ。あやつには血を分けた子がおらぬ。それゆえ、一代で終わるやもしれぬ恐怖に苛まれておるのじゃ。逆しまに申せば、猿さえおらぬようになれば、豊臣の栄華は露と消える。大坂城も聚楽第も砂上の楼閣となるやもしれぬ。ふん、投了じゃ。名人日海、噂以上に強いのう。ふふ、気に入ったぞ」

秀吉最大の強敵は、天下取りの野心を隠そうともしない。

家康に気に入られることが、はたして、良いのかどうか。

どっちにしろ、狐《きつね》と狸《たぬき》の化かし合いに付きあわされるのは御免蒙りたい。

家康は冷めた茶を呑み、ほっと溜息を吐く。

「猿は信長さまに鍛えられ、わしは信長さまに甘やかされた。それゆえ、今ほどの差がついてしもうたのかもしれぬ。そう言えば、おぬし、本能寺で信長さまと碁を打ったのであったな。吉田神社の禰《ね》宜《ぎ》に聞いたぞ。幽斎も言うておったわ。信長さまのご遺体は本能寺の焼け跡からみつかっておらぬとも聞いた。猿はいつぞやか、灰になったと笑っておったが、わしはそうおもわぬ」

沈黙が日海の首筋を寒くさせた。

家康はおもむろに喋りだす。

「信長さまは本能寺を抜けだし、何処かへ逃げおおせられたのではないか。信雄さまも同様のお考えでな、それゆえ、服部半蔵と申す伊賀の忍びに足跡を追わせたのじゃ。すると、興味深いことがわかった。鹿ヶ谷で大きな黒駒をみたという杣人《そまびと》が出てきおった。それだけではないぞ。北白川でも山中関でも、黒駒をみた者がおるという。山中関から志賀峠を越えていけば、行きつくさきは琵琶湖の畔じゃ。唐崎あたりから船に乗れば、対岸の安土へたどりつく」

家康はまた黙り、じっと睨めつけてくる。

心ノ臓が早鐘を打っても、日海は眉ひとつ動かさない。

「おそらく、安土へ向かったのじゃ。黒駒にはどうやら、坊主頭がふたり乗っていたらしい。ふふ、ひとりはおぬしではないのか」

確証があっての問いなのだろうか。

家康は生死の狭間を何度となく潜りぬけ、途方もないほどの相手と対話を重ねてきた。人の嘘を見抜くことなど、三度の飯を食うよりも容易《たやす》いにちがいない。

瞳の奥には得体の知れない輝きがある。だが、日海は目だけは逸らさなかった。掌《てのひら》には汗が滲んでいたが、目を逸らした途端、家康に嘘を見抜かれるとおもったのだ。

ふたりのあいだには、どっしりとした碁盤が置かれている。碁盤だけが、身を守る盾になっているようにも感じられた。

「何があったのか、正直にはなしてみよ」

「恐れながら、拙僧ではござりませぬ」

きっぱりと明朗に応じると、家康は眸子を細めた。

唐突に太鼓腹を揺すって笑い、吐き出してみせる。

「さようか、ふっ、囲碁よりおもしろいはなしが聞けるとおもうたが、どうやら期待外れであったな」

ごくりと唾を呑んだのは、後ろに控える奥平信昌であろう。

信長公の亡霊に取り憑《つ》かれているのは、どうやら、秀吉だけではなさそうだ。それがわかったからといって、日海にとっては何の益にもならない。

「されば、もう一局」

家康は左右の袂を捲り、白石と黒石を分けはじめる。

できることなら一刻も早く帰りたいと、日海はおもった。

三

長月なかば、聚楽第は完成した。

蒼天《そうてん》に聳える天守閣は黄金の瓦を燦然と煌めかせ、全長一千間におよぶ長大な濠に沿って、北政所や女房衆なども交えた華やかな行列が繰りひろげられた。

「お披露目じゃ、お披露目じゃ」

面相白塗りの秀吉は長い行列の殿で猿まねをしてはしゃぎ、沿道を埋める人々の笑いを誘った。

唯一、華々しいお披露目に水を差す出来事と言えば、新領主の厳しい検地に抗って肥後の国衆が一揆を起こしたことだ。九州からの急報によれば、佐々成政の拠る熊本城を乗っ取られるほどの勢いであったが、神無月朔日、九州制圧を祝う大茶会は北野天満宮の境内において予定どおりに催されるはこびとなった。

北野大茶湯《おおちゃのゆ》については、文月末の時点で、諸大名や公家衆、京大坂および堺の茶人たちなどへ、秀吉から朱印状が送られていた。さらに、京の五条には「北野の森にて神無月朔日より十日間大茶湯を開き、関白秀吉みずから名物を数寄《すき》執心の者に披露する」との触書《ふれがき》も出された。

茶の湯を嗜む者ならば、若党、町人、百姓を問わず、釜ひとつ、釣瓶《つるべ》ひとつ、呑物《のみもの》ひとつ、茶道具を持たぬ者は替わりになるものでもよいから持ちよって参じることとあり、座敷は北野の森の松原に畳二畳分を設え、着物、履き物、席次などはいっさい問わぬものとすると記されてあった。

ほかにも、数寄心掛けのある者ならば唐国からでも参じるべきことや、遠国《おんごく》からの者に配慮して十日まで開催するといった文言も記されていた。こうした秀吉の配慮にもかかわらず、参じぬ者は今後いっさい茶の湯を嗜んではならぬとの但《ただ》し書きもあり、茶の湯の心得がある者にたいしては、所や出自を問わずに秀吉みずから茶を点てると断言している。

たとえば、茶の湯を嗜む吉田兼和なども、御伽衆の施薬院全宗から参じるようにと促された。兼和はほかの公家に様子を聞いたうえで参じる旨を伝え、長月なかばには鋳物《いもじ》師に新たな茶釜を注文した。同月中に割り当てがあり、末までには北野の馬場へ材木を運びこんだという。

茶席を設える者は多く、隣とは一間も空いていなかった。小屋の普請は二十九日には完成し、本番前日の三十日には秀吉みずから見廻りに訪れたらしかった。

並々ならぬ気合の入れようではじまった大茶会の当日は、朝から雲ひとつない快晴となった。日海も前田玄以や施薬院全宗から誘われており、兼和からも茶席を訪ねてほしいと頼まれていたので、遊山気分で訪れたのだ。

天満宮には今年も梅見の頃に訪れたが、楼門を潜ったさきの風景は一変していた。玄以には「二畳

の小座敷を八百余り建てる」と聞いていたが、利休の影響で茶の湯は侘びた風情を競うものという考
えが行きわたっており、板屋根に筵《むしろ》を敷いただけの小屋が所狭しと並んでいる。
貴賤身分の差を問わずとされてはいるものの、数寄者《すきしゃ》という縛りがあるため、さすがに有象無象《うぞうむぞう》は
訪れていない。境内には防《ふせぎ》の侍たちも配されているので、一見して賤しい風体の者たちや物々しい連
中はいなかった。優雅に歩いているのは武家や公家、あるいは上京の裕福な町人とおぼしき者たちで、
聞けば大坂や堺や奈良からも数寄者が集まっているという。

袈裟《けさ》を纏った僧侶たちのすがたも、境内の随所で見受けられた。一軒ずつ素見《ひやか》すだけでも日が暮れ
てしまいそうなので、ともあれ、兼和の小屋を探してみる。公家衆の小屋はひとつところにまとまっ
ており、さほど苦労もせずに探しあてられた。

ちょうど、兼和が息を弾ませながら戻ってきたところだ。

「おう、参ったか。拝殿に向かって右手の奥に、関白殿下の茶席がある。隣が利休さまの茶席で、そ
の隣に津田宗及どの、さらに今井宗久どのと並んでおってな、四席だけは籤《くじ》を引かねばならぬ。この
身は四番籤を引いたゆえ、宗久どのの点てた茶を呑んでまいった。拝殿では黄金の茶室や名物茶器も
お披露目されておるようじゃが、茶会を楽しむつもりなら、まずは籤を引いて四席のどちらかへ参じ
るのがよかろう」

「かしこまりました」

兼和に礼を述べ、四席のほうへ向かった。辟易《へきえき》としながらも長蛇の列に並び、籤を引いてみれば、
何と一番籤を引きあててしまう。利休の二番籤も人気だが、秀吉の一番籤は群を抜く人気ぶりで、引

きあてた一番籤を家宝にするのだと吹聴してまわる輩《やから》まであった。

日海は一番籤を握りしめ、嬉しいような恐いような、自分でもよくわからぬ気持ちになっていた。

四席の周囲も人で埋まっており、一番籤を手にして秀吉の席へ向かうと、すでに大勢の人が順番を待っている。

日海は爪先立ちになり、人垣の向こうを覗こうとする。

野点の設えゆえに素見客も押しよせており、幾重にも重なる人垣に阻まれ、亭主のすがたはみえない。

どうやら、客として招かれるのは一度に五人ずつらしかった。

ともあれ、順番待ちの列に並んでいると、小姓らしき者が籤を確かめにやってくる。

日海は区切られた五人の一番最後になり、何となく落ちつかぬ気持ちでいると、すぐ前に並んだ猫背の男がはなしかけてきた。

「囲碁名人よ、久方ぶりじゃのう」

「えっ」

驚いて瞼を瞬くと、男の素姓がわかった。

「……あ、あのときの」

「そうじゃ。おぬしに負けた照算じゃ」

脳裏に凶兆が過った。照算とは、大坂天満のトリデで出会った雑賀の鉄砲撃ちにほかならない。秀吉に抗って多くの仲間を失った。秀吉と裏切り者の鈴木孫一を亡き者にするために生きのびたのだと、トリデを仕切る五右衛門は言っていた。

「寂光寺の日海、調べてみたらば、日の本一の囲碁名人であったわ。これも何かの縁にほかならぬと、五右衛門は申しておったぞ。ふふ、わしが何しに参ったのか、おぬしなら察しはつこう」

照算は顔を近づけ、一段と声をひそめる。

「ふふ、案ずるな、今日は弾かぬ。ご機嫌伺いに足を運んだまでや。当分は生かしておけと、五右衛門に止められておるからの。普請好きな関白のおかげで、五右衛門は恩恵を蒙っておるのや」

照算は笑いながら二番籤をみせ、ふいに鼻先から消えてしまう。

ほうっと、安堵の溜息が漏れた。

この場で照算に狙われたら、秀吉は眉間のまんなかを撃ち抜かれるにちがいない。華やいだ茶席が血で穢《けが》されることなど、想像しただけでも暗い気持ちになった。

利休の席に向かう人々の背中を目で追っていると、こちらの順番がまわってくる。

「急げ、急げ」

小姓に急《せ》きたてられ、日海は茶席に向かった。

小屋は板張りの屋根で覆われているが、四隅を枯れ木に支えられているだけで、仕切り壁は膝ほどの高さまでしかない。見よう見まねで履き物を脱いで懐中に入れ、地べたに敷かれた筵のうえに踏みこむ。

秀吉は小屋の片隅にちょこんと座っているのだが、朝日を背に受けているので表情はわからない。

台子の設えはなく、茶道具は筵に並べられていた。黄金でないということ以外は、名物かどうかの判別すらつかない。風炉《ふろ》のうえではふっくらして丸みのある乙御前釜《おとごぜがま》が湯気をあげている。

「ようお越しくだされた。されば、秀吉が天下人の茶を点てて進ぜよう」

五人では狭すぎて、最初は肩と肩が触れあっていたものの、ひとりまたひとりと客は居なくなり、次第に余裕が生じてくる。

秀吉は茶を点てながらも、快活に喋りつづけた。

「茶壺は東山御物《ひがしやまごもつ》の四十石壺《しじっこく》じゃ。奈良の鉢屋紹佐《はちやじょうさ》から銭屋宗訥《ぜにやそうとつ》の手を経て献上された名品でな、三木の付城で初めて茶会を開いたときから使《つこ》うておる。さらに、この肩衝の茶入れ、新田じゃ。楢柴《ならしば》は利休の小屋にあり、初花は宗久の小屋にある。これでようやく、天下三大肩衝が揃うたというわけじゃ。ぬひゃ、ぬひゃひゃ」

秀吉は大口を開けて笑いながらも、隙のない所作で茶を点てていく。

さきほどから気になって仕方ないのは、天井から無造作にぶらさがる横長の軸であった。

月の光に照らされた縹渺《ひょうびょう》とした湖に、小舟が一艘《そう》浮かんでいる。

牧谿《もっけい》の『洞庭秋月図《どうていしゅうげつず》』ではなかろうか。

以前、長岡幽斎から聞いたことがあった。名物狩りの際に集められた足利将軍家に代々伝わる宝物の山水画で、明智光秀が喉から手が出るほど欲しがっていたにもかかわらず、信長から秀吉に下賜されたという。

秀吉はこの画を生涯初の茶会で飾り、何よりもたいせつにしてきたはずであった。ところが、野晒しになった髑髏《どくろ》のごとく、今は衆生の面前で風に晒されているのだ。

これも信長公を強く意識したやりようなのではないかと、日海は勘ぐらざるを得ない。

「ん、囲碁坊主か」

ふいに、秀吉から声を掛けられた。

気づいてみれば、茶席には日海ひとりしか残っていない。

「湯山で会《お》うたな」

「はっ」

喋りながら、秀吉は中節の茶杓を手に取り、新田から抹茶を掬う。

「日の本を見渡しても、おぬしに勝る碁打ちは知らぬ。好敵手がおらぬと、腕も鈍ろうというもの。頂点を極めるよりも、頂点に居つづけることのほうが何倍も難しかろうよ」

「仰せのとおりにござります」

日海は心の底から感服してみせる。

茶碗は夜空に星が降ったかのような趣きの天目茶碗であった。奇《く》しくも、光秀の茶会で出された茶碗と同じ曜変天目にほかならない。光秀から茶碗の底に何がみえるか問われ、日海は不立文字がみえると応じたのだ。

秀吉は乙御前釜から柄杓で湯を汲《く》み、素知らぬ顔で茶筅をさくさくやりはじめる。

泡立った茶が膝前に置かれた。

日海は碗を手に取り、ずずっと一気に飲み干す。

「よきお点前にござりました」

「ふむ、それでおぬしは何をみた」

「えっ」

まさか、光秀と同じ問いを発するというのか。

閃光《せんこう》のように、湯山で突きつけられた問いが甦ってくる。

――おぬし、織田信長の最期を存じておるのではあるまいな。

混乱する頭のなかで、必死に答えを探そうとする。

我に返ると、秀吉の皺顔が眼前にあった。

何も問われていない。

聞こえてくるのは、わずかな風音だけだ。

「丿貫《へちかん》の茶室をまわってゆくがよい」

秀吉は穏やかに告げ、横を向いてしまった。

日海は深々と頭を垂れ、茶室をあとにする。

振り向けば、籤で選ばれたつぎの五人が茶室に招じられていた。

秀吉はさきほどと変わらず、饒舌《じようぜつ》に喋りながら見事な所作で茶を点てていく。

湯山での会話など、疾《と》うに忘れてしまったのだろう。

できれば、そうであってほしいと、日海は願った。

人垣から離れ、丿貫の茶室を探した。

丿貫は「異風」と評される風狂の茶人、都では知らぬ者がいない。曲直瀬道三の娘婿でもあり、日海も何度か目にはしたが、はなしたことはない。高価な茶道具をひとつも持たず、手取釜《てどりがま》ひとつで雑炊も煮れば、茶の湯も沸かすという。にもかかわらず、利休と肩を並べるほどの茶人なのである。

日海は道三のことばを思い出していた。

「婿は清貧を好む小汚い男じゃが、世間にけっして媚《こ》びようとせぬ。利休は媚びておると申しておったわ。朝廷から居士号を下賜されて喜んでおるようでは、侘び茶の心はわからぬ。利休の茶は媚び茶にすぎぬと、あやつは小莫迦にしておったわ」

秀吉はひょっとしたら、そうした逸話をおもしろがっているのかもしれない。

丿貫の茶室はすぐにわかった。入口とおぼしきところに、朱塗りの大傘が立ててあったからだ。嫌でも人目を引く。見る者をあっと言わせる趣向こそが、今日の大茶会で秀吉の求めていたものなのであろう。乙に澄ました利休の影が薄くなったことを、内心では喜んでいるような気もする。

世の秩序を保つのに、茶の湯はまことに便利な道具だ。それゆえ、利休には有力な武将何人ぶんほどもの価値があり、秀吉にもそのことがよくわかっている。ただ、道具はあくまでも道具でしかない。権威付けしようとすれば、無理が生じてくる。

それは茶の湯にかぎらず、秀吉自身のことでもあった。権威の衣を纏い、かりそめの栄華を極めたところで、かならず何処かに無理が生じてくる。

秀吉はそのことを、生来の勘の良さで察しているのではあるまいか。

だからこそ、わざと黄金の茶室を造り、利休の築こうとする権威に抗おうとしているのではないか。

みずからへの戒めとして、清貧を貫く丿貫の心意気を忘れまいとしているのではないか。

「穿ちすぎかもしれぬ」

朱塗りの大傘をみつめ、日海はつぶやいた。

境内の外れまで歩けば、紙屋川の汀へたどりつく。

物乞いのごとき風体の男が、人知れず水を汲んでいた。

あれはまさしく、ノ貫にまちがいない。

何故、北野大茶湯に参じる気になったのか。

問うてみたい衝動に駆られ、日海はゆっくり歩を進めた。

四

天正十六（一五八八）年、卯月十四日。

秀吉は紛うかたなき天下人になったと、誰もが認めざるを得ない催しがあった。

後陽成天皇の聚楽第御幸《みゆき》である。

じつに百五十一年ぶりの誉《ほま》れ高い催しを、秀吉は聚楽第という黄金の御殿を築くときから企図していたらしい。

「天下取りのさきには安寧がある。国を平らかにするためには、帝にお力添えを願い、この国がひとつになったことを満天下に知らしめねばならぬ。日の本六十余州の諸将は都に集い、帝のもとで誓わねばならぬ。我欲を捨て、金輪際、争いは止めるのだと、ひいてはそれが国を豊かにし、日の本に繁栄をもたらすのだと、帝の臣下たる諸将は誓約を交わし、厳粛にその日を迎えねばならぬ」

秀吉は威儀を正して口上を述べ、事に寄せてはみずからが帝の代弁者であるかのごとく振るまってきた。世の中に豊臣の姓を植えつけることが何よりも重要なのだ。後陽成天皇の御幸は、秀吉にとって天下取りの総仕上げとも言うべき行事にほかならない。

それゆえか、秀吉は先例を破って当日も禁裏へ参内し、みずから率先して段取りの確認などをおこなった。

ぴんと張りつめた雰囲気のなか、いよいよ後陽成天皇が禁裏の南殿からすがたをあらわした。身に纏うのは鮮やかな山鳩《やまばと》色の束帯、後ろから裾を持ってしたがうのは衣冠束帯の秀吉である。横顔に童子の面影を宿した帝は鳳輦《ほうれん》に乗りこみ、鳳輦は聚楽第まで十五町ほどの道程を悠然と進みはじめた。

沿道に配された防の数は六千人にのぼり、鈴生《すずな》りとなった見物人のなかには前日から泊まりで場所を占めた者たちもいる。それでも、楽人が奏でる雅楽のほかには、咳《しわぶき》ひとつ聞こえてこない。

見物人のなかには、日海や日淵のすがたもあった。

都で暮らす者ならば、百五十年に一度の催しを見逃すわけにはいかない。

粛々と進む行列の先駆けは二十八騎の騎馬が担い、これを聚楽第普請の立役者でもある前野長康《まえのながやす》が率いていた。さらには、女御や局《つぼね》や女中らを乗せた輿が三十挺《ちょう》ほど、供奉衆《ぐぶしゅう》を乗せた塗り輿が十五挺ほどつづく。そして、位の高い公家衆が衣冠束帯であらわれ、長い行列のあとにようやく、帝の鳳輦がみえてきた。

鳳輦に随従する武家は、徳川家康、織田信雄、豊臣秀長、豊臣秀次、宇喜多秀家の五人である。後ろにも警固の侍が長々とつづき、遥か後方から牛車に乗った秀吉が石田三成ら七十余りの側近をしたがえて登場する手筈になっていた。もちろん、それでは終わらない。秀吉たちの後方には、前田利家や長宗我部元親など二十七人の大名とその臣下たちも控えている。

途方もなく長い行列が蜿々《えんえん》と、御所から西へつづいていった。見物人たちは後陽成天皇と秀吉のすがたを同時にとらえることはできない。何せ、鳳輦が聚楽第の中門に入っても、牛車はいまだ禁裏を出ていないのだ。

時折、曇天の裂け目から陽光が射し込んでくる。

「まるで、御仏の旅路のようじゃ」

日淵の言うとおり、西方浄土をめざす仏の旅路にもおもわれ、日海は鳳輦を目にした途端、不覚にも涙ぐんでしまった。

秀吉の強い意向により、行列の後方には足利義昭も参列している。ただし、有力大名のなかでは、唯一、北条氏政と氏直の父子だけが、再三の上洛命令にもかかわらず、すがたをみせていなかった。すなわち、北条だけが秀吉に臣下の礼を取らぬという意思をしめしたことになる。

ともあれ、御幸は一日で終わらない。

むしろ、秀吉にとって重要なのは二日目であった。

聚楽第で何がおこなわれたのか、沿道の人々は知る機会を得ない。ただし、日海は所司代の前田玄以や公家の吉田兼和から、囲碁を打ちながら催しの詳細を聞いた。

秀吉は後陽成天皇を大広間の上座に戴き、主立った公家衆と武家衆の集うなか、まずは洛中からあがる租税、地子《ちし》銀五千五百三十両余りを献納する旨が奏上されたという。地子米八百石のうち三百石は正親町上皇に献上し、公家衆や門跡寺院の住持らには近江国高島郡内で八千石の所領を配分して与える旨の奏上もなされた。

そして、武家においては、徳川家康など二十九人の大名によって、秀吉の命にはいっさい逆らわぬとの誓約が交わされた。起請文に記された主立った大名の姓は、家康が「源」、信雄が「平」とあり、そのほかの豊臣秀長、豊臣秀次、宇喜多秀家、前田利家、大友義統、池田輝政、丹羽長重、長岡忠興、蒲生氏郷などの大名たちはみな、秀吉に許された豊臣姓を使用したのだという。

三日目には和歌御会《ごかい》があり、四日目には舞楽の鑑賞会があった。五日目の還幸で厳かな儀式は無事に終わり、秀吉はあれよという間に公家と武家の頂点に立った。家康にしてみれば、悪夢でもみているような出来事だったにちがいない。かつては武家の棟梁だった義昭などは、見送る者とてないまま帰路に就かねばならなかったという。

日海は華やかな催しのかたわらで歯嚙みする者たちの憂鬱《ゆううつ》をおもった。

聚楽第御幸という一大行事も終わった翌月なかば、九州遠征などでしばらく放置されていた懸案の大仏殿造営が、東山阿弥陀ヶ峰《あみだがみね》の麓に所を替え、おもいだしたようにはじまった。

大仏本願に指名されたのは、秀吉の信頼厚い高野山の木食応其《もくじきおうご》である。高野山の僧兵を恭順させ、根来寺や九州諸大名の調略などでも力を発揮し、すでに、秀吉から寺領三千石を下賜されていた。

日海は前田玄以から、大仏殿の指図をみせてもらった。

「桁行《けたゆき》四十五間、梁間《はりま》二十七間五尺、棟高二十五間。要の大虹梁《だいこうりょう》は縦七尺、幅七尺、長さ十四間という巨大さじゃ。大虹梁はあらかじめ土の山を築いておき、山の上に引きあげてから滑車で立てる。どうじゃ、尋常ならざる普請であろう」

普請好きの秀吉も溜息を吐くほどの困難さらしい。

屋根と裳階《もこし》を瓦で葺いた大仏殿は、九十二本もの柱で支えられていた。東大寺大仏殿と同じ大仏様の様式だが、東山大仏殿のほうが遥かに大きい。何しろ、大坂城の天守閣がすっぽり収まるほどなのだ。

「八角形の台座に乗る大仏は六丈三尺、すべて金銅造りじゃ。人足はどれほどになるのか、わしとて想像もできぬ」

いずれにしろ、畿内全域から掻き集めねばならぬと聞き、人集めを生業《なりわい》とする五右衛門の笑う顔が脳裏を過った。

このの ち秀吉に肥後一国を与えられていた佐々成政が幽閉先で腹を切った。肥後で起こった一揆は昨年の師走には鎮圧されていたが、不首尾の責を負わされたのだ。肥後は南北に分割され、秀吉子飼いの加藤清正と小西行長に与えられるという。成政とは碁を打ったことはないが、信長公恩顧の腹心がまたひとりこの世を去り、日海は虚しい気持ちにとらわれた。

閏皐月なかば、合歓の花も萎《しお》れる猛暑のなか、聚楽第で秀吉列席の御前碁が開催された。畿内の囲碁上手が挙って集まり、日海は前評判どおりに圧勝してみせた。秀吉からは「天下一の打ち手なり」と賞賛され、褒美に禄米二十石と二十人扶持を毎年与える旨の御墨付きを頂戴したので、寂光寺へ戻ると日淵からありがたがられた。

水無月のはじめ、九州の攻防戦で最後まで頑強な抵抗をみせた島津義弘が、大坂城で秀吉に謁見した。さらに、翌月には大仏鋳造の名目で、百姓たちへの刀狩令が発布された。これまでも雑賀攻めなどで刀狩りはおこなわれたものの、法令にして発布すれば重みはちがう。

秀吉は「来世まで救われるぞ」と、奉行たちに触れてまわらせた。百姓たちは刀を持っているだけでも罪に問われるため、村単位で刀や槍を掻き集めて領主に差しだした。もちろん、大仏鋳造に使うというのは建前にすぎず、真の狙いは別にある。

「まずは、一揆を抑えこむ」

前田玄以は碁盤に黒石を置きながら、自慢げに語って聞かせた。

「刀狩りによって、兵と農を峻別《しゅんべつ》する。百姓たちが米だけをつくるようになれば、年貢のほうも増えるのが道理。よいことずくめではないかと、関白殿下も仰せじゃ」

刀狩りと同時に、瀬戸内などでの海賊働きを取り締まる命令も発布された。二年前には大名同士の争いを止めさせる惣無事令《そうぶじれい》も発令されており、秀吉はあらゆる紛争を勝手に武力で解決しようとする行為を禁じると断じたのである。裏を返せば、争いを裁定する権限は当事者になく、すべて秀吉がおこなうと宣言しているようなものだった。

「じつに賢いやり方じゃと、わしとて舌を巻いておるのだわ」

どうやら、石田三成や大谷吉継らの奉行が智恵を出し合い、良策は秀吉が吸いあげて即断即決しているらしい。玄以はただ命じられたことをやるだけの所司代だが、秀吉からは連日、さまざまな厄介事が矢のように降ってくるのだという。

日海は囲碁の相手をしながら、愚痴《ぐち》を聞かされに聚楽第へ通っているようなものだった。それでも、近頃は玄以のはなしを聞かぬと不安になった。目を離すと、何をしでかすかわからない。今や秀吉という人物への興味が尽きぬのだ。

「まるで、薬が切れるのを不安がる病人だな」

我ながら苦笑するしかなかった。

秀吉のもとでは慶事もつづいた。

盟友の前田利家から養女に貰って育てあげた豪姫《ごうひめ》を、宇喜多秀家のもとへ嫁がせたのだ。容姿端麗な若いふたりの婚礼は洛中でも評判となり、聚楽第においても披露目の宴《うたげ》が催された。

さらに、豪姫以上に話題をさらったのは、信長の姪《めい》にあたる茶々が秀吉の側室に迎えられたことであった。

茶々は浅井長政《あざいながまさ》と市のあいだに生まれた長女である。浅井が滅ぼされたのちは母子ともども生きのびたが、市は柴田勝家と再縁し、賤ヶ岳の戦いで秀吉に敗れたのち、市だけは自害して果てた。妹ふたりとともに逃がされた茶々は秀吉を頼る以外になく、しばらくは安土城で織田信雄の世話になっていたものの、ふたたび、秀吉のもとへ戻されたのである。

聞くところによれば、数奇な運命をたどった茶々も二十歳になっていた。凜《りん》として意志の強そうな面相は他の女房衆とは一線を画し、隠しようもない品格を兼ねそなえているという。

秀吉は美しく由緒正しき女性《にょしょう》に目がない。聚楽第に咲いた白百合《しらゆり》と評される茶々が、放っておかれるはずもなかろう。

洛中の噂好きにとっては好餌《こうじ》である。

「茶々さまはいったい、どのようなお気持ちなのだろうか。浅井の娘であった頃は、関白殿下を猿と呼んでおったに」

「関白殿下はお市さまを十年も慕っておったとか。茶々さまは母上さまに生き写しゆえ、関白殿下は鼻の下を伸ばしておられるようじゃ」

かような噂を耳にすれば、秀吉ばかりか正室のねねも心中穏やかではあるまい。それでも、ねねはふくよかな頬にいつも笑みを湛《たた》え、奥向きの諸事万端を差配する北政所として泰然自若と構えていた。

もちろん、日海に聚楽第の奥向きを覗くことはできない。ただの噂に耳をかたむけているだけなのだが、男女の色恋に思いを馳《は》せるほうが、合戦の惨状を報されるよりは何倍もましだった。

「関白殿下のおかげで、都にもようやく平穏が訪れたか」

日淵の漏らしたことばは、洛中に暮らす人々の偽らざる心境かもしれない。

多くの人々が啀《いが》みあい、覇を競いあい、あまりにも多くの血を流しすぎた。

かつて、近衛前久の実子信輔に「凡下」と蔑まれた秀吉が天下人にまで成り上がり、どれだけ高慢になっても、都に平穏をもたらした功績は否定できない。何しろ、かの信長公でさえ成し遂げられなかったことを、みずからの持って生まれた才と運を使って見事に達成してみせたのだ。

「関白殿下は、人を引きつけて止まぬ玉を抱えておる」

日淵は近頃、そんなことまで口にするようになった。

はたして、強烈な光を放つ玉の正体とは何なのか、日海はそれを知りたがっているおのれが不思議でならなかった。

五

七夕の短冊が鴨川に流された数日ののち、日海は山陽道を下って乙訓《おとくに》の郷《さと》へやってきた。

「よき日和や」

久世《くぜ》で桂川を渡り、しばらく歩いたさきにある。東寺口と山崎を結んだなかほどゆえ、旅装に身を固めるまでもなかったが、夏のあいだは遠出をする機会もなかったので少し不安になり、菅笠《すげがさ》をかぶって手甲脚絆《てっこうきゃはん》を着け、錫杖《しゃくじょう》まで手にして訪れた。

夏越《なご》しの風が優しく頬を撫《な》で、旅人の心を和ませる。

乙訓は十年余りで廃都となった長岡京の置かれていたところで、聖徳太子が創建したと伝わる乙訓寺があった。

初夏には牡丹《ぼたん》を堪能できる境内には、藤袴《ふじばかま》や竜胆《りんどう》が咲いている。

山門の内で待っていたのは、禿頭《とくとう》に僧衣の施薬院全宗であった。

「日海さま、ようこそ、お越しくだされた。こうしてお会いするのは、湯山以来でござりましょうか」

湯山で秀吉のもとに参じたのは小牧長久手の戦いのあと、今から四年近くもまえのはなしだ。その翌年、畿内一円は大飢饉《だいききん》と疫病に見舞われた。全宗は惨状を放っておけず、衆生救済を目途とする施薬院の復興を朝廷に願い出た。そして、従五位下に叙せられて参内《さんだい》を許され、勅命を受けて施薬院使に任命されると、号も徳運軒から施薬院に替えたのだ。

そもそも、施薬院は聖徳太子が仏教における慈悲の教えに基づき、病で苦しむ貧しい人々を救うべく、大坂の四天王寺内に薬園をつくったのがはじまりとされる。平安京に遷都後は五条室町に施薬院が建てられ、乙訓寺には人参《にんじん》や桂心《けいしん》などを栽培する薬園が設けられた。

全宗は秀吉の許しも得て、施薬院の復興に尽力した。また、比叡山薬樹院《やくじゅいん》の住持でもあったので、信長公の命で焼かれた比叡山の再興に関わったことでも知られている。

「ご存じのとおり、わたしは医術を曲直瀬道三先生から学びました。それ以前は天台宗の坊主です。幼い時分に叡山へ預けられたのですが、じつを申せば、わたしの御先祖は丹波氏にほかなりませぬ」

「なるほど、それで施薬院の復興を望まれたのですか」

「はい。貧しい病人や孤児を預かり、無料で治療や施薬をおこなうところは、何処にもござりませなんだ。道三先生にも、それ以上の人助けはないと、背中を強く押していただきましてな」

生き仏のごとき善行だが、秀吉の手厚い支援がなければ何ひとつ日の目を見なかったと、全宗は拝むような仕種《しぐさ》をする。施薬院復興の実績が高く評価され、全宗は秀吉から山城や丹波で六百五十石の所領を与えられていた。

「大坂の天満にも、新たに施薬院を開設する所存でおります。されど、本日お越しいただいたのは、薬園をご案内するためではござらぬ。まあ、こちらへ」

山里に吹きぬける風は心地好く、耳を澄ませば山鳩の鳴き声なども聞こえてくる。履き物を脱いで本堂を横切ると、鍵形の廊下に囲まれた中庭のほうから楽しげな掛け声が聞こえてきた。

「あり、やう、おう」

下鴨神社の蹴鞠初《けまりぞ》めで聞いたことのある掛け声だ。

廊下の角を曲がると、三人の若い公家が蹴鞠をやっていた。

「蹴鞠を家業にする公家の者たちにござるよ。今はうらぶれて、朽ちかけた屋敷で暮らしておるのだとか」

衣擦れとともに、蹴られた鞠が宙に舞いあがる。

全宗のことばは、ほとんど聞こえていなかった。

日海の目は、対面する廊下のほうに向けられている。

ふたりの女性が立ったまま、楽しげに蹴鞠を眺めていた。

紫地の着物を可憐《かれん》に纏った女性は何処かの姫君で、やや後ろに侍る地味な着物は侍女であろうか。

侍女がこちらに気づき、袂で優雅に誘えば、姫君はふわりと顔を向けた。

遠目ではあるものの、あまりの美しさに、日海はことばを失ってしまう。

姫君はこちらをまっすぐにみつめ、口許《くちもと》に凄艶《せいえん》な笑みを浮かべてみせた。

全身が痺れたようになり、日海は立ちつくすしかなくなる。

「茶々さま、そろりと奥へ」

侍女に促され、姫君は廊下の向こうへ消えた。

「あり、やう、おう」

公家たちは蹴鞠をつづけている。

「日海どの、侍女の言ったことが聞こえましたかな」

全宗にじっとみつめられ、日海は首を横に振った。

姫君の素姓を知れば災いが降りかかってくると、直感で察したのだ。

全宗はうなずき、黙然と本堂のほうへ戻っていった。薬園を案内され、茶なども点ててもらったが、それからあとのことはよくおぼえていない。山門から出たあとも、帰路をたどっている途中も、夢心地で寂光寺へ戻ってきてからも、茶々と呼ばれた姫君の容色だけが脳裏に浮かんでいた。

純粋な容姿の可憐さに惹かれたのか、それとも、信長公の姪という血の濃さに心を奪われたのか、理由などはわからない。

ただ、寝ても覚めても、嫣然《えんぜん》と微笑《ほほえ》む茶々の顔が頭に浮かんでいた。

情けないことに、数日は食べ物も喉を通らぬありさまとなった。長年の修行で邪淫《じゃいん》を戒める精神を鍛えてきたはずなのに、蹴鞠の情景を思い出すだけで、邪な想念にとらわれてしまう。

それにしても、いったい何の目途で乙訓寺へ誘われたのだろうか。

答えらしきものがみつかったのは、十日ほどあとのことだった。

信長公の月命日でもないのに、古渓宗陳の使いがあらわれ、紫野の大徳寺へ招じられた。指定された刻限は暮れ六つ（午後六時）、夕焼け空に淋しげに梵鐘《ぼんしょう》の鳴り響く頃合いである。目途は判然とせず、見送る日淵も首をかしげていた。

ともあれ、山門を潜って宿坊へおもむき、見知らぬ住持に案内を請うと、長い廊下をわたって深奥《しんおう》の離室《はなれ》へと連れていかれた。

薄暗い部屋には先客がひとりおり、こちらをみようともしない。

公家のようだった。どうしたわけか、鞠を大事そうに抱えている。

はっとして横顔を覗けば、乙訓寺で目にした若い公家のひとりに似ていた。

おそらく、そうなのであろう。日海と同様の目途で誘われたにちがいない。

となれば、茶々が関わっているのだろうか。

考えてみれば、ここは信長公の菩提を弔う寺だ。血の繋がる茶々が訪れても不思議ではない。だが、秀吉は許すのだろうか。側室にした以上、かつての主君との関わりは避けたいのではないのか。

そんなことを考えていると、微《かす》かに読経《どきよう》のような声が聞こえてくる。

荘厳な韻律《いんりつ》に耳をかたむけていると、身が宙に浮くような心持ちになった。法悦をもたらす茶枳尼天の真言にも聞こえるが、よくわからない。利休とも縁の深い古渓宗陳がみずから印を結び、真言を唱えているのだろうか。

「オン・キリカクウン・ソワカ、オン・キリカクウン・ソワカ……」

茶枳尼天は閻魔天《えんまてん》の眷属《けんぞく》にして小夜叉神《こやしやしん》であり、生類の肉を常食とする。なかでも、人の頭頂の十字のところにある六粒の人黄《あまつひ》を最上の好物とし、茶枳尼天法の行者は神通力をもってこの世の栄華福徳を享受し、あらゆる願いを成就できる代わりに、みずからの臨終に際しては人黄を茶枳尼天に捧げる誓約を交わす。人黄は人の魂魄《こんぱく》であり、呼吸する際の息となって人の命を保ち、懐妊の種となって人身をつくるという。

音も無く襖が開き、白塗りの女性がすがたをみせた。

「蹴鞠の男《お》の子《こ》、来やれ」

唇を動かさずに低声《こごえ》で喋り、若い公家を指名する。

「そなたは」

公家の問いに、女性はこたえた。

「孝蔵主《こうぞうず》じゃ」

茶々のかたわらに侍っていた侍女にまちがいない。

誰かに似ていると、咄嗟《とっさ》におもった。

もしや、さいどのか。

――骨は砕き、粉にして、おぬしが呑みくだせ。

信長公の命を守りぬき、本能寺の焼け跡で護摩の灰を貪っていた。鬼気迫る女官の顔が、侍女の顔と重なった。

何故、さいどのがかようなところにおるのか。

問いかけたくとも、口が乾いて声が出てこない。

日海はただ、眸子を瞠《みは》ることしかできなかった。

孝蔵主と名乗る侍女は意味ありげに微笑み、すぐに袂を翻して行ってしまう。

さいであったかどうかも、定かではない。おそらく、見間違えたのだろう。

公家は立ちあがり、ふらつく足取りであとに従《つ》いていった。

ひょっとしたら、魂を抜かれてしまうのではあるまいか。

全身が怖気《おぞけ》立つ。

閻魔大王は荼枳尼天を使者として娑婆《しゃば》に放ち、寿命の尽きかけた人を食わせるという。人に取り憑いた荼枳尼天は、頭頂から足の裏までを半年かけて舌でしゃぶり尽くし、最後は息を呑みこんで血を吸いとる。天皇の即位灌頂の際も荼枳尼天の明咒《みょうじゅ》は唱えられる。なかには、髑髏を用いる秘法もあると聞いたことがあった。

しばらく待っても、孝蔵主は呼びにこない。

日海は居たたまれなくなり、部屋から抜けだした。

くねくねと曲がる廊下をわたり、読経のするほうへ近づいていく。

「オン・キリカクウン・ソワカ、オン・キリカクウン・ソワカ……」

真言は次第にはっきりと聞こえてきた。忍び足でさらに近づき、襖の陰へ隠れる。

襖はなかば開いており、恐る恐る内を覗いてみると、黄蘗色《きはだいろ》の袈裟を纏った古渓宗陳が須彌壇《しゅみだん》に向かって明咒を唱えていた。

大きな背中の人物は、利休であろう。

身を前後させながら、一心不乱に明咒を唱えている。

日海は息を呑んだ。

須彌壇の向こうには御簾《みす》が垂れ、御簾の向こうでは男女が交合しているのだ。

「ひゃああ」

突如、女性の悲鳴が聞こえてくる。

野獣のごとき咆哮《ほうこう》が重なり、苦しげな呻きに変わった。

荘厳な読経がすべてを包みこみ、関わる者たちを法悦へ導いていく。

「うっ、うう……」

妙適を迎えた男女の喘ぎが、曼陀羅《まんだら》の渦に呑みこまれていった。

淫《みだ》らな光景はあきらかに、死の予感を孕《はら》んでいる。

日海は後退《あとじさ》り、迷ったすえに部屋へ舞いもどった。

それから、どれだけの刻《とき》が経ったのか。

いつまで待っても、孝蔵主はあらわれない。

いや、ひょっとしたら、やはり、あの侍女は信長公の命で影武者の骨を貪ったさいであったのかもしれない。可愛い姪である茶々の身を守るべく、黄泉《よみ》の国から使わされたのだ。などと、日海は詮無《せんな》い空想に耽《ふけ》った。

孝蔵主が死に神の化身ならば、永遠に来ないでほしいと、願わずにはいられない。

いつの間にか眠りに就き、明け方になって解きはなたれた。

鳥の声を聞きながら山門まで重い足を引きずると、施薬院全宗が待ちかまえている。

「後悔したくなければ、すべて忘れるように」

子もない。伴天連のごとく洛中で布教を禁じられれば、迷惑を蒙るのは檀家たちじゃ」

有力な商人や町人に日蓮宗の信者は多い。それゆえ、秀吉は不受不施派を容認するほうに舵《かじ》を切ったのであろうが、ともあれ、東山大仏殿が造営されたあかつきには再燃するであろう重大事にちがいなかった。

高山右近やオルガンティーノの受難をおもえば、明日は我が身と知るべきだろう。

日海は囲碁名人の称号で知られているが、あくまでも寂光寺で法華経の修行に勤しむ僧侶にほかならぬ。日蓮宗そのものが弾圧を受けるような事態にでもなれば、一坊主の名利などは消し飛ぶことを覚悟しておかねばなるまい。

夕刻、山門を訪ねてくる者があった。

出向いてみると、見覚えのある妙齢の娘と男の子が佇んでいる。

「あっ、おぬしたちは」

「忘れたとは言わせへんで」

艶めかしく笑うのは、四年前に大坂の天満で会ったサヤという娘だ。男の子は、弟のハトにちがいない。

「今は都のほうが稼げるから、天満のトリデから出てきたんや。五右衛門の頭が言うてはったで。あんた、偉いお坊さんなんやてな」

「偉くはない。五右衛門どのは何処におる」

「阿弥陀ヶ峰の普請場や」

「東山大仏か」

麓の普請場を根城に、人足の手配などをしているらしい。

「照算どのもいっしょか」

「あの鉄砲撃ちなら、どこぞへ行きよった」

もう半年前のことで、連絡は途絶えたままだという。

「そうであったか」

北野大茶会で見失って以来だが、今も秀吉の命を狙っているのだろうか。

サヤは小首をかしげ、笑いかけてくる。

「わてらはな、洛中の見廻りもしてんのやで」

「見廻り」

「そうや。ことに夜は物騒やからな、辻斬りや盗人から都の衆を守ってやらなあかん。関白さまのお許しも得たはなしや。まえにも言うたやろう、五右衛門の頭は関白さまと通じておられる。閨に忍びこみ、直にお指図を頂戴するほどの仲や。嘘やないで。落首を書いた不埒者《ふらちもの》もみつけたさかいにな」

「まことか」

日海が大仰に驚いてみせると、サヤとハトはおもしろがって笑いころげた。

サヤは日海に身を寄せ、黒目がちの眸子で見上げてくる。

「嘘やない。ハトが二条柳町の廓《くるわ》でみつけたのや。三人おった。食いつめ者の足軽くずれや。明朝、六条河原に来ればわかる。あんたは法華のお坊さんなのやから、お題目でも唱えてやればええ」

サヤは目を伏せ、ハトの頭を撫でる。

不埒者たちのたどる悲惨な末路を知っているのだろう。

「今日は挨拶に来ただけや。何かあったら、助けてもらおうとおもうてな。麝香の匂い袋、なくさずに持っておんのか」

「ああ、おかげさまでな」

「なら、ええのや。ふふ、ほな、また寄らせてもらうわ」

サヤに促され、ハトはぺこりと頭を垂れる。

日海は黙ってうなずき、わずかに頰を弛ませた。

素姓も知れぬ五右衛門が秀吉から直に指図を受けているというのは、どう考えても信じ難いはなしだった。


翌朝、日海は六条河原へ足を向けてみた。

なるほど、うらぶれた風体の男たち三人が後ろ手に縛られ、物々しい連中に引っ立てられてきた。

「この者らは不埒につき、極刑に処する」

大勢の野次馬をぐるりと見渡し、偉そうな侍が大声で口上を述べる。

三人は乱暴に蹴倒され、筵のうえに座らせられた。

静まりかえった人垣のなかから、突如、誰かが叫んだ。

「やれ、やっちまえ」

「そうだ、悪党め、やったことの報いを受けろ」

何人もが同調し、やがて、それは怒号の嵐に変わった。

たかが落首、大目にみてやれと諭す者はひとりもいない。

群衆に煽られた下役は刀を抜き、一人目の鼻を殺いだ。

「ぎぇっ」

二人目、三人目と、順に鼻を殺がれていく。

悲鳴のたびに、人垣から歓声が湧き起こった。

凄惨な光景とはうらはらに、川面は朝日に煌めいている。

日海は題目を唱えることすら忘れていた。

うらぶれた風体の男たちは、どんな気持ちで城門に落首を記したのか。

茶々が身籠もった子に、秀吉の血は流れておらぬ。

誰もが胸の裡《うち》に抱く疑念を落首にしてみせたのは、ただの悪戯心《いたずらごころ》からではなく、困窮した日々の暮らしに耐えきれず、政事を司る秀吉に刃を向けたくなったからではなかろうか。たとえそうであったとしても、鼻を殺がれて処刑される覚悟まではなかったにちがいない。

日海はみていられなくなり、途中で河原に背を向ける。足早に歩きだすと、行く手に大男が立ちはだかった。

「囲碁坊主よ、何処へ行く。題目を唱えぬのか」

見上げれば、五右衛門が仁王のごとく佇んでいた。

かたわらには、元相撲取りの陣幕も控えている。

五右衛門はにっと笑うと懐中に手を入れ、煎餅《せんべい》大の黄金を二枚取りだした。

「佐渡島の黄金でつくった小判や。上杉景勝から関白殿下への贈り物よ。それをわしが貰い受けた。三人の不埒者を捕まえた褒美にな。関白殿下は言うておられたぞ。『おぬしは小六《ころく》の再来じゃ』とな。ふふ、わかるか。小六とは蜂須賀さまのことや」

木曽の川並衆《かわなみしゅう》を率いていた野盗の頭目が、日輪の申し子に出会ったことで出世を遂げたと、五右衛門は自慢げにつづける。

「関白殿下はな、鬼籍に入った蜂須賀さまとわしを重ね合わせておられるのや。そうとなれば、あのお方に従《つ》いていくしかないやろう。わしはわしのやり方で関白殿下をお守りし、立身出世を遂げてみせるつもりや。トリデのみんなも、それを望んでおる。貧乏暮らしは飽き飽きしたと、やつらは偉そうに抜かすのや。ぬは、ぬはは」

五右衛門は仰《の》け反《ぞ》って笑い、日海の肩をぽんと叩く。

「まさか言うまいとはおもうがな、照算のことは黙っておれ」

「……わ、わかった」

血走った眸子で睨めつけられれば、生きた心地がしなくなる。

「ひゃあぁ」

突風のごとき川風が背に吹き寄せてくる。

不埒者の絶叫に、日海はおもわず耳をふさいだ。

二

皐月二十日、秀吉は聚楽第の大広間で金銀をばらまいた。

「生まれる、生まれる、摑み取りじゃ、拾った者勝ちぞ、さあ、拾え、運を拾え、亡者となって拾うのじゃ」

集まった公家や門跡たちは目の色を変え、畳に這《は》いつくばった。

このときに配られた金貨は六千枚、銀貨は二万五千枚におよんだ。小姓たちの持つ壺や笊《ざる》から金銀を鷲摑《わしづか》みにし、錦繡《きんしゅう》の衣を纏った関白はこれを木の葉と撒《ま》き散らす。跳ねたり飛んだりして浮かれ騒ぐ様子は、物狂いにでもなったかのようであったという。

桁外れの大盤振るまいに世間が驚いた七日後、淀城で元気な男の子が誕生した。

秀吉は狂喜し、淀こと茶々のもとへ馳せ参じた。捨て子は育つと広く世間では信じられているため、赤子は「棄丸《すてまる》」と名付けられ、すぐに「鶴松《つるまつ》」と名を変えられた。お食い初めが済む頃には、大坂城へ母子ともに移る予定でいるらしい。

一方、都では普請の槌音が絶える日がなく、日海は囲碁に集中できている。

二十二歳になった豊臣秀次の指図により、大掛かりな内裏の改修がおこなわれているのだ。五摂家を筆頭に公家衆の屋敷もすべて内裏の周囲に集められ、更地になったところから区割りがはじまるという。

都の区割りはすべて、秀吉が頭に描いたものだ。真四角に区切られた都を、東西半町、南北一町ずつの細長い町割りに変える。そうすることで死に地が減り、同じ広さにより多くの人々を住まわせられるらしい。しかも、洛中を大きな曲輪《くるわ》に見たて、全長六里におよぶ範囲を土塁と堀、所謂《いわゆる》、御土居《おどい》堀《ぼり》で囲う。それにともなって、寺という寺は鴨川の流れる東寄りへ移動させる企てのようだった。

――関白秀吉や、恐るべし。

洛中の人々は呆気に取られながら、住み慣れた町の変わりゆくすがたに期待と淋しさの入りまじった複雑な思いを抱いた。

「来年早々から、一年掛かりで進められるそうや」

何処から噂を聞きつけてきたのか、日淵は年甲斐《としがい》もなく眸子を輝かせる。

古いものを守りたがる都人たちも、今は変化を望んでいるのであろうか。

ともあれ、大普請の担い手は秀吉以外にいないと、日海も認めざるを得なかった。

秀吉はまた、島津家には領内の檜や屋久島の大杉を、徳川家には富士山の巨木を伐りだすようにと命じていた。それらは陸続《りくぞく》と都へ運ばれつつあったが、すべては東山大仏殿に使う材木にほかならない。

「えらいはなしや」

榧の碁盤を睨みつけるのは、名医と称される曲直瀬道三である。

あっという間に夏が過ぎ、短い秋も次第に深まり、すだく虫の音を聞きながら仲秋の名月を愛《め》でる季節になった。

日海は啓迪院に呼ばれ、久方ぶりに道三と碁盤を囲んでいる。

「関白さまは疲れ知らず。精力の源は食べ物や。軍鶏《シャモ》にすっぽん、鰻《うなぎ》に鱧《はも》、猪《いのしし》や鹿や牛馬の干し肉まで、全国津々浦々から選《え》りすぐりの品々が献上されてくる。それらを一流の賄い方《まかなかた》が料理してさしあげれば、食がすすまぬはずはない。わしにはわかる。弟子の全宗に請われ、関白さまの大小便を調べておるからのう。大小便を調べれば、からだの調子はたちどころにわかる。無論、知るといえども臭い。それゆえ、雖知苦斎《すいちくさい》と号したところが、帝にお叱りを頂戴してのう。せめて、当て字を翠竹斎《すいちくさい》に改めよとのご命じであった。ふふ、何のはなしであったかな……お、そうじゃ、疲れを知らぬ関白さまは、またも戦さを仕掛けようとしていなさる。相手が誰かわかるか」

「いいえ」

「北条じゃ。聚楽第御幸の際も、北条氏政と氏直の父子だけは上洛を拒んだ。執念深い関白さまが、そのときの遺恨を忘れるはずもない」

征夷大将軍として名高い坂上田村麻呂《さかのうえのたむらまろ》よりこのかた、東国を平らげてみせることこそが武家の棟梁たる者の宿願であった。北条は早雲以来の名門、支配地は相模と伊豆を中心に、武蔵、上野、上総《かずさ》、下総《しもうさ》にまでおよぶ。関東一円に息の掛かった国人領主は数多く、小田原城に五万からの兵を集めることができ、しかも、東北の雄として知られる伊達政宗とは同盟を結んでいた。

「なかなかの強敵よ。されど、関白さまの敵ではない」

北条は徳川とも不戦の盟約を結んでいるので、秀吉は家康を介して氏政と氏直の上洛を促してきたものの、その道筋はいっこうにみえてこなかった。それゆえ、業を煮やした秀吉は穏便なやり方ではなく、北条を完膚無きまでに叩き潰す方針に切りかえ、派兵の口実を探しているのだという。

「布石も打ってある」

合戦好きな道三は泥鰌髭をしごき、碁盤の右辺に黒石を置いた。

「鍵を握るのは、信濃の真田じゃ」

真田昌幸は小大名だが、合戦上手で駆け引きにも優れた武将だった。おまけに武田の遺臣という強い矜持《きょうじ》があるため、うかうかと調略に乗らぬ芯の強さを持っている。

武田の遺領をめぐって北条と徳川が対峙したときも、西上野の沼田城を占める真田の扱いが焦点となった。北条は徳川に甲斐と信濃を与える代わりに、沼田城をふくむ西上野の領有を求め、これを和睦の条件にしたのだ。

真田は徳川に与していたが、沼田城の譲渡を筋違いと主張して拒んだ。と同時に、徳川や北条に敵対していた上杉景勝と同盟を結び、次男の幸村を人質に送った。さらに、その幸村を返してもらい、秀吉のもとへ送るという離れ業をやってのけた。

怒った家康は重臣の鳥居元忠や大久保忠世《ただよ》に七千の軍勢を預け、真田の拠点である上田城を攻めさせた。ところが、昌幸の巧妙な戦術のまえに、徳川の精鋭は大敗を喫したのである。

「それが四年前のはなしじゃ」

家康はのちに秀吉への臣従を誓ったため、真田昌幸は徳川の与力衆になった。三年経った今年、両者は正式に講和し、昌幸は駿府城に居を構えた家康のもとに長男の信之を差しだした。

一方、次男の幸村は秀吉の近臣となり、たいそう気に入られているらしい。

「真田昌幸は息子ふたりを手放しても、沼田城だけは手放しておらぬ。北条は沼田城が譲渡されぬかぎり、上洛はできぬと言い張っておるのじゃ。要は筋を通してほしいと仄《ほの》めかし、関白さまの裁定を遠方から見守っておるのよ」

それならば、秀吉が真田昌幸を説得し、沼田城を譲渡させればよいだけのはなしであろう。昌幸が諾すれば北条も納得し、無駄な血を流さずに済む。

「無血では済まぬと、わしはみておる。何せ、北条を潰せば、関東一円がそっくり手に入るからな。奥羽には、暴れ馬のごとき伊達政宗もおる。関白さまのご懸念は、北条が徳川と手を結ぶことじゃ」

そうさせぬためにも、北条を完膚無きまでに叩き潰さねばならぬ。されど、今の時点で北条を成敗する大義名分はない。上洛せぬからといって大軍を送れば、諸侯の反感を招くであろうし、朝廷の御墨付きを得ることも難しかろう。

「さすがの関白さまも、そこは慎重にならざるを得ぬ。何せ、天下を統べるおひとじゃからのう。短慮は避け、器の大きさをみせねばならぬ。つまり、みずから討って出るのではなく、北条が刃向かうように仕向けねばならぬ」

いったい、どうやって仕向けるというのか。

「燻《くすぶ》った燠火《おきび》を燃やすのじゃ。挑発に乗った北条が仕掛けてくればこっちのもの、大名同士の争い事を禁じる惣無事令に違反したと主張し、帝の叡慮をもって関白さまは東征することができる」

道三によれば、燠火の役割を期待されているのが、まさに、真田昌幸の所有する沼田城なのだという。

「今は双方が探りを入れておるところじゃ。機が熟せば、事は一気に動きだす。関白さまは泳ぎを止めたら死んでしまう魚と同じ、ひとつところに留まっておられぬのじゃ。木下藤吉郎と名乗っておられた頃からの、悪い癖なのかもしれぬ。下に従いた連中はさぞかし、たいへんであろうな」

まるで軍師のように、道三は淀みなく喋りつづけた。

日海は心を乱されることもなく白石を置き、囲碁の勝負には勝った。

啓迪院をあとにする頃には、赤味を帯びた待宵《まつよい》の月が空を煌々《こうこう》と照らしていた。

急ぎ足で帰路をたどっていると、途中から何者かの気配がまとわりついてくる。

辻をいくつか曲がっても、気配は消えることはない。かといって、追いつこうともせず、一定の間隔を保ちながら従いてくる。

夜盗のたぐいか。

日海は恐ろしくなり、振りかえることもできなかった。

仕舞いに走りだし、一町ほど懸命に走ったところで息を切らしてしまう。

気づいてみれば、南蛮寺のそばまで来ていた。

「あっ」

誰もおらぬはずなのに、灯明《とうみょう》が灯っている。

日海は築地《ついじ》塀《べい》に張りつき、後ろを振りかえってみた。

誰もいない。

ほっと溜息を吐いた刹那《せつな》、真上から太い腕が伸びてきた。

「ぬわっ」

八つ手のような掌で脳天を鷲掴みにされ、凄《すさ》まじい力で引きずりあげられる。

土のなかから大根や蕪《かぶ》を引っこ抜く要領だ。

爪先が宙に浮いた。しかも、とんでもなく大きな人物は闇に溶けこんでいる。

目と歯だけが白い。

遠退く意識の狭間で、忽然とその理由がわかった。

黒い肌を持つ相手なのだ。

「……や、弥助か」

名を発した途端、地べたに投げだされた。

「うう……」

苦しげに呻いていると、上から覗きこんでくる。

「ノブナガ」

と、相手は囁いた。

やはり、信長公の従者だった弥助にちがいない。

宣教師たちを束ねていたヴァリニャーノ神父から信長公が貰い受け、身近に置いて重用した。安土の石部神社で信長公が伊賀者に襲われた際は、身を盾にして守った。日海もその場にいたのだ。弥助は長い手で槍を投じ、難敵を苦も無く仕留めてみせた。

本能寺の変があった日も、弥助は信長公のそばにいた。異変を知った信長公は備前長船《びぜんおさふね》の名刀を抜き、囲碁仲間であった利賢《りげん》の首を刎ねた。その首を拾った弥助にたいし、偽首にせよと命じたのだ。それが弥助をみた最後だった。日海は信長とともに本能寺から逃れ、引きずられるようにして安土へ向かった。

「ノブナガ、死んだか」

弥助に問われ、日海は震えながらうなずいた。

「誰が殺した、ヒデヨシか」

大きな眸子に怒りを滾《たぎ》らせ、弥助がぬっと顔を寄せてくる。

何故、そう聞かれたのかはわからない。

秀吉が信長公に代わって天下を取ったからなのか。

「ヒデヨシはテンカを盗んだ。ゼウスを虐《しいた》げ、禍をもたらす」

日海はうなずいた。恐怖のあまり、うなずくしかなかったのだ。

「くお……っ」

弥助は潤んだ眸子を瞠り、右手を高く持ちあげた。

日海は頭を抱えて蹲ったが、叩かれる気配はない。

恐る恐る眸子を開けると、弥助は煙と消えていた。

南蛮寺の灯明も消え、月も叢雲《むらくも》に隠されてしまう。

日海は漆黒の闇に包まれ、しばらくは動くこともできなかった。

三

霜月二十五日。

南蛮寺が燃えている。

「燃やせ、火を掛けろ」

馬上で叫んでいる武将は、普請奉行と検地奉行を兼ねる増田《ました》長盛《ながもり》であった。命を下したのは、秀吉にほかならない。

野次馬が大勢集まり、四条坊門の周辺は騒然となった。

長月に浅野長政が京都所司代となり、前田玄以は補佐役にまわった。所司代が武断派になったことも大きい。また、在京を命じられて国許《くにもと》から移ってきた諸大名の妻女や侍女たちの多くが切支丹に改宗していることも影響を与えた。明智光秀の娘で長岡忠興の正妻となった玉《たま》などは、伴天連追放令が発布されているさなか、みずから望んでガラシャという洗礼名を得ていた。

子飼いの武将や妻女にまで広まりつつあるキリスト教にたいして、秀吉は脅威を感じているのだろう。脅威は恐れとなり、破壊への衝動に転じていった。南蛮寺は焼かれ、隠れていた四人の伴天連は都から追放された。

切支丹がこののち、信長公に敵対した一向宗門徒のごとき苛烈《かれつ》な弾圧を受けぬようにと、日海は胸の裡で祈るしかなかった。

襲われた夜以来、弥助の消息は杳《よう》として知れない。みつかって処刑されたという噂も聞かなかった。もしかしたら、幻覚でもみたのか。

そうであればよいのにと、日海はおもう。

弥助の面影が、どうしても本能寺の禍々《まがまが》しい記憶と結びつくからだ。

本能寺も紅蓮《ぐれん》の炎に包まれた。あのとき、明智光秀はおのれの大義をまっとうしたのだろうが、魔に取り憑かれていたような気もする。少なくとも、桔梗紋《ききょうもん》の指物《さしもの》を背負った臣下や足軽たちは嬉々として殺戮《さつりく》を繰りかえしていた。

「合戦とは所詮、人と人との殺しあいなのだ。どのような大義名分もまやかしにすぎぬ」

燃え落ちる南蛮寺をみつめ、日海は唇を噛みしめた。

合戦に挑む侍は、世に禍をもたらす魔神の使わしめなのだ。

合戦を好む侍が覇を唱えているかぎり、この世に平安は訪れぬ。

今までにない感情だった。南蛮寺が音を起てて崩れおちた瞬間、熾火となって燃えていた秀吉への敵意がむっくりと頭を擡《もた》げてきたやに感じられた。


曲直瀬道三の読みどおり、秀吉は北条討伐に駒を進めた。

「きっかけをつくったのは、やはり、真田昌幸であったわ」

道三が自慢げに語る経緯を、日海は白石をもてあそびながら聞いている。

秀吉の説得に応じ、昌幸は沼田城を北条方に譲った。沼田城は鉢形城の城主である北条氏邦《うじくに》の差配下になり、氏邦は重臣を城に入れた。一方、昌幸は利根川を挟んだ対岸の名胡桃城《なぐるみ》に重臣を入れ、沼田城を監視させた。沼田城の北条方は対岸からの監視を目障りに感じたのか、突如、川を渡って攻め寄せ、名胡桃城を奪ってしまったのである。

「今からひと月ほどまえの出来事じゃ」

さっそく、昌幸から秀吉のもとへ、北条の約定《やくじょう》違反を訴える使者が送られた。これを待っていたかのように、秀吉は関東惣無事令への違反であると断じ、朝廷に諮ったうえで諸大名へ北条討伐の朱印状を送りつけた。

「惣無事令によれば、諸将は領土の境目画定によって静謐をはからねばならず、決定にしたがわない者へは制裁がくわえられるとある。関白さまより帝へ上奏し、帝の叡慮をもって討伐軍が派遣されるのじゃ」

道三は淀みなく言いきり、にんまりと笑う。

「真田昌幸は名うての策士じゃ」

沼田城をいったんは手放しても、北条さえ滅びてしまえば、あとで取り戻すことはできる。

秀吉とのあいだで密約が交わされている公算は大きいと、日海もおもう。

「囲碁を好む真田昌幸は、先読みにも長けておる。その程度の手は打ってこよう」

昌幸は北条方の短気な猪俣邦憲《いのまたくにのり》を挑発し、わざと名胡桃城を奪わせるように仕向け、北条方の約定違反を導いたのだ。秀吉に北条討伐の大義名分を与えたとなれば、一番手柄はまずまちがいなかろう。沼田城どころか、大幅な加増を勝ちとることも夢ではあるまい。

「真田昌幸はおのれなりの夢を描き、大きな仕事をやってのけたのじゃ」

されど、秀吉と昌幸のあいだに密約があったとしても、日海にはどうでもよいことだった。人は同じ過ちを繰りかえす。国を守り、平らかにするために戦うのではなく、合戦のために合戦を重ねていく。終わりのない戦いほど、虚しいものはない。

京の都で囲碁を打つしかない自分に、日海はもどかしさを抱いていた。

秀吉は北条を滅ぼしたそのさきに、どのような風景をみつめているのだろうか。

戦さに倦《う》みながらも、それが知りたいものだと、日海はおもった。

洛中の町割りは徐々に進み、寂光寺も移転を命じられたので、年末年始は寺内の片付けに追われることとなった。檀家をまわって題目も唱えねばならぬし、世話になった方々への挨拶も済まさねばならぬ。囲碁の打ち納めや初打ちにも付きあわねばならず、身ひとつではとうてい足りぬほどの忙《せわ》しない日々を過ごした。

下々の暮らしとは関わりなく、秀吉が小田原城へ攻めこむ機運は高まり、天正十八（一五九〇）年の年明け早々には右大臣の菊亭晴季《きくていはるすえ》が太刀を携えて聚楽第を訪れ、後陽成天皇の叡慮により東征せよとの正式な勅命がもたらされた。

秀吉にとって一番重要なのは、家康の離反を招かぬことだ。

睦月十三日、十二歳になった家康の三男竹千代《たけちよ》を上洛させ、みずからの立ち会いのもとに元服させるとともに、秀忠の名を与えた。しかも、家康に嫁がせた妹の旭姫が身罷ると、急遽、秀吉はわずか六つにすぎぬ織田信雄の娘を養女にし、上洛中の秀忠と祝言をあげさせた。徳川との血縁を何としてのでも保っておくための措置にほかならない。

慌ただしい睦月が過ぎ、秀吉の出陣は験《げん》を担いで弥生朔日と定められた。

「二十万を超える大軍勢らしい」

何処から聞いてきたのか、日淵は呆れたように言う。

数年前の四国遠征でも九州遠征でも、華やかな陣立ては人々の度肝を抜いた。

おそらく、このたびの東方遠征は、装飾も陣立ても来《こ》し方を超えてくるものと考えられ、起点となる聚楽第から目と鼻のさきに流れる鴨川には、長大な三条大橋が架けられた。

橋普請の差配をおこなったのは、南蛮寺を焼いた増田長盛である。長さ一町におよぶ橋は六十三本もの石柱に支えられており、欄干の柱頭は大小十二個からなる青銅の擬宝珠《ぎぼし》で飾られていた。

早くも都の名所となった橋のまんなかに立つと、東山の山脈がぐっと迫ってくるように感じられた。

北西には公家屋敷や御所の屋根瓦が波濤のごとくつづき、御所の左奥には武家屋敷が整然と並んでいる。黄金の煌めきを放っているのが、聚楽第の大屋根であろう。鴨川の土手際には堆《うずたか》く盛り土がなされ、とんでもない数の人足たちによって御土居堀の普請が進められていた。

三条大橋はおそらく、小田原凱旋の象徴になるのであろう。

鴨川に沿った御土居の東寄りは寺町に変わり、すでに、多くの寺が移されていた。

寂光寺は三条大橋と御所を結んだちょうど中間あたり、寺町通竹屋町と名付けられたところに移った。三条大橋のたもとから北に向かって、天性寺《てんしょうじ》、本能寺、妙満寺《みょうまんじ》、要法寺《ようほうじ》、妙伝寺《みょうでんじ》と数珠繋ぎにつづく新たな寺領のなかに、南北三十七間、東西五十九間という広大な敷地を与えられたのだ。

突貫で築かれた塔頭は七つもある。そのうちのひとつ、本因坊と名付けられた塔頭が、日海の新たな住まいとなった。

道三や兼和からは「本因坊の日海名人」などと呼ばれている。

最初は戯れた物言いであったが、呼ぶほうも呼ばれるほうも、すぐに馴《な》れてしまった。

「おい、本因坊の日海」

三条大橋の西詰めから、そっと名を呼ぶ者がある。

立ちどまって振り向けば、丸めた筵を小脇に抱えた物乞いが近づいてきた。

「わしじゃ、わからぬのか」

はっとして、半歩後退る。

こちらに向けられた筵の内に、黒い筒口がみえたのだ。

「照算どのか」

「しっ、名を呼ぶな。北野の大茶会以来じゃな。わしはあれから、諸国を流浪した。そしてようやく、かねてより願《ねご》うておった雇い主にめぐりおうた。教えてやろう、徳川家康じゃ」

「まさか」

「嘘ではない。家康の望む的を一発で仕留めてみせれば、どれでも好きな国をひとつ貰える約束じゃ。ふふ、過分な報酬であろう。無論、紀伊一国を貰い受け、雑賀一族の再興をはかる。金儲けのためではない。大義のためじゃ。大義のために、わしは猿関白を撃つ」

日海は両耳をふさいだ。そんなはなしは聞きたくもない。

「誰かに言うておきたくなってな、おぬしのことを思い出したのじゃ。まんがいちにも失敗《しくじ》ったら、骨を拾ってくれぬか」

照算に真剣な目を向けられ、日海はおもわず顔を背けた。

「何故、わたしにさようなことを」

「伊賀の忍びを束ねる服部半蔵が言うておった。織田信長の死には当代一の碁打ちが関わっておるとな。碁打ちは真相をあきらかにせず、今も沈黙を守っている。沈黙することでおのれの価値を高め、為政者からも一目置かれるようになったとか。ふふ、大坂天満のトリデで、わしはおぬしと碁を打った。これも何かの因縁よ」

日海は困惑するしかない。

「案ずるな、けっして失敗《しくじ》りはせぬ。わしはこの橋のいっとう端から、一町向こうに立つ擬宝珠のまんなかを撃ち抜くことができる。弥生朔日、猿関白は自慢の白馬にまたがり、我が世の春を謳歌《おうか》しながら小田原へと出陣する。たとい兜を着けていようとも、馬上にある猿関白の眉間を撃ち抜くのは容易いはなし。おぬしはただ、土手のうえから見物しておればよい。くふふ、楽しみに待っておれ」

雑賀の鉄砲撃ちは、不気味な笑いを残して去った。

まっすぐ延びる三条大橋に、川風が吹きぬけていく。

禍々しい企てを誰かに告げれば、命を縮めることはわかっていた。

そもそも、告げるべき相手もいない。それを見越したうえで、照算は近づいてきたのであろう。

たった一発の鉛弾《なまりだま》が世の趨勢を変える。そう信じているからこそ、刺客を請けおったにちがいない。にもかかわらず、一抹《いちまつ》の不安を拭い去ることができず、誰かに救いを求めたくなったのか。

「迷惑なはなしだ」

日海は吐きすてながらも、家康が描いたとされる企てを阻みたい衝動に駆られた。

秀吉でなければ、都をこれだけ大胆に造り替えることはできなかった。都に住む大半の人々と同様に、秀吉への期待が日増しに高まっているからかもしれない。

聚楽第の主が居なくなることをおもえば、無性に淋しくもなってくる。

南蛮寺が焼かれたときには怒りをおぼえたが、ずいぶん心境も変わっていた。

関白秀吉とは、今やそういう存在なのかもしれぬ。お調子者で狡猾《こうかつ》で残忍なところもあるが、何かを変えてくれるかもしれぬという期待を抱かせてくれる。

そんな人物は稀にもおるまいと、日海はおもわざるを得なかった。

四

弥生朔日、快晴のなか、秀吉は出陣の日を迎えた。

すでに、家康は三万の軍勢を率いて駿府から出陣し、行軍途中の難所と目された富士川の船橋も完成したとの報がもたらされていた。浅野長政や増田長盛や石田三成など直臣の先発隊も都を発《た》ち、あとは秀吉自身の出陣を待つばかりとなっている。

絢爛豪華な武者行列を目に焼きつけようと、聚楽第から三条大橋までの沿道は見物人たちで埋め尽くされた。鴨川の河原も人で埋まり、立錐《りっすい》の余地もないほどである。

日海は日淵に誘われ、寂光寺から重い足を引きずった。

「生涯に一度しか拝めぬかもしれぬ。何せ、二十万からの大軍勢ゆえな」

日淵は顔を火照らせ、大声で笑いあげる。

ふたりが陣取ったのは、法華宗の門徒たちがあらかじめ取っておいてくれた対岸の土手だった。多少は遠いものの、欄干より高い位置なので、橋向こうからやってくる武者のすがたを正面にとらえることができる。

すでに、長蛇とつづく行列ははじまっており、三条大橋の周辺は異様なまでの熱気に包まれていた。鎧《よろい》の草摺《くさずり》の音と歓声が重なり、何処からか、百姓らしき者たちの歌声も聞こえてくる。

「秀吉さまの御陣立て、七重八重の御家来衆、勇み進める若武者の、紫あやの母衣《ほろ》かけて、母衣かけて、てんてこてん……御大将の御装束、金糸赤地の鎧召し、銀の兜の赤緒締め、朝日に輝く海山も、御草摺を見上げれば、金の角立《つのた》てそびやかし、錦の直垂《ひたたれ》風にそよいで、華やかなりし御装い、稀にもみえぬ景色なり、てんてこてん……」

秀吉が長浜の城主だった頃、近江の百姓たちのあいだに広まった雨乞いの返礼歌らしい。歌われている内容よりも遥かに華やかな陣立てであったが、日海は行列をろくにみようともせず、返礼歌もほとんど聞いていなかった。

落ちつかぬ様子で眸子を皿にし、人垣のなかに刺客のすがたを探している。

「……おらぬか」

正面から的を狙うのに土手の高台は最適とおもわれたが、照算とおぼしき人影は近くにいない。

大軍の威光に恐れをなして、逃げたのだろうか。

あるいは、何らかの事情で取りやめになったのかもしれない。

いずれにしろ、惨劇が起こらずにいてほしいと、日海は祈るような気持ちで行列をみつめた。

見物人たちの歓呼が聞こえてきた。

「おお、あれにみえるは、蒲生氏郷さまご配下の西村重就《にしむらしげなり》さまじゃ」

二十九本の馬藺《ばりん》の葉で後立《うしろだて》を飾りたてた派手な兜でわかる。世に言う「一《いち》の谷《たに》馬藺後立付兜」は秀吉が長らく愛用していた兜で、黄金の馬藺は後光が射し込んでいるやにみえた。

西村重就は九州攻めで大手柄をあげ、馬藺の兜を褒美に頂戴したのである。これなども御伽衆の大村由己が『西国征伐記』に記しているので、秀吉の気前よさや臣下を大事にする逸話として知らぬ者はいなかった。

歴戦の強者たちが愛用の兜で登場するたびに喝采が沸き、行列は途切れることもなくつづいていく。

出陣は祭りといっしょなのだと、日海はあらためておもった。

秀吉の軍勢には死地へおもむく悲愴《ひそう》な雰囲気が欠片《かけら》もない。血の臭いがせぬ出陣ゆえに、人々からやんやの喝采を浴びるのだろう。ほとんど合戦らしい合戦をせずに数で勝つ。位押しという戦い方は秀吉に極まると言っても過言ではあるまい。

「うわああ」

突如、一段と大きな歓声が湧きあがった。

橋向こうに悠然とあらわれたのは、大きな白馬にほかならない。

騎乗しているのは、関白の豊臣秀吉である。熊毛の植えられた椎形兜《しいなり》の前立《まえだて》には、黄金の軍配が二本挿さっている。鎧は銀箔押しした札《さね》と白糸の素懸威《すがけおどし》、白銀に煌めく装束のなかで二本の軍配だけが黄金の光を放っており、威風は群を抜いていた。

秀吉は悠然と白馬を繰りだし、頑強な三条大橋を渡りはじめた。

前後には華美な具足の小姓たちが侍り、左右には足軽たちの持つ長槍がずらりと林立している。

手綱を握る秀吉は微動もせず、毅然《きぜん》と正面を向いていた。

陽光を浴びた兜の軍配は燦然と煌めき、為政者の威光をこれでもかというほどに引きたたせている。

「見事だ」

日海は目を釘付けにされた。

照算のことも、すっかり忘れている。

――ぱん。

人馬が橋のなかほどへ差しかかったとき、乾いた筒音を聞いたような気がした。

一瞬、秀吉はぐらりと身をかたむけたが、何事もなかったかのように悠々と白馬を繰りだす。そのまま行列は橋を通りすぎ、やがて、白馬の一団も土手の向こうへ遠ざかっていった。

見物人は潮が引くように居なくなり、日淵も門徒たちとその場を離れていく。

ひとり残された日海は、土手から河原へ降りていった。

さきほどまでの喧噪が嘘のように、周囲には人っ子ひとりいない。

「杞憂《きゆう》であったか」

やはり、照算は来なかったのだろう。

橋の遥か北東には、比叡山が聳えていた。比叡山の麓からは高野川が流れ、下鴨神社の南で賀茂川と合わさり、洛東を南北に貫く大きな流れとなる。何度となく洪水を引きおこしてきた鴨川も、御土居が堆く積みあがれば穏やかな流れに落ちつくのであろう。

橋を支える石柱のほうから、何か黒いものが流れてくる。

「ん、何だあれは」

ゆっくりと蛇行しながら、こちらの岸辺へ近寄ってきた。

嫌な予感がする。

目で追っていると、少し手前で流木の枝に引っかかる。

頭陀袋《ずだぶくろ》にしかみえぬが、そうではない。

どくどくと、心ノ臓が脈打ちはじめる。

あれは、人の屍骸《むくろ》にちがいない。

「何をみておる」

後ろから、声を掛けられた。

吃驚《びっくり》して振りかえると、みたこともない男が気配もなく佇んでいる。

黒い猪の毛皮を着け、帯には鉈《なた》を差していた。

杣人であろうか。丈は低いが、横幅は広い。臼《うす》のようなからだつきで、猪首に支えられた顔も四角く、眉間には三日月形の刀傷があった。

男は太い両鬢《りょうびん》を反りかえらせ、庇《ひさし》のような濃い眉の下から鋭い眼光を放ってくる。

「あれが何かわかるか」

「……ほ、ほとけでは」

「さよう、わしはあやつを知っている。的を一発で弾いてやると、大きいことを抜かしておった」

不安は当たった。屍骸は照算なのだ。

となれば、目の前の男の正体も想像はつく。

「あやつは失敗った。おもうたとおり、関白は強運の持ち主じゃ。鉛弾を咄嗟に前立の軍配で弾きおった。こたびのことで、あらためて思い知ったわ。もっと慎重にならねば返り討ちに遭うとな」

日海は恐怖から逃れようと、男から目を逸らした。

「ふっ、おぬし、照算の素姓を知っておるのか」

日海が首を強く横に振ると、男はぐっと三白眼《さんぱくがん》で睨めつけてきた。

「嘘を吐くな。おぬしは照算のことを知っておる。のう、本因坊の日海よ、おぬしには以前から、問いたいことがあった。安土で織田信長の死に様を目にしたのか」

「今さら、そんなことを聞いてどうする」

「髑髏を探すのじゃ。御屋形《おやかた》さまがご所望ゆえな。何故かは知らぬ。おおかた、天下人になった秀吉をどうおもうておるのか、信長の御霊にお聞きになりたいのであろうよ」

「髑髏は何もこたえまい」

「ならば、おぬしがこたえよ。信長の死に目に立ちあったのかどうか」

殺気を帯びる相手に向かって、日海はひらきなおった。

「こたえねば、どういたす」

「あの男と同様、命を頂戴せねばなるまい」

ここで死んでも悔いはない。

何故か、日海はそうおもった。

死を覚悟すると、人は顔つきまで変わってくるものらしい。

「くはは、死んでもよいとおもうたか。碁打ちにしては潔いな。命乞いをするかとおもうたぞ。安心しろ。おぬしは御屋形さまと碁を打った。日の本一の碁打ちを亡き者にいたせば、御屋形さまに大目玉を食う」

「生かすのか」

「今日のところはな。おぬしは湯山で関白と直に喋ったらしいからな」

この男は何でも知っている。

やはり、伊賀の忍びを束ねる服部半蔵なのであろう。

伊賀者は合戦場でも敵中に侵入し、後方を攪乱してみせるという。忍びは世に出ぬことを誉れにしているはずだが、都の坊主でも服部半蔵の名は知っていた。

本能寺の変の際、家康は伊賀越えの山道を通って国許へ戻った。そのとき、一族をあげて防にあたり、爾来、家康に仕える間諜《かんちょう》となったという。

秀吉の命を本気で奪うつもりなのだろうか。

問いかけようとすると、半蔵は川に小石を投げた。

小石の軌跡を目で追い、川に落ちた音を聞いた。

たったそれだけの合間に、半蔵は消えていた。

会話を交わした記憶ごと、消えてしまったかのようだった。

ぽきりと流木の枝が折れ、照算の屍骸は川下に流されていく。

日海は両手を合わせ、静かに題目を唱えた。

五

文月五日、小田原城は開城した。

二十万を超える大軍勢が大河のごとく関東の沃野に満ち、北条方の城や砦を飲み込んでいったという。

北条方の中核を成す鉢形城の北条氏邦が降伏したのは水無月十四日、一方、韮山城の北条氏規《うじのり》が家康のすすめで降伏に同意したのは同月二十四日であった。

鉢形城と韮山城の攻略を待って、文月二日、秀吉は小田原城への総攻撃を命じた。卯月はじめに箱根山を越えて箱根湯本に着陣した直後、小田原城を見下ろす石垣山に城を築かせ、北条方の四倍を超

『隣人を疑うなかれ（仮）』

織守きょうや

9月刊行予定

連続殺人鬼、かもしれない……。

ある日、隣人が姿を消したことで漂い始めた不穏な空気。このマンション内に殺人犯がいる？　死体はない。証拠もない。だけどなんだか不安が拭えない。「私の後ろをつけてきた黒パーカの男は、誰？」。会う人全員が疑わしくなるミステリ長篇。織守きょうやさん、作家デビュー10周年、おめでとうございます！

『雨露』

梶よう子

9月刊行予定

この戦を生き延びていいのでしょうか——

慶応四年。鳥羽・伏見の戦いで幕府軍を破り、江戸に迫る官軍。総攻撃から町を守らんとして、多くの町人も交えて結成された彰義隊は上野寛永寺に立て籠もりますが、わずか一日で強大な官軍に敗北してしまいます。名もなき彼らはなぜ戦いの場に身を投じたのか。彼らの非業の運命を情感豊かな筆致で描き出す、号泣必至の傑作です。

『約束した街』

伊兼源太郎

7月20日発売

「ある罪」によって
つながった仲間たちの物語。

過去にやり残した「宿題」に、大人になった幼馴染3人が決着をつける物語。友情、約束、殺人、時効など盛りだくさんのミステリー。

『白い巨塔が真っ黒だった件』

大塚篤司

7月20日発売

世にも恐ろしい！　現役大学病院教授の描く「教授選」。

「先生は性格が悪いと言いふらされています」……僕がいったい何をした!?　それでも医療の未来のために――。ドクター奮闘物語

『奈良監獄から脱獄せよ』

和泉桂

8月刊行予定

数学者×天真爛漫男！
凸凹バディが魅せる！

時は大正。無実の罪で収監された弓削と羽嶋は、脱獄計画を企てる。日本で最も美しい監獄・奈良監獄から、知略を巡らせ脱獄せよ！

『破れ星、燃えた』

倉本

8月刊行予

テレビ愛、ドラマ愛で
あの時代を駆け抜けた――

NHK出禁事件、「北の国から」生秘話、偽・倉本現る!?　こなことまで書いて大丈夫……な、大脚本家の痛快無比な自伝

幻冬舎　単行本　新刊案内
2023年下半期刊行予定の小説ほかを
担当編集者がご紹介します！

タイトル・内容・刊行月は2023年7月現在のもので変更になる場合があります。

『遠火 警視庁強行犯係・樋口顕』

今野敏

8月刊行予定

事件解決へ愚直に走る平凡な男が眩しい！
映像化が続く警察小説シリーズ最新作——。

百年に一度とも言われる再開発が進む東京の渋谷が舞台。ラブホテルで若い女性が殺される事件が発生し、主人公の樋口も捜査に入る。彼は被害者をよく知る女子高生と屋外で接触するも、その様子を何者かがSNS上に流し、あらぬ疑いをかけられてしまって——。樋口は特別な能力を持っていません。地味な印象で、人間関係上、波風を立てるのを好まず、目立つのも嫌い。しかし、そんなスーパーマンではない彼だからこそ、警察機構に留まらず、組織に属する多くの方が共鳴するずだと断言できます。「シリーズ史上もっとも多く女性が登場する」著者が言う本作の稀有な設定にも注目してください。樋口役を内藤志さんが務めるテレビドラマと、あわせて是非お楽しみください！

える軍勢で包囲していたのである。

絶対有利な状況下においても、家康が北条に内通しているとの噂は絶えなかった。それゆえ、秀吉はみずから家康の陣所を訪ね、都から連れてきた利休に命じて茶会を開かせた。そうすることでよからぬ噂を払拭し、遠征軍の結束をはかったのである。

秀吉は箱根の湯にゆったり浸かり、連日のように諸将を招いて茶会を開いたらしい。

「茶と申せば、山上宗二に関わる凄惨な出来事があった」

都の留守を預かる前田玄以に聞いたはなしだ。

宗二は利休の高弟であったが、誰にたいしても歯に衣《きぬ》着せぬ物言いをする。秀吉にも憎まれ口をたたき、長らく遠ざけられていた。利休は秀吉の勘気を解きたかったので、宗二を茶人として北条父子のもとに潜りこませ、様子を探らせていた。その報告をさせるべく、箱根湯本においてわざわざ目見得の機会をつくったのだ。

「北条方は風前の灯《ともしび》とでも申せば、殿下の勘気はすんなり解けたのじゃ」

にもかかわらず、宗二は秀吉に無沙汰の詫びを入れたあと、北条については何も申しあげることはない、何を言ったところで、関白殿下の勝ちは動かぬと、あいかわらずの憎まれ口を叩いてみせたという。

――おのれ、茶坊主めが。

秀吉は憤怒の形相で吐きすて、宗二を引っ立てさせた。耳と鼻を殺いだうえで首を刎ねよと、近習に命じたのだ。

宗二は韮山城城主の北条氏規への説得などでも一役買ったが、天性の反骨心が仇《あだ》となって命を縮めた。利休の高弟なのだという矜持も邪魔をしたのであろう。

宗二という高弟を失った利休の嘆きようは、都までは伝わってこない。ただ、みずからの神通力が秀吉に通じなくなってきたのを痛感し、耐え難い虚しさに苛まれていることは容易に想像できた。

総攻撃の命令からわずか三日後、難攻不落と評された小田原城は開城した。

北条氏直の父氏政と叔父氏照、宿老の松田憲秀《のりひで》と大道寺政繁、以上の四名には自刃が命じられ、当主の氏直自身には家康の女婿との理由から、高野山へ追放のうえ蟄居という沙汰が下された。

誰もが驚いたのは、小田原城に入城した秀吉が諸将の転封を公表したときのことであった。

家康は何と、徳川家が代々領してきた三河と遠江、駿河と信濃、さらに甲斐まで返上するように命じられた。その代わり、北条の旧領である伊豆と相模にくわえて、武蔵、上野、下野《しもつけ》、上総、下総の関東七ヶ国を与えられることになった。

「もちろん、わしは聞いておったぞ」

玄以は自慢げに胸を張った。

どうやら、家康の国替えは出陣前から一部の重臣にだけは告げられていたらしい。

「国替えを申し渡したときの家康の間抜け顔が早《はよ》うみたいと、関白殿下は笑っておられた。わしなどは、徳川さまが憐れに感じられたがな」

秀吉のほうが一枚も二枚も上手《うわて》、家康に裁定を拒む余地はなかった。

一方、織田信雄は手柄をあげたにもかかわらず、慣れ親しんだ尾張と伊勢などを返上したうえで、家康の旧領へ移ることを命じられた。これを即座に拒んだがために、秀吉から全所領を没収され、単身、下野の烏山《からすやま》へ流されることとなった。

「剃髪して、常真《じょうしん》と名乗られるそうじゃ」

信雄に関しては、玄以も多くは語らなかった。織田家の血縁への遠慮があったのだろう。

文月十六日、戦勝祝いのつもりなのか、都へ運ばれた北条氏政と氏照の首級《しるし》が一条戻橋に晒された。日海は玄以から北条征伐の顚末《てんまつ》を聞きながら、天下人と称された来し方の人々の栄枯《えいこ》盛衰《せいすい》をおもった。

平家は滅亡し、足利幕府は無きも同然になった。権力の高みに登った者はかならず高転びに転げ落ちる。驕《おご》れる者は久しからずという教訓を胸の裡にいくら繰りかえしたところで、今の為政者には届きそうにない。

秀吉は奥羽仕置のため、会津の黒川城へ向かったという。国割りは滞りなく進められ、検地によって広大な未開の地は新たな年貢を生む豊臣の蔵入地とされるだろう。秀吉は八朔に予定された家康の江戸城入りを見定め、長月朔日には凱旋を果たす。

そのあいだも洛中の普請は進められ、楽市楽座を促すべく、上京と下京の中心を除く広い範囲には各条坊を南北に貫く道が築かれる。内裏もほぼ完成したので、今年中には後陽成天皇の遷御《せんぎょ》がおこなわれるはずだった。

日海は三条大橋を渡り、南の阿弥陀ヶ峰の麓へ向かった。

田畑の目立つなかに、知恩院があり、八坂神社があり、建仁寺、六道珍皇寺、六波羅蜜寺と参拝したい寺社がつづいていく。日海は不施不受派ではないため、他宗の寺社を気軽に参拝できた。が、今日は脇目も振らず、阿弥陀ヶ峰の麓へ向かった。

そこでは、東山大仏殿の普請が進んでいる。

大仏そのものは金銅造りを取りやめ、漆膠《しっこう》の木造仕立てに変更したことで、ほぼ完成していた。ただ、大仏を収める建造物があまりにも大きすぎて、今のところは完成の目途すら立っていない。

探そうとおもっていた相手は、すぐにみつかった。

何しろからだが大きいので、大勢のなかでも見分けがつきやすい。

向こうもこちらに気づき、手にした鉈を振りまわしながら近づいてくる。

大工や人足たちの行き交う普請場には、みたこともないような杉の巨木が転がっていた。

「そいつは島津の連中が持ちこんだ屋久島の杉や」

親しげに喋りかけてきたのは、筒袖《つつそで》に脚絆姿の五右衛門にほかならない。

「御神木を伐りたおしても、今の関白さまなら罰は当たらへんやろう」

完成するまで、あとどれくらいの年月が掛かるのだろうか。

「五年か七年か、わしにもようわからん。わかっとるのは、普請がつづくかぎり、稼げるっちゅうことや。トリデの連中はみんな、わしに感謝しておる。大坂でも近いうちに三ノ丸の普請がはじまるやろうから、当面は食いっぱぐれがあらへん。ほんまに、関白さまさまや」

五右衛門は腰を伸ばし、聚楽第のほうを眩《まぶ》しげにみやった。

「ところで、法華の坊主が何の用や。普請場におったら、人足どもに襲われるで、ふへへ」

賤しげに笑う五右衛門のもとへ、日海はすっと身を寄せた。

「照算どのがほとけになった。それを伝えておかねばと」

「ふうん、死んだんか、あの鉄砲撃ち」

「弔う身寄りもなさそうだった。せめて、トリデの仲間にだけでも報せておこうとおもった」

「ふん、トリデに仲間なんぞおらぬわ。食い詰めた弱い者同士が、傷を嘗《な》め合って生きてるだけのことや。お布施で暮らす坊主にゃわかるまい。所詮、おまえらとは住むところがちがう。金の切れ目が縁の切れ目と言うやろう。稼ぎ先がなくなれば、おれたちはいつだって野盗になる。わかるか、悪党どもを繫ぎとめておくんが普請場なのや」

意外な台詞に面食らいながらも、五右衛門はまっとうなことを言っているのかもしれないと、日海はおもった。

その目には怒りが燻っているとも感じる。

「大仏を造りゃ悪党も減らせる。一挙両得というわけや。へへ、そいつを考えだした猿関白は天下一の智恵者よ。されどな、こんなうまいはなしが、いつまでもつづくはずはない。猿関白との蜜月もいつかは終わる。それだけは覚悟しておかなあかん」

五右衛門は本音らしき台詞を漏らし、背を向けて普請場の奥へ戻っていった。

サヤとハトのすがたを探してみたが、周囲にそれらしき人影はない。

虚しい気持ちを抱えたまま、日海は普請場をあとにした。

トリデの連中には親しみを感じていたし、気軽に喋りたくなって足を向けたが、五右衛門に「住むところがちがう」と告げられ、みずからの甘さに気づかされたのだ。

長月朔日、秀吉は華々しく凱旋を果たした。

普請場の槌音がいっそう大きくなるなか、秀吉は病に倒れた秀長を見舞うべく大和郡山城へ出向き、病平癒を祈念して春日大社に米五千石を寄贈した。

暦が変わると、しきりに妙な噂が立ちはじめた。

「関白殿下は日の本統一だけでは飽き足らず、海の外に向けて新たな合戦を仕掛けるらしい」

相手は明国であり、朝鮮国がその足掛かりになるという。

常陸の佐竹義宣《さたけよしのぶ》には五千人の東北の軍勢に軍役を課したとの噂も立つなか、霜月七日、朝鮮国王の通信使が聚楽第へやってきた。

しかし、秀吉が明国征服の先駆けを要求すると、日の本統一の祝賀という名目で訪れた通信使は仰天してみせた。

そこで、秀吉は高僧の西笑承兌《せいしょうじょうたい》に命じ、朝鮮国への答書を起草させた。

曰《いわ》く、秀吉は日輪の子であり、天下統一は天命であるとする内容である。

通信使は困惑しながらも答書を受けとり、とりあえずは帰国の途に就いた。

一方、秀吉は二年後の朝鮮出兵を決めて、九州の立花宗茂などに肥前名護屋《なごや》において出陣の仕度《したく》を整えておくようにと命じた。

以上の経過は、碁打ちとして重臣たちと対局するなか、耳に入ってきた内容だった。

暮れも押しせまった頃、後陽成天皇の新内裏への遷御が厳かにおこなわれた。

斑《まだら》に雪の降りつづくなか、沿道の見物人もまばらな遷御であった。

秀吉が禁裏を訪れたかどうかも判然としない。北条討伐をもって天下統一は成り、もはや、秀吉にとって帝や朝廷の役割は無きも同然になってしまったかのようだった。

朝鮮国に渡り、明国を征服し、そのさきにいったい、どんな景色をみているのか。

日海の心中には、言い知れぬ不安だけが渦巻いていた。

第五章　心の内を汲みてこそ

一

天正十九（一五九一）年、睦月。

雪はしんしんと降りつづき、宿坊の伽藍《がらん》に座っていると、底冷えのする寒さに耐えられなくなってくる。

熱い粥《かゆ》を啜るか、茶を飲みたい。

座禅を組みながら雑念にとらわれていると、表口が何やら騒がしくなった。

「日海、おぬしに訪ね人じゃ。かような夜更けに、おなごが助けを請うておる」

年嵩《としかさ》の僧に呼ばれて表口へ出てみれば、継《つ》ぎ接《は》ぎの綿入れを羽織った女がぶるぶる震えている。

「サヤか」

「お坊さん、助けておくれ」

懇願する顔をよくみれば、目の縁に青痣《あおあざ》ができていた。

「怪我をしておるのか」

「酔客に撲《なぐ》られた。蒲生家の足軽どもや。早《はよ》う戻って、ハトを助けなあかん。やつらのうちのひとりが衆道なのや」

「五右衛門どのはどうした」

大仏殿の作事が雪で持ち越しになり、五右衛門たちは大坂のトリデへ戻った。サヤとハトの姉弟は都でやり残したことがあったので、昨年の暮れから日銭を稼ぎながら食いつないできたらしい。

ともあれ、詳しい事情を聞いている余裕はなかった。

日海は取るものも取りあえず、上京の外れに向かった。

たどりついたさきは二条柳町、軒を並べているのは遊女が春を売る見世だ。女犯《にょぼん》を禁じられた僧侶のおもむくところではない。サヤが見世ではたらいているのかどうかも気になったが、今はハトを救うことが先決だった。

足軽は三人おり、いずれも刀を携えているという。

亥《い》ノ刻《こく》（午後十時）を過ぎたにもかかわらず、遊女屋の集まる一角だけは篝火《かがりび》を焚いたように明るかった。

「関白さまご公認の廓や。北条征伐から戻った侍どもが、ぎょうさんやってきよる」

刃傷沙汰《にんじょうざた》が頻繁に起こるので、所司代の役人も目を光らせてはいるものの、広い廓を端から端までは目配りできない。ことに、サヤとハトが潜りこんだところは安価な見世が並ぶ界隈《かいわい》で、廓の連中からも「閻魔河岸《がし》」などと呼ばれていた。

「お役人は頼りにならへん」

嫌な思い出でもあるのか、サヤは恨みの籠もった目で吐きすてる。

「どうしようもなくなったとき、お坊さんの顔がぱっと浮かんだのや。お願いします、ハトを助けてください」

真剣な目で告げられ、素直に嬉しかった。どうにかしたいという気持ちが恐怖を吹き飛ばし、日海はみずから矢面に立とうとおもった。

狭い見世の周囲には、奉公人やほかの客たちが集まっている。どうやら、足軽どもは遊ぶ銭を持っておらず、ハトを無傷で返してほしくば酒代を只《ただ》にしろと喚《わめ》いているようだった。抱え主は理不尽な要求を突っぱねつつも、酔客どもを扱いかねていた。気性の荒い足軽どもを怒らせたら、ハトが何をされるかわかったものではない。

日海は少しも慌てず、サヤに背中を押されるように、閉めきられた部屋の襖へ近づいた。

「寂光寺の日海という者だ。ここを開けるぞ」

襖を開けると、悪相の三人が振り向いた。

ハトは裸にされ、部屋の片隅で小兎《こうさぎ》のように震えている。

「何だ、坊主か」

図体の大きな馬面が嘲笑《あざわら》った。

「わしらはな、泣く子も黙る蒲生の足軽ぞ。北条との戦いでは、侍大将の首も獲ってやった。関白さま直々にお褒めのことばを頂戴したのだわ」

それほどの手柄をあげた者が銭も持たず、廓で揉め事など起こすはずはない。蒲生氏郷は信長公からも将来を嘱望されたほどの器量人、合戦では率先垂範《そっせんすいはん》を旨とし、みずから先頭になって槍を振りまわすほどの豪傑であり、一方では利休が「茶の湯の作法は武将随一」と認めるほどの教養人でもある。足軽といえども、臣下の不始末はけっして許すまい。

日海は穏やかに言った。

「蒲生さまは存じあげぬが、伝手をたどってお目に掛かることはできる。無礼があったのならば、わたしが蒲生さまにお詫びしよう」

馬面の顔色が変わった。

「おぬし、偉い坊主なのか」

「偉くはない。ただ、伝手があるというだけのはなし。その必要はないと申すなら、余計なことはせぬ。それから、見世の支払いは無用だ。こちらでやっておく。合戦で命を散らした人々への功徳となれば、仏に仕える身としてもありがたいことゆえ」

静かな物言いには、威厳すらも備わっていた。足軽どもは身を縮め、そそくさと部屋から居なくなり、尻尾を巻いて見世から逃げだした。

サヤは震えるハトのそばに駆け寄り、夜具に包んでからだを擦《さす》る。

弟の蒼白《そうはく》な顔に血の気が戻ると、サヤはこちらに涙目を向けてきた。

「おおきに、お坊さんは命の恩人や」

落ちついたところで、サヤは訥々《とつとつ》とみずからの事情を語りはじめた。

「暮れから住みこみではたらいてんのや。信じられへんかもやけど、賄いと雑用以外はやってへん。からだを安う売ったらあかんと、頭にも言われてるからな」

「さようか」

「ほっとした顔をしよる。正直なお坊さんやで」

「すまぬ」

「謝るんなら、春を売って稼いではる姐《ねえ》さんたちに謝ったってや。どうして、わてらだけ都に残ったんか、聞きたいやろう」

うなずいてみせると、サヤはハトを廊下の片隅にある蒲団《ふとん》部屋へ連れていった。

戻ってきたサヤは、厚手の布を肩に掛けている。

「ハトは眠らせなあかん。姐さんたちに頼んできたわ」

「何処かへ行くのか」

「聚楽第の近くまでな。お坊さんも従いてきてくれへんか」

訪ねるさきに、誰がいるのだろうか。

「わてら姉弟を捨てた父親が都におる。そう、五右衛門の頭が教えてくれたのや。会わなんでおいてもよかったけど、ハトが会いたいと泣きよってな、先だって、おもいきって訪ねてみたのや。そしたら、開口一番、何と言うたとおもう。『銭を無心に来たんか』やて。けったくそ悪い爺《じじい》やったが、羽振りはよさそうでな、こうなったら銭を毟《むし》り取れるだけ毟り取ってやろうとおもうたんや」

外に出ると、雪がちらついている。

雪明かりを頼りに歩いていくと、堀川に架かる一条戻橋がみえてきた。

欄干にも雪は積もり、足許は心許ない。足袋《たび》を濡らして橋を渡りきり、しばらく進んでいくと、武家屋敷の狭間に反りたった穴太積みの石垣がみえた。このあたりは葭屋町《よしやまち》と呼ばれ、聚楽第の鬼門にあたる。そう言えば、近くに利休屋敷があるはずだとおもっていると、前を行くサヤが足を止めた。

「ここや」

訪ねる家は何の変哲もない平屋だが、戸締まりはしておらず、半間ほどの狭い間口を抜けると、細長い土間が鰻の寝床のようにつづいていた。サヤに導かれて進むと、人の息遣いが聞こえてくる。

「手捏《てこ》ねの職人たちや。今焼《いまやき》いう茶碗をつくってはんのや」

サヤは自慢げに胸を張った。

「御先祖は朝鮮から苦労して渡ってきはったのやて。そん人らの子や孫が、都のまんなかで茶碗をつくってはんのや。わてのおとうは長次郎《ちょうじろう》いうてな、職人たちを束ねる親方なのや」

「長次郎」

その名を聞いて、はっとした。

四年余り前、日海は大徳寺でおもいがけず、利休に茶を点ててもらった。

そのとき、差しだされたのが無骨な黒い茶碗であった。

――長次郎の焼いた黒茶碗や。

利休はそう言った。

――人は誰しも闇を抱えておる。闇をみつめてその正体を知り、仕舞いには闇ごと飲み干す。それが茶やと申す者もおる。

人を大勢殺《あや》めた武将たちにとって、茶の湯は追善にほかならず、散っていった者たちを供養し、生死の区切りをつけたいがために茶を所望すると、利休は静かに語ったのだ。

あのときも、雪が降っていた。まさか、サヤが長次郎という陶工の娘であったとは、日海は縁《えにし》の恐ろしさをおもわざるを得ない。

サヤは口を尖らせる。

「関白さまは黄金の井戸茶碗がお好きでな、黒い今焼はお嫌いなのやて。ほんでも、利休さまは、ええもんやと言うてくださる。利休さまのひと言で、茶碗にはとんでもない値がつくのや。おとうは金の生《な》る木やと、五右衛門の頭も言わはった。ふふ、お坊さんも、おとうに会うてみたくなったやろう」

土間の途中に板の間の部屋があり、口髭を生やした初老の男が両袖をたくしあげ、黙々と土を捏《こ》ねていた。

「おとう、法華の偉いお坊さんをお連れしたで」

サヤがそばに近寄っても、長次郎は顔をあげない。何も聞こえないのか、土を捏ねつづけている。

「日海さまと仰るのや。日の本一の囲碁名人なのやで」

それがどうしたという顔で土を捏ねつづける様子は、みているだけでもおもしろい。

長次郎は大きくて頑丈そうな手と、筋張った長くて太い指を持っていた。できあがった茶碗がまさに、長次郎そのもののように感じられ、贅《ぜい》を極限まで削った飾り気のない荒々しさに、日海もおもわず惹かれてしまう。

「土も選ばぬし、特別な窯《かま》で焼くわけでもない。利休さまが何で気に入ってくれはったんか、おとうにはさっぱりわからへんのや。銭をぎょうさん貰うても、狐につままれたようなもんで、使い道もようわからへん。おとうは銭に無頓着でな、ああして土を捏ねておんのが何よりも楽しいのや。ついでに言えば、わてらといっしょに捨てたおっかあのことも、ようおぼえてへんのやて。もちろん、おっかあが野垂れ死んだことも知らんかった。土を捏ねるのに夢中で、何もかも忘れてしもうたのや。ほんでもな、わての顔をみた途端、自分の娘やとわかったそうや。ふふ、けったいな爺やで」

長次郎が、ふいに顔を持ちあげた。

「銭ならそこにある。好きなだけ持っていけ」

血走った眸子には、底知れぬ淋しさが宿っている。

長次郎は日海をみつめ、目を逸らして表口のほうをみた。

大きな人影が近づいてくる。

「あっ」

サヤが驚きの声を発した。

ひょっこりあらわれたのは、誰あろう、利休にほかならない。

「長次郎、できあがったか」

「はい」

長次郎は襟を正し、部屋の奥から布に包んだ茶碗をひとつ携えてくる。

丁寧に布が外され、艶のある黒茶碗が披露された。

利休は手に取り、高く掲げてじっと眺める。

周囲は糸を張ったような緊張に包まれた。

日海は息を呑む。

「見事じゃ」

利休がつぶやくと、長次郎の顔にぱっと光が射した。

日海もサヤも、ほっと安堵の溜息を漏らす。

利休がこちらに気づいた。

「囲碁名人の日海どのか。一度お目に掛かったな」

「はい、四年前に一度、黒茶碗でお茶をいただきました」

「ふむ、そうであった。あのときに使った茶碗は大黒《おおぐろ》じゃ」

利休は懐かしそうに眸子を細めた。

「わたしがこれと認めた長次郎の黒茶碗はほかにふたつ、東陽坊《とうようぼう》と鉢開《はちびらき》がある。これは四つ目になるやもしれぬ黒茶碗でな、名を付けねばならぬが、さて、何と付けよう」

すかさず、サヤが口を挟んだ。

「本因坊はいかがにござりましょう」

「ほう、それは」

問われて、サヤは胸をぐっと反らす。

「日海さまの居《お》られる塔頭の名にございます」

「なるほど、碁石は白と黒、那智黒の黒は黒茶碗にも通じるものがある。さすが長次郎の娘だけあって、名付けの妙を心得ておるわい」

「本因坊でようございますか」

「よい」

「ならば、名付け料を頂戴せねばなりませぬ」

「おっと、そう来たか。ふふ、詮方あるまい」

利休はさも可笑しげに笑い、本因坊を仕舞った桐箱を長次郎から受けとって抱えると、こちらに向きなおる。

「ところで、今から屋敷へ来られぬか」

茶を一服進ぜようと言われ、日海は一も二もなく応じてみせた。

二

日海はサヤと別れ、さほど離れていない利休の屋敷へおもむいた。

表口ではなく、屋敷の脇道を通りぬけ、石灯籠《いしどうろう》に浮かびあがった中庭の雪景色を眺めながら奥へ向かい、竹林のなかに築かれた枝折戸《しおりど》を通りぬける。

都のまんなかに、忽然と隠者の庵《いおり》があらわれた。

露地に雪はない。覆いかぶさるように植えられた竹が、雪を阻んでいるのだろう。

足許を照らす陰灯籠が、点々とつづいていく。

露地の地は心であると、吉田兼和に教わったことがあった。煩悩を抱えた者は心のありようを晒したまま露地を進み、蹲踞の冷水とともに煩悩を洗い清め、茶室の躙り口へ向かう。背を屈めて潜ったそのさきにあるのは彼我《ひが》の境目、夢とうつつのあわいなのだという。

あらかじめ下火を入れてあったのか、風炉のうえで茶釜が湯気をあげていた。

茶室は山崎の待庵と同じ二畳敷きで、台子は無く、茶道具は畳に置いてある。

当代一の茶人が点てた茶を頂戴できる。喜びよりも緊張で押しつぶされそうになった。

日海は客畳に座った。

利休の掌を照らす仄かな灯りが、闇をいっそう深いものにする。

「長次郎を誘いに行ったのや。茶を点てたことがないゆえな。遠慮して断るのはわかっておったが、無理にでも誘うてやりたかった」

「それならば、拙僧がでしゃばって申し訳ないことをしてしまいました」

「かめへん。かような晩に、付きおうてくれるだけでもありがたい」

闇の底から響いてくる声は嗄《か》れ、一抹の憂いをふくんでいるようにも感じられた。

かような晩という意味を探りつつ、利休が茶釜の蓋《ふた》を開ける所作をじっとみつめる。

茶釜はずいぶん古びており、口縁《こうえん》や羽の一部が欠けていた。面《おもて》には振りかえった鹿が彫られている。

ひょっとしたら、利休がわざと壊して釜師に直させた「春日野《かすがの》」という芦屋釜《あしやがま》であろうか。

侘びの極みとされる破《わ》れ釜に目を吸いよせられていると、利休はことりと柄杓を置いた。手に取った茶入れは肩衝だが、銘まではわからない。

本来であれば、主人が客にさりげなく教えるのだろうか。もちろん、客は知りたいはずだし、利休の茶席に招かれたことを生涯の誉れとして、近しい者たちに自慢するのであろう。茶室にどのような風炉飾りがあったかなどを、ひとつずつ詳細にあげつらって悦に入るにきまっていた。

なるほど、客を喜ばせることも茶頭の大事な役目にちがいない。「御《お》茶湯《ちゃのゆ》御政道《ごせいどう》」という仕組みをつくった信長公や秀吉も、みずからの権威を盤石なものとするために茶頭はあるべきと考えた。権力者や金満家の手から手へと渡った名物を愛《いと》おしみ、名物に価値を持たせることによって、所有する者に権威の衣を纏わせる。されど、それが黄金に彩られた茶室や茶道具となり、行きつく極限まで行きついてしまったとき、茶頭はすべての飾りを脱ぎ捨てた生身のすがたを晒したくなったのではあるまいか。

――茶の湯とはただ湯をわかし茶を点てて、飲むばかりなる本《もと》と知るべし。

日海は瞑目《めいもく》し、利休が口伝で弟子たちに告げたという道歌を反芻《はんすう》した。

茶道具に執着すればするほど、侘び茶の真髄からは遠ざかる。黙して何も語らぬ茶人のすがたは凄《せい》愴《そう》ですらあり、胸の底に蜷局《とぐろ》を巻いた繰り言を押し殺しているようにも感じられた。

気づいてみれば、さくさくと茶筅を振る音が聞こえてくる。

無骨な茶碗はもちろん、本因坊と名付けられた黒茶碗にほかならぬ。

膝前に置かれた茶碗を手に取り、日海はずずっとひと息に飲み干した。

掌に包んでいるのは自らの名が付された茶碗でもあり、得も言われぬ感動が迫《せ》りあがってくる。

「よきお点前にござります」

言い終えて天井を仰ぐと、いつの間にか突きあげの窓が開いており、下弦の月が白々と輝いている。

「雪が止みおった、運がええ。真夜中の月や」

淡い月明かりが茶室に射し込み、闇に沈んでいた床飾りを映しだす。

雪割れの目立つ竹の花入れには、四年前と同じ柊の白い花が挿してあった。葉に棘のないところから推すと、枯れゆく寸前の老木から手折《たお》ったひと枝なのだろう。軸には枯れ枝のごとき細い字で「一《いち》期《ご》一会《いちえ》」と書かれた紙が無造作に貼られている。その震えたような四文字が月明かりに照らされ、何事かを訴えかけているやにみえた。

「宗二が寄こしたのや。箱根湯本にて、鼻と耳を殺がれる寸前、この身に書いて寄こしたのや」

一期とは一生のこと、一生に一度しか会えぬ心持ちで客をもてなす一期一会の精神こそが茶の湯の本道と、山上宗二は師匠にあらためて訴えたかったのだろうか。

「底ひなき心の内を汲みてこそ、お茶の湯なりと知られたりけり。これはな、かつて関白殿下が茶会で詠まれた一首や。殿下は誰よりも、侘び茶の精神に通じておられた。みずからを顧みる謙虚なお心をお持ちであったはずなのに、いつの頃からか、侘び茶の真髄から目を逸らすようになられた。宗二には殿下の変わりようが許せなんだにちがいない」

削ぎ落とされたもののなかに、美の真髄は秘められている。それを教えようとした賢しらげな態度が、秀吉には許せなかったのだ。

「人は美しいものを求める。枯渇した心を満たすためには、美しさとは何かを知らねばならぬ。もちろん、見掛けではない。出自や位で定まるものでもない。さようなことはわかっておられるはずなのに、関白殿下はおのれを鼓舞するかのごとく醜悪なものを求めようとなされる」

「醜悪なもの」

「さよう、その最たるものは戦さじゃ。殿下はやらずともよい唐入りを企てておられる」

諸大名の目を外へ向けるためなのか、それとも、焦臭さを保つことで配下の士気を維持するためなのか、本心まではわからぬ。

「殿下は死ぬのが恐いのや。止まったら、即、死んでしまうとおもうておられる。それゆえ、常のように忙しなく動いておらねば気が済まぬ。勢いを止めぬためには新たな目当てが要る。されど、外に討って出れば、大勢の人が血を流すことになる。誰もがわかっておることや。長次郎の御先祖が生まれた朝鮮に乗りこみ、さようなことをいたせば、攻められた側に恨みを残す。未来永劫《みらいえいごう》、恨みは残りつづけるはずや。それについては、大和大納言さまも諫言せねばならぬと仰せであった」

実弟である大和大納言こと豊臣秀長こそが、唯一、関白秀吉に強意見《こわいけん》できる人物であった。ところが、昨年から重病で寝たきりになり、快復の兆しすらもない。利休は一番の後ろ盾でもある秀長の病平癒を祈念するかのように、小田原への遠征から帰ってきてからというもの、連日連夜、茶会を繰りかえしていた。

「正面きって諫言はできぬが、唐入りを止めていただくように、機をとらえては暗に仄めかしてきたつもりであった。されど、関白殿下はそれがお気に召さぬのか、わたしを遠ざけるようになられた」

かつて、堺の政所であった松井夕閑《まついゆうかん》が遠ざけられたかのごとく、利休の代わりに近頃は、神谷宗湛に茶を点てさせるのだという。

「『筑紫《つくし》の坊主、筑紫の坊主』と、可愛がっておられるようでな」

博多商人の宗湛は、九州征伐や博多の町割りで大きな役割を果たし、財力と栄華を独り占めするほどになった。堺の商人が羨ましがるほどの大商人となり、唐入りにおいても武器や兵糧の調達を秀吉から一手に引きうけているようだった。

「唐入りは無謀な企てや。死を賭《と》してでも、異を唱えねばならぬのやもしれぬ」

長次郎の黒茶碗には、権力を得た者の驕りを諫《いさ》めんとする利休の念が込められているのかもしれない。それゆえ、秀吉は毛嫌いするのであろう。

「されど、この身はもはや、棘の無い柊や。はたして、来年は花を咲かせられるかどうか」

利休はほっと溜息を吐き、炭をつぎはじめた。

客を引き留めるために炉へ炭をつぐのは退出の潮時、日海もそれくらいは心得ている。感謝の意を述べて辞去すると、利休は暗がりのなかで名残惜《なごりお》しそうな顔をした。

それが追善の茶であったと気づかされたのは、翌日になってからのことだ。

豊臣秀長は、大和郡山城で身罷っていた。享年五十二、長年伴侶のように連れ添った弟の死は、秀吉にとって痛恨の極みであったに相違ない。郡山城の奥座敷には、兄の軍資金として使わせるための金銀が座敷から溢れるほど備蓄されていたという。

日海は心の底から、利休の身を案じた。

——死を賭してでも、異を唱えねばならぬのやもしれぬ。

決意を秘めた台詞が耳から離れない。

まんがいちにも、それが避け難い悲運となって訪れるのであれば、本因坊と名付けてもらった黒茶碗の手触りを、せめて忘れずに心に留めておこうとおもった。

三

利休には聞いてみたいことがひとつあった。

二年半前、大徳寺にて挙行された秘儀のことだ。

何故、この身が淀殿の相手に選ばれたのか、あの部屋に座っていた利休なら知っているかもしれないと、そうおもった。

今や「御台所《みだいどころ》」と呼ばれるまでになった淀殿は、いったい誰の子を身籠もったのか。父親は特定できずとも、鶴松君が関白の子でないことはあきらかで、秀吉自身もそのことを容認しているのではあるまいか。

茶室で対峙しながら、そうした問いを口にできなかったことを今さらながらに悔いた。

茶枳尼天の明咒を唱えた古渓宗陳のこともある。宗陳は儀式の直後、突然に九州博多へ配流となった。そして一年余りのち、利休や秀長の取りなしで流罪を許されたらしく、今は洛北の市原に築かれた常楽院で隠遁《いんとん》しているという。

鶴松君懐妊の秘密と深く関わったせいで、秀吉に遠ざけられたのではあるまいか。

利休が力を失いつつあるのも、そのあたりに起因するのかもしれない。

だが、すべては臆測にすぎず、利休に尋ねたところで答えが得られるはずもなく、余計な穿鑿《せんさく》をすれば、みずからの命を縮める危うさすらあった。

秀吉は唐入りを公然と内外に告げ、諸将に夥《おびただ》しい軍船の建造を命じた。

一方、奥羽では伊達政宗が奥州仕置ののちに起こった土豪一揆を先導したと疑われ、秀吉の命を受けた家康が伊達成敗の軍勢をあげた。和睦となって合戦は回避されたが、秀吉は政宗への不信を募らせていった。

奥州と言えば、蒲生氏郷が諸大名の抑えとして会津に配され、旧伊達領をふくむ四十二万石の所領を与えられたという。氏郷は表向きは棄教したものの、高山右近の影響を受けてオルガンティーノに洗礼を受けた切支丹大名でもある。それゆえ、切支丹への理解も深く、ローマから八年ぶりに帰国した遣欧使節が秀吉に目見得を許されるように口添えしたとも伝えられていた。

天正十（一五八二）年睦月、切支丹大名の大友宗麟、有馬晴信、大村純忠ら三人は巡察師の提案に賛同し、伊東マンショ、千々石《ちぢわ》ミゲル、原マルチノ、中浦ジュリアンという四人の若者を遣欧使節としてローマへ派遣した。三年掛かりでローマへ到着した四人はヴァチカン宮殿などで熱烈な歓迎を受け、教皇グレゴリウス三世は遥か彼方から海を渡ってきた若者たちの強固な信仰心に感激の涙を流したともいう。

その使節団が伴天連追放令の発せられた逆風のさなか、インドのゴアで合流したヴァリニャーノに率いられ、インド副王使節の随員という名目で目見得を求めてきたのだ。

天正十九（一五九一）年閏睦月八日、秀吉は聚楽第にヴァリニャーノと若者四人を招じ、ローマでの歓迎ぶりや苦難の連続だった航海のはなしを熱心に聞き入った。

前田玄以は、若者たちの勇気を称えるかのように、感慨深げに語ってくれた。

「活版印刷機や銅版画といった献上の品々に興味をしめされ、若者たちが弦楽器などで演奏する教会音楽に耳をかたむけなされた。わしも拝聴する機会に恵まれたが、まこと、見事な演奏であったぞ」

この出来事をきっかけに切支丹への弾圧は弛んだかにおもわれたが、信長公のときのように伴天連たちがおおっぴらに布教活動をおこなうことは許されなかった。

翌月の如月四日、伊達政宗が謀反の弁明のために奥羽から上洛した。

何と、白装束を纏ったうえに磔台まで担いで入京し、洛中の人々を驚かせた。

こうした派手なやり方を秀吉は好む。大いに喜び、政宗に向けられた疑念を不問にした。それどころか、伊達家重臣の茂庭綱元《もにわつなもと》をえらく気に入り、愛妾《あいしょう》のお種の方を賭けて囲碁をおこなった。

じつはこのとき、日海は聚楽第へ呼びだされ、賭け碁の行司役をやらされている。勝負は茂庭の六目半勝ち、秀吉は最初から勝ちを譲る気で打ったようにも感じられた。

美貌で知られるお種の方は茂庭にしたがい、奥羽へ移ることとなった。のちに、秀吉は泣いて別れを惜しんだとも聞いたが、何人も抱える愛妾のひとりが居なくなったところで痛くも痒《かゆ》くもなかろう。揉め事の種となっている伊達家に恩を売ることができれば、安いものだという姑息《こそく》な考えが透けてみえた。

伊達政宗の件が落ちついたとおもったのもつかのま、洛中の人々を仰天させる出来事が起こった。如月十三日、突如、利休に堺へ蟄居せよとの命が下されたのだ。

同夜、利休は高弟の長岡忠興と古田織部に見送られ、淀の船着場から小舟に乗って川を下った。

蟄居の理由はさまざまに取り沙汰されたが、洛中の人々がまことの理由を知ったのは二十五日のことだった。堀川に架かる一条戻橋に、木像の奇妙な磔柱が立てられた。高札には「おのれの木像に草履《ぞう り》を履かせ、杖をつかせて山門に奉じる。右は不遜僭上《ふそんせんじよう》の仕儀なり。また、新儀の道具どもを用意して高値で売る。右は売僧《まいす》の頂上なり」といった罪状が記されてあった。

「大徳寺の山門や」

日淵は吐きすて、顔を曇らす。

一昨年の暮れ、応仁の乱で消失していた大徳寺の山門は二階建ての豪壮な楼門に生まれかわった。無事に落慶法要を終えた山門は「金毛閣《きんもうかく》」と名付けられ、寄進した利休の木像が楼内の二階に安置されたのである。

「大徳寺には関白殿下も参禅される。門を潜るとき、利休さまの草履で踏まれる気がしてお嫌なのであろうよ」

寄進者の木像が寺内に安置されるのはよくあることだけに、これを「不遜」と断じられれば、日淵でなくとも首を捻りたくなる。

一見すると価値のなさそうな茶道具に高値をつけて売る行為というのも、今にはじまったことではなく、利休を糾弾するための罪状をこじつけている印象を拭いきれない。

日海は、利休のことばを反芻した。

――死を賭してでも、異を唱えねばならぬのやもしれぬ。

秀吉との確執は高札に記された内容より、もっと根深いところにあるような気がしてならない。

木像が晒された翌日、利休は葭屋町の屋敷へ戻ってきた。

そして、二十八日の早暁、潔く自害して果てたのである。

大粒の霰《あられ》まで降る雷雨のなか、屋敷を取りかこんだのは上杉勢約三千人、物々しい装束の軍勢には騎馬隊百人、弓隊および鉄砲隊四百人もふくまれていた。野次馬が方々から集まったものの、屋敷には近づくことすらできなかった。

人伝に聞いたはなしによれば、すでに、茶の弟子でもある岩井備中守という上杉家の家臣から、切腹の沙汰は報されていたらしい。利休は短刀の柄にこよりを巻き、茶の仕度をととのえ、静かに検使を待った。

秀吉から使わされた検使は三人、尼子三郎左衛門、安威《あい》摂津守、蒔田《まきた》淡路守である。利休は三人を茶室へ招き、常と変わらぬ所作で茶を振るまった。さらに、みずからも一服したのち、従容《しょうよう》として中庭の一隅へ進み、一会したのちに腹を切った。上意により介錯《かいしゃく》の役目を仰せつかったのは、無二の弟子でもある蒔田淡路守であったという。

「師の首を落とさせるとは、関白殿下も無慈悲なことをなさる」

日淵は呻くように漏らした。

「御妻女の宗恩《そうおん》さまは、ほとけに真っ白な小袖を掛けたそうな。憐れなはなしよ」

そののち、蒔田と尼子が首級を聚楽第に携えていったが、秀吉は検分しようともしなかったらしい。

「都から逐《お》われたあと、利休さまが謝ってくるようなら、関白殿下はお許しになったのやもしれぬ。されど、さような臆測をしたところで詮無いはなし、もはや、利休さまはこの世におられぬ」

秀吉は無惨にも、柱を立てて利休の首を鉋《かんな》がけの台に載せ、木像に踏ませる恰好で晒しものにした。野次馬どもは群れをなしたが、日海は足を運ぶ気にもならず、本因坊に籠もってひたすら祈りを捧げた。

数日後、秀吉は大徳寺の破却を命じ、名のある武将たちを使者として送ったという。ところが、市原に隠遁していた古渓宗陳が山門に仁王立ちし、みずからの命を盾にして破却を拒んだ。さすがの秀吉も巌のごとき高僧の志を汲みとり、大徳寺の命脈は保たれた。

「日海よ、利休さまを鏡にせよ」

と、日淵から諭された。

「名人の称号を賜ったおぬしなればこそ、申しておくのじゃ。おぬしは信長公からは新発意と、秀吉公からは囲碁坊主と親しげに呼ばれ、天下人となられたおふたりから目を掛けていただいた。されど、おぬしも三十三じゃ。ひとかどの僧侶とみなされ、いつ何時、重要かつ困難なお役目を申しつけられぬともかぎらぬ。先々のことはわからぬが、囲碁が茶の湯に取って代わることもないとは言いきれまい。よいか、そうなったときにはかならず、みずからに言い聞かせねばならぬ。権威の衣を纏えば、何処かで無理が生じてくるということを。仏門に仕える身なれば、なおのこと。まかりまちがっても、政事に口出ししてはならぬ。たとい、時の為政者に頼られようとも、それだけは拒み、泰然としておのれに向きあわねばならぬ」

胸に沁《し》みる教訓である。

利休は泰然としておのれに向きあい、侘び茶の道を極めた。ただ、道を極めればそれだけ人望を集めるようになり、天下人と肩を並べるほどの威厳を備えるにいたった。利休はあまりにも偉くなりすぎ、秀吉から煙たがられたにすぎない。日海は、そう考えることにした。

多くの者は気づかなかったが、利休屋敷の周辺に集まっていた職人たちがいつの間にか、すがたを消していた。長次郎や陶工たちも煙と消え、日海は消息を尋ねるために二条柳町へも出向いたものの、サヤとハトも何処かへ居なくなったあとだった。

「いったい、何処へ行ったのだ」

役人たちによって秘かに葬られたのか、夜逃げも同然に逃げたのか、それすらもわからない。重い足を引きずって一条戻橋へ向かってみると、長次郎たちが暮らしていた一角は更地になっており、茶碗の欠片すら残っていなかった。

四

不幸は連鎖するのか。

葉月五日、三歳の鶴松君が夭折《ようせつ》した。

秀吉は悲しみに暮れ、東福寺へおもむいて元結《もとゆ》いを切った。これに、家康や毛利《もうり》輝元《てるもと》もしたがったという。

それから五日ほど経った頃、施薬院全宗の使者が寂光寺へやってきた。

関白殿下の慰みとなるべく湯山御殿へ参じよ、との命であった。

聞けば秀吉は元結いを切ったのちに清水寺へ参り、その足で傷心を癒やすために湯山へ向かったという。

慰みの衆はほかに何人も呼ばれていると聞き、日海は少しばかり安堵した。

それでも気が重い。秀吉はおそらく、常とは異なる心持ちでいよう。わずかでも粗相《そそう》があれば処断されかねない予感すら抱き、ともあれ、先導役の使者とともに山陽道をたどるしかなかった。

湯山は秋の装いに衣更《ころもが》えしつつあった。

天正十二（一五八四）年に日淵と紅葉狩りをして以来のことだ。大坂城でも聚楽第でも御前試合は何度か催されたし、秀吉と伊達家の重臣が賭け碁をおこなった際は行司役で呼ばれた。だが、秀吉と直にことばを交わすことはなかった。それゆえ、北野大茶会で茶を点ててもらったときを除けば、実質は七年ぶりの目見得となる。

七年前に秀吉が纏っていた陣羽織の色柄まで鮮明におぼえていた。床の間には大日如来の描かれた金色の軸が掛かっていたのだ。秀吉は戯れて隠れ鬼の鬼になり、袖を摑まえたりして緊張を解いてくれた。ひとつところに才人たちの気を集め、天下取りの機運を盛りあげたいと楽しげに語ったりもした。

こたびも同じように接してくれるのだろうか。

もちろん、秀吉が去り際に言った台詞は耳に残っている。

――おぬし、織田信長の最期を存じておるのではあるまいな。

首元に鋭い刃を突きつけられたように感じた。湯山から洛中に戻ってからも、同じ問いを夢のなかで何度も聞かされ、そのたびに、眉間に風穴を開けた信長公の悲しげな顔が浮かんできた。

ふたたび、悪夢のごとき問いを繰りかえされるのだろうか。

それをおもうと、今すぐにこの場から逃げだしたくなった。

湯山は山里ゆえに、頬を撫でる空気はひんやりとしている。

のんびり湯に浸かりたかったが、そういうわけにもいかない。

旅籠でしばらく待っていると、全宗みずから迎えにきてくれた。

「日海さま、お久しゅうござる。こうしてお目にかかるのは、三年ぶりになりましょうか」

「乙訓寺以来にござります」

「さよう、乙訓寺で公家衆の蹴鞠をご覧いただいて以来」

意味ありげに笑いかけられ、日海は嫌な気分になった。

あのとき、何故、この身を誘ったのか。

口許まで出掛かった問いを、ごくりと飲みこむ。

余計な穿鑿をすれば、どうなるかわかったものではないからだ。

「慰みにどなたをお呼びするべきか、関白殿下から人選を任されておりましてな。わざわざお越しいただいた方々には、のちほど、ご加増がござりましょう」

加増されても、迷惑なだけのはなしだ。

日海は全宗を睨みつけ、おのれの気持ちを目顔で伝えた。

「かようなときに関白殿下をお慰めせよと申すのは、たしかに、酷《こく》なお願いかもしれませぬ。されど、かようなときだからこそ、殿下のお相手になっていただきたいのでござる」

日海は身構えた。全宗の言うとおりにすると、ろくなことがない。大徳寺の秘密めいた儀式に関わったのも、乙訓寺へ連れていかれたのがそもそものはじまりだった。

油断はできぬ。いったい、まことの目的は何なのか。

疑心暗鬼のまま、日海は御殿へ導かれていった。

広間に近づくと、部屋から「ひゃはは、ひゃはは」と、けたたましい笑い声が響いてくる。廊下から覗いてみれば、部屋じゅうに幼子の玩具が散らばっており、顔を白塗りにして紅を塗った秀吉らしき人物が木馬にまたがっていた。

「馬引け、はいどう、はいどう」

元結いが無いので、河童《かっぱ》にしかみえない。

木馬のかたわらには、坊主頭の人物が四つん這いになっている。

秀吉は木馬からそちらに乗り換え、男の尻に鞭《むち》をくれた。

——びしっ、びしっ。

「ひっ、ひっ」

鞭の音と男の悲鳴が重なる。

「常真よ、走れ、早《はよ》う走れ」

まさかとはおもったが、坊主頭の人物は織田信雄のようだった。

秀吉軍の一翼を担って北条攻めにくわわり、論功行賞がおこなわれるまでは尾張や伊勢などに百万石近い所領を持っていた。ところが、徳川家の旧領へ移るのを拒んだために、領地をことごとく没収された。剃髪して常真と号し、秀吉の御伽衆になったのである。

「走らぬか、早う走らぬか」

「ご勘弁を、殿下、ご勘弁を」

信雄らしき男は秀吉を振りおとし、四つん這いの恰好で廊下へ逃れていった。

「痩せ馬め、逃げおったな」

秀吉は両足を畳に投げだし、惚けたように天井をみつめた。

「北白川の石仏を聚楽第へ運ばせたであろう。荒神口から滋賀へ抜ける山道の途中に座っておった大きな石仏じゃ。あれがな、帰りたい、帰りたい、帰りたいと、夜な夜な泣いて訴えるのじゃ。せっかく、運んできてやったにのう。仕方ないので、元あった場所へ帰してやることにした。たぶん、鶴松のせいじゃ。鶴松が石仏の口を借りて、帰りたいと泣いておるのじゃ」

立て板に水のごとく喋ったかとおもえば、死んだように黙りこむ。

すかさず、全宗が落ちつき払った声を発した。

「関白殿下、囲碁名人の日海どのをお連れいたしました」

秀吉はむっくり起きあがり、きょとんとした顔を向けた。

我に返って胸を反らし、すたすた上座のほうへ歩いていく。

床の間に飾られた軸には、金色の地蔵菩薩が描かれていた。

秀吉は座った途端、疳高く「大儀」と発し、扇子を忙しなく揺らす。

白粉《おしろい》は涙で剝げ落ち、紅に染まった汗の雫《しずく》が顎から滴《したた》り落ちてくる。

錯乱しているのだろうかと、日海は勘ぐった。

すると、秀吉は唐突に早口で喋りはじめる。

「朝鮮国の軍勢を先鋒にして、明国へ攻めいるのじゃ。明国との合戦に勝ったあかつきには、国を三つに分ける。日の本においては良仁《かたひと》親王を帝に据え、宇喜多秀家を関白にいたす。朝鮮国は秀次の弟の秀勝に与え、後陽成天皇は明国の都である北京《ペキン》へお移りいただき、秀次を大唐関白にいたす。わしは寧波《ねいは》まで進み、まずは天竺を配下に収め、それからのちはエウロッパをめざす。どうじゃ、これが三国国割の仕置じゃ」

はなしの中味についていけず、日海は呆気に取られた。

秀吉は悲しげな顔をする。

「利休はよい顔をせなんだ。いったい、何のために唐入りするのかと、賢しらげに問うてくるのじゃ。そんなものはわからぬと応じてやれば、利休は目顔で諭す。功名心のためであろうとな。ふん、浅はかな。このわしが功名心ごときで動くとおもうのか。これはな、天命なのじゃ。わしにしかできぬゆえ、やらねばならぬ。それだけのことじゃ。茶室に籠もってどれだけ思案したところで、海の広さはわかるまい。無限の沃野に大軍勢を動かす快感など、知る由もあるまい。ふはは、一度その快感を味わったら病みつきになる。茶頭なんぞには、わからぬであろうがな」

背筋に悪寒が走り抜けた。

つぎの瞬間、秀吉は狂気を帯び、刀を抜くにちがいない。上座から駆け降り、この首を刎ねにくるのだ。

おぞましい光景を脳裏に描き、日海は身を縮めた。

が、秀吉は立たなかった。

「のう、囲碁坊主。わしには有り余るほどの財がある。力もある。おぬしも財と力が欲しくはないか。才のある者にしか問わぬのじゃ。欲しければ、くれてやってもよいぞ。黄金の碁盤と碁笥でもつくるか。ひゃはは、のう、それがよかろう。おぬしは囲碁の師匠になり、諸将どもの相手をいたせ。わしが後ろ盾になれば、囲碁は茶の湯よりも盛んになろう。この世に囲碁をせぬ武将も商人もおらぬようになる。日の本ばかりか、海の向こうにも広めればよい。そもそも、囲碁は唐から渡ってきたとも聞くしな。向こうの連中をたちどころに負かしてやればよい。おぬしなら、それができよう。のう、どうじゃ」

「……お、恐れ多いことにござります」

どうにかことばを絞りだし、潰れ蛙となって畳に平伏す。

「わしは肥前に城を築く。渡海の軍勢を集結させ、軍船で海原を埋め尽くすのじゃ。ひゃはは、野心を持つなら、並外れた野心を持たねばならぬ。止まったときは死ぬときと心得よ。織田信長の教訓じゃ。あやつめ、威張りくさっておったが、先々を見据える力量はさすがに群を抜いておった。天竺を征服し、エウロッパをめざすと言ったのは、ほかならぬ信長じゃ。大言壮語と誰もが笑うはなしであったが、信長ならできぬはずはないとわしはおもった。あのまま突きすすんでおれば、今ごろわしは天竺の王に据えられていたやもしれぬ」

秀吉は一気に喋り、大きく溜息を吐いた。

信長公を呼びすてにされた怒りよりも、恐怖のほうが勝っていた。

日海は平伏したまま、ただ、秀吉のはなしを拝聴するしかない。

「明智光秀は途中で見切りをつけ、瑣末《さまつ》な義心から信長を討った。おかげで天下はこの掌に転がりこんできたが、唐入りは何年も遅れてしもうた。急がねばならぬ。わしが生きているうちに勝負をかけねば、エウロッパどころか、天竺へも到達できぬであろう」

物狂いの戯言《たわごと》を聞かされているのだろうか。

今の秀吉には、人ひとりの命など瑣末なことのようにおもえるのかもしれない。

ひとつだけ言えるのは、いまだに秀吉は信長公の亡霊に取り憑かれているということだ。

秀吉は喋り疲れたのか、座ったまま居眠りしはじめた。

全宗の取りなしで座敷から逃れ、命からがら旅籠へ戻ってくる。

「あんなふうに、いつも英気を養われる。ご自分で何を喋ったかもおぼえておられぬゆえ、気になさることはない」

慰めにもならぬことばを掛けられ、日海は鬱々《うつうつ》とした気持ちにさせられた。

狂気と紙一重の為政者でなければ、世の中を大きく変えることはできぬのだろうか。

秀長が死に、利休も逝き、もはや、関白秀吉の暴走を止める者はおらぬのか。

何故に、智に長けた多くの武将たちが秀吉に抗おうとせぬのか、日海は不思議でならなかった。

五

秀吉は湯山から聚楽第へ戻り、家康はじめ有力大名たちに文をしたため、朝鮮出兵に際してかならず従軍するように命じたという。

さらに、武家奉公人の侍や中間、小者や荒子《あらしこ》と百姓や町人とのあいだで身分の異動を禁じる「身分統制令三箇条」を発し、石田三成らの奉行衆にたいして、できるだけ大勢の武家奉公人を確保するようにと厳命した。

一方、長月となり、陸奥《むつ》で春先に勃発していた九戸《くのへ》政実《まさざね》の叛乱が蒲生氏郷ら遠征軍によって鎮圧された。これは陸奥南部七郡の仕置を南部信直が受けたことに一族の政実が反感を抱いた叛乱であったが、九戸城陥落によって日の本の平定は達成されたのである。

同月、秀吉は呂宋の王に服従を求める書簡などを送った。そして、神無月のはじめには公言していたとおり、肥前名護屋に築城を開始させた。前田玄以によれば、城普請は四月ほどで終わり、来春には五層七階の天守閣が建ちあがる見込みとのことであった。

最初は半信半疑だった人々も、今ではすっかり唐入りをやり遂げるべきだと考えている。日海にはそれが不思議でたまらない。

物狂いの戯言でしかないような企てが、膨大な金銭を注《つ》ぎこんで数多の軍船を造ったり、全国津々浦々から何十万もの兵を集めたりしているうちに、あたりまえの企てに変わってしまう。

人々は熱狂をもって秀吉を支持し、秀吉の統率する兵たちがいかに屈強であるかを強調し、秀吉の意に沿わぬ明国や朝鮮国は怪《け》しからぬので懲《こ》らしめるべきだと、勇ましいことを言いだす。

もっとも、洛中の吹きだまりで暮らす者たちのなかには異を唱える声もなくはない。もちろん、口に出せば極刑に処せられるので、心の声は落首になって板壁に書きつけられた。

たとえば、こんな一首だ。

――末世《まつせ》とは別にはあらじ木の下の、さる関白をみるにつけても。

横暴な天下人の驕りを見事なまでに揶揄し、欲にまみれた人間の愚かさや醜悪さを鮮やかに言い表していると、日海はおもった。

厳しい検地によって年貢を搾《しぼ》り取られる百姓たちは、名状し難い憤懣《ふんまん》を抱えているはずだった。そうした事情ゆえか、落首は消しても消しても場所を替えて新たに書かれる。そのたびに番衆たちは処刑され、洛中の人々はあらぬ疑いを掛けられていった。

日海は山門から外に出て、遠くの槌音に耳をかたむける。

都の南東、伏見口から鴨川を渡ったさきでは、東山大仏殿の作事がおこなわれていた。

小春日和の陽光に誘われ、日海は漫《そぞ》ろに歩きだす。

夏のはじめに御土居堀は完成し、洛中の景色はまるっきり変わった。北は今宮神社から南は東寺まで、東西は鴨川と紙屋川に沿って、ぐるりと外周は土塁に囲まれ、土塁の外側は水堀になっている。

中心に位置する聚楽第は内城と外苑からなり、聚楽第を囲む外郭には武家屋敷が密集していた。外郭と御土居に挟まれた一帯は通りが縦横に走る城下町となり、鴨川に面した東寄りには細長い寺町が一里半も連なっている。北にも寺之内、南にも本願寺があるので、御土居の内側は三方を寺で囲まれたかたちになり、七つある門のうち、鞍馬口、大原口、荒神口、粟田口、伏見口の五つは東側に集められた。

「自分の発したひと言で大勢の人が動く。どんな気持ちなのじゃろうな」

と、曲直瀬道三は言った。

施薬院全宗の師でもある道三は、日海のまえでは天下人を「秀吉」と呼びすてにする。

「人を動かすことで金がまわり、町には活気が生まれる。逆しまに、人は動かさねば怠けるもの。普請も合戦も同じじゃ。秀吉は何百年も残るようなものを造ろうとせぬ。合戦で川の流れを変えたり、城を築くのといっしょで、駄目なら即座に破却すればよいとおもうておる。建物なんぞに未練はない。要は人を動かすことが肝要なのだと、秀吉はわかっておるのじゃろう」

聚楽第や東山大仏殿も、いずれは破却される運命にあるのか。

日海は道三の台詞を反芻し、竹の植えられた御土居のうえを歩いていった。

槌音は徐々に大きくなり、眼差しのさきに巨大な建物があらわれる。

「大仏殿か」

日の本一の大仏は、銅から木像に替わった。虚仮威《こけおど》しでもよいのであろうよと、日淵は皮肉って嘲笑ったが、金箔の貼られた大仏の威容は相当なものとなろう。

普請場で誰かが指図を繰りだしている。若々しい武将の風貌は、何度か見掛けたことがあった。

「石田三成さまだな」

近江の寺小姓から立身出世を遂げた石田治部少《じぶのしょう》三成こそが、豊臣家を支える中核にちがいないと太鼓判を捺す者たちもいる。

三成は日海よりひとつ年下の三十二、諸将の上に立って偉そうに指図するには若すぎる。

東山大仏殿の建立にあたっては、古渓宗陳や利休とも確執があったと伝えられていた。

それでも、今の秀吉にとって、利休よりも必要なのは三成のほうだったのかもしれない。大掛かりな合戦では兵集めや兵糧の手配りを担い、秀吉お得意の大返しや一夜城の築城などをやりおおせてきた。唐入りにあたっても、秀吉がもっとも頼りにしてるのは、先鋒を担う小西行長や加藤清正ではなく、後方の備えを担う三成にほかならない。少なくとも、軍資金を賄う博多や堺の商人たちはそう考えているようだった。

日海は三成を避けるように顔を伏せ、普請場の奥へ進んでいった。

大仏の尊顔を拝もうとすると、大声で人足たちを煽る人物がいる。

「あっ」

天満で暮らす人々を束ねている五右衛門であった。大坂から戻っていたのだ。

「みなの衆、聞いてくれ。石田治部少さまからのお達しじゃ。唐入りを望む者がおれば、支度金として銀一匁をお支払いいただけるし、刀や具足も下げ渡しになる。普請場の三倍、いや、五倍は稼げるぞ。しかも、敵将の首級をあげれば、格別に報酬を弾んでいただけるそうじゃ。勝ち戦さになれば、戦利品は分捕り放題、異国のおなごを抱くこともできようぞ。ふはは、これほどおいしいはなしはあるまい。さあ、集まれ。からださえ頑丈なら、ほかに格別な条件はない」

わっと歓声があがり、人足たちが我先に集まってくる。

まるで、飢えた山狗《やまいぬ》のようだなと、日海はおもった。

人足たちの様子を後ろから、三成がじっとみつめている。

人足のひとりが叫んだ。

「頭、おぬしも唐入りするのか」

「あたりまえや、わしはおぬしらの侍大将やど」

「名を教えてくれ、おぬしの名を」

問うた男は、元相撲取りの陣幕にほかならない。

あらかじめ、打ち合わされていた茶番なのであろう。

五右衛門は待ってましたとばかりに、胸を反りかえらせる。

「わしは都でも大坂でも城の石を積み、堀に導く川の流れを変えてきた。石に川で石川というのが、わしの姓じゃ。名は五右衛門、ようくおぼえておけ、わしは石川五右衛門じゃ」

群がる人足たちを見渡しても、サヤとハトのすがたはない。

五右衛門や陣幕まで海を渡るのかとおもうと、日海は暗い気持ちにさせられた。

五右衛門たちにとって手柄とは、異国の人間を殺戮することなのだ。もちろん、自分の命も危険に晒される。日本へ戻ってこられる保証などない。にもかかわらず、普請場は熱気に溢れ、人足たちの昂揚《こうよう》がひしひしと伝わってくる。

おぬしら、騙《だま》されるでないぞと、日海は叫んでやりたくなった。

翌日から、普請場の槌音は聞こえなくなった。

日海の気持ちは、雨雲の垂れこめた空のように鬱々としている。

霜月が過ぎ、師走も押しせまった頃、秀吉は甥の秀次に聚楽第を譲ると言いだした。秀次に関白の座をも譲り、みずからは太閤になると宣言し、即刻、朝廷に認めさせたのだ。

「わしは今日から、太閤秀吉じゃ」

女房衆などにも自慢げに吹聴しているらしいと、公家の吉田兼和などは言っていた。

関白の位を譲ってから、秀吉は京ではなく大坂城で過ごす日々が増えていった。

「度重なる不幸すらも糧《かて》にして、新たな目的へ向かっていく。それが太閤殿下というおひとなのじゃ」

日淵までが世の風潮に乗り遅れまいとするかのように、秀吉をしきりに持ちあげる。新たな目的とは、本来ならば絵に描いた餅で終わるはずの無謀な構想にほかならない。

死の直前、信長公は唐入りについて語った。見知らぬ遠い国で奴隷となった弥助の歩んだ道筋から、世の中の大きさを知ったのだと。欧州から天竺までまたがる広大な版図に「ノブナガ」という名の冠された都を点々と刻みたいのだと。しかも、それは夢物語ではなく、使命なのだと言いきった。

日海は胸の裡で問わずにはいられなかった。

それは他国を野蛮な方法で征服するのと、どうちがうのか。

信長公は自らに言い聞かせるかのように、ただ、海の向こうへ渡りたい。さきのことは渡ってみなければわかるまいと、遠くをみながら漏らした。

そのとき日海は、涯《は》てのない平原を単騎で疾駆する勇者を思い描いていた。

信長公と同じ秀吉のすがたを想像できない。位押しで大陸を征服してやろうという我欲や驕り以外に、何か明確な目的があるのだろうか。あれば是非とも伺いたいものだが、一介の碁打ちには臆測のしようもなかろう。

秀吉本人の考えよりも、むしろ、唐入りを是とする人々の変わり様に、日海は得体の知れぬ恐ろしさを感じている。

――底ひなき心の内を汲みてこそ、お茶の湯なりと知られたりけり。

秀吉はかつて、侘び茶の精神に触れる一首を詠んだ。

利休との蜜月がつづいていれば、「太閤秀吉」はこの世にあらわれずに済んだのかもしれない。

詮無いこととは知りつつも、日海は長次郎の黒茶碗で呑んだ苦い茶の味を思い出していた。

第六章　茶々の子

一

囲碁の対局で負けたおぼえがない。

布石の段階でたいていの勝負はついており、百手から二百手、いや、三百手さきまで読みきったうえで、相手を楽しませながらどのような決着に持っていくかを考える。ことに、気の短い武将が相手のときは、たたみかけるように追いこむことは避け、相手の黒石が優勢な情況を何度かつくってやらねばならない。それが処世術というものだ。処世術に長けていなければ、過酷な戦国の世を渡ることなどできなかった。

天正二十（一五九二）年睦月、日海は三十四歳で権大僧都に叙せられた。朝廷から僧官に任じられたことで昇殿を許され、後陽成天皇の天覧に供する機会を得たのである。それは同時に、囲碁という遊びが権威の衣を纏うことをも意味していた。

我こそはとおもう碁打ちが、一日に何人も寂光寺の門を敲《たた》く。以前は面倒臭がらずに相手をしてやったが、今は身分の高い誰かの口利きでなければ門前払いするしかなかった。

朝廷からも所司代からも、そうせよと命じられている。どうやら、権威とは対局相手を選ぶものらしい。気安く誰にでも接すれば、ありがたみもなくなってしまうということなのだろう。

縦横十九路ずつの線が交差する盤上に、白黒二色だけで自在に絵模様を描いていく。常のように対座しているのは、恩師の仙也《せんや》であった。今から二十一年前、比叡山延暦寺の焼き討ちに巻きこまれて落命した。明智光秀の軍勢に攻めこまれ、根本中堂も焼かれてしまい、振り向けば仙也は百舌鳥《もず》の早贄《はやにえ》のように首を矢で射貫かれていた。

今の日海は恩師の力量を凌駕しているものの、仙也はいつもそばにいる。そして、左辺の白を捨て石にしろとか、詰めが甘いなどと、しきりに囁きかけてきた。

日海はひとり本因坊に籠もり、禅僧が公案を解くかのごとく、つぎの一手を考える。石の置き方ひとつで局面は一変し、白と黒で描かれた絵模様が生き物のようにうねり出す。搦《から》めとられて深い沼に嵌まり、必死に藻掻《もが》きながら突破口を探すこともある。

おのれの考えた定石を覆そうと熟考し、妙手をおもいついたときが至福の瞬間だった。天啓とも言うべきその瞬間を味わいたいがために、おそらくは今も囲碁をつづけているのであろう。

幸か不幸か、秀吉は利休の死後、囲碁ではなく、能にのめり込んだ。若い時分は人前で猿まねをして糧を得ていたほどなので、そもそも、舞いの素養はある。それが金春流《こんぱるりゅう》宗家の金春安照《やすてる》の手ほどきを受け、めきめきと腕をあげていった。

囲碁を奨励したのは、家康をはじめとした囲碁好きな大名や公家衆への気遣いだったのかもしれない。いずれにしろ、秀吉は使えるものは何でも使わねば気が済まぬ。それゆえ、日海は朝鮮出兵の起点となる肥前名護屋の陣所へ随行せよとの命を受け、御伽衆のひとりとして九州へ向かわねばならなかった。

秀吉本軍に随行して一里ごとに塚を刻み、山陽道を半月かけて進んだ。三十四年生きてきたなかでこれほどの遠出は初めてであったし、目にする景観のすべてがめずらしいものばかりなので、疲れは微塵《みじん》も感じなかった。

赤間関から海峡を渡って小倉にいたり、唐津街道を四日ほど掛けて名護屋城へ着いたのは、卯月二十五日のことだ。名護屋は唐津にほど近く、渦状に配された三段構えの城郭は玄界灘に突きだした東松浦半島北端の勝男山に築かれている。

まずは、蒼空に聳える五層七階の天守閣に圧倒された。金箔瓦葺きの大屋根は大坂城を彷彿とさせ、荒々しい玄界灘の向こうには壱岐《いき》や対馬を見渡すことができる。本丸の周囲には、二ノ丸、三ノ丸、東出丸、遊撃丸、山里丸、台所丸が濃密に配され、これだけの城郭が半年足らずで完成したと聞かされても容易には信じられない。

石積みの大手口から入城し、新しい畳の匂いを嗅ぎながら本丸の深奥へ向かった。狩野光信らの手になる襖や壁の障壁画がすばらしく、大軍を海の向こうへ送りだす起点となる城の重要さをみせつけられたおもいだった。

御伽衆の控え部屋は本丸の御座所近くに設えられており、連日のように景気のよい戦況が伝わってきた。

渡海軍は九軍約十六万人からなり、小西行長率いる第一陣約二万人は七百艘余りの船で海を渡り、すでに、十四日の時点で釜山城《プサンソン》を落とし、慶尚道《キョンサンド》における要衝の東萊城《トンネソン》も陥落させていた。東萊城の攻防では「降参して道を通せ」と敵方に迫ったものの、朝鮮の兵たちは「死するは易し」と叫んで抗い、激戦になったという。

つづいて、加藤清正や黒田長政、小早川隆景や毛利輝元らに率いられた軍団も上陸を果たし、皐月三日には小西と加藤の両軍が京畿道《キョンギド》の漢城《ハンソン》へ入城したとの一報も届けられた。

秀吉が喜んだのは言うまでもない。もはや、朝鮮国の隷属は近いと踏み、かねてより企図していた「三国国割」を高らかに宣言してみせた。湯山で日海にも語ったとおり、後陽成天皇を北京へ移し、秀次を明国の関白とし、みずからは寧波へ進撃して天竺の制覇をおこなうといった構想のことだ。

他国を侵略する戦さに大義を見出せぬ日海ですら、大風呂敷の絵空事にしかおもわれなかったことが実現するかもしれぬという錯覚にとらわれた。

本丸の東に位置する山里丸には黄金の座敷も作事されており、連日のように茶会が催された。いつも上席に招かれるのは武将ではなく、矢銭《やせん》を担う博多の商人たちである。なかでも、神谷宗湛は秀吉のお気に入りだった。宗湛は商人たちに掛けあって博多じゅうの蔵を開けさせ、膨大な兵糧米を貯えさせていた。

日海は茶会にも参じたが、城外に散らばる諸大名に請われ、各々の陣所へ通った。

頻繁にお呼びが掛かったのは、徳川家康の陣所である。城郭の鬼門にあたる北東に設えられており、鷗《かもめ》の群れ飛ぶ入海を隔てた対岸には伊達政宗などの陣所も見受けられた。

一方、城郭の北西には上杉景勝や島津義久などの陣所があり、呼びだしが掛かればそちらへも足を運ばねばならなかった。いずれにしろ、全国津々浦々の諸大名が名護屋に集結している光景は壮観以外の何ものでもない。

今朝は徳川陣所に呼ばれ、家康相手に碁盤を囲まねばならなかった。

「のう、名人よ、漢城は落ちたが、朝鮮国は広いぞ。明国はもっと広い。途方もないほどの広さじゃ」

家康は爪を嚙みながら、碁盤を睨みつける。

秀吉にいつ呼ばれてもよいように、陣羽織に手甲脚絆を着けていた。

「十万や二十万では足りぬ。下った朝鮮の兵どもを先鋒に立てる算段をお立てになるのは当然じゃが、ことばも通じぬ異国の連中を手足のごとく動かすのは並大抵のはなしではない。太閤殿下もよくおわかりのはずじゃ。それゆえ、いつにも増して焦っておられる。石田治部少などの戦さ奉行を送りこむだけでは満足せず、御《おん》自ら渡海すると言いだしおった。無論、止めねばならぬ。わしらも付きあわされる羽目になったら、たまらぬゆえな」

家康は最初から、渡海するつもりなどなかった。営々と育てあげた三河以来の兵たちを見も知らぬ異国の地で死なすわけにはいかぬのだ。加藤清正や石田三成のように、秀吉の命ならば火中にも飛びこむ無謀さは持ちあわせていない。

ふたりの対局は、布石の段階から中盤へ差しかかっている。

家康との対局は以前より、右上辺と左下辺の攻防になることが多いと感じていた。右上辺を厚く攻めつつ地を稼ぎ、左下辺で模様を張る。中盤以降は中央をしきりに狙う姿勢をみせつつも、なかなか攻めてこない。信長公のように意表を衝く手というものはなく、手堅く凌ぎながらこちらの隙を狙っている。

ためしに悪手を打ってみると、にやりと笑いながら「一間トビに悪手無し」とか「小を捨てて大につく」などといった格言をつぶやき、急所を狙ったとおぼしき一手を打ってくる。

されど、日海はあらかじめその手を読んでおり、怯《ひる》まずに返しの一手を見舞う。すると、家康はまた爪を嚙みながら熟考しはじめるのだ。

石の置き方をみれば、相手の人となりは如実にわかる。たいていの武将はほぼ例外なく、碁盤を合戦図に見たてていた。局地戦のこともあれば、いくつかの国にまたがっていることもある。

家康は畿内を中心として、東西数ヶ国におよぶ絵図を描くことが多かった。右上辺は武蔵を中心とする東側の自領で、防備を固めて手堅く治めていかねばならず、左下辺は備中から西の毛利領や九州の地ゆえに、石を置くにしてもさほどの慎重さはない。

あくまでも目的は畿内に葵《あおい》の旗幟を掲げることであったが、信長公のように中央に執着するというわけでもなく、ゆったりと様子見を決めこんでいる。

常ならば慎重な家康だが、今日にかぎっては中央への切れこみが鋭い。

「敵のなかに味方をみつける。調略こそ合戦の常道じゃが、ことばの通じぬ異国の地に味方をみつけることは難しい。それゆえ、太閤殿下は相手の出鼻を挫《くじ》き、こちらの強さをいやが上にもみせつける策に出た。位押しじゃ。されど、その策が何処まで相手に通じるかはわからぬ。正直、合戦図すら頭に浮かんでこぬ始末でな」

家康は苦々しげに吐きすて、互角の展開をみせる碁盤に目を張りつける。

「ひとむかしまえの太閤殿下は、たしかに戦さ上手であられた。水攻めに大返し、何と言うても人誑しゆえ、敵将の調略には長けておった。されど、今は何の策も持たぬ。莫迦のひとつおぼえの位押しだけでは、明国はおろか朝鮮国も奪えまい。緒戦に勝って浮かれておるのは、豊臣恩顧の家臣どもだけじゃ。東国の連中はみな、冷めた目で眺めておるわ」

たとえば、伊達政宗などは、しきりに密談を持ちかけてくるという。

「政宗のもとには黒脛巾組《くろはばきぐみ》と申す乱破《らっぱ》どもがおるゆえ、おおかたそやつらを秘かに動かしたいのであろう。目当ては太閤殿下のお命じゃ。政宗め、会津を奪われてよりこの方、寝首を掻こうと狙うておるのよ。されど、ひとりでやる勇気はない。それゆえ、わしに許しを得ようとする。無論、容易なはなしではない。わしや政宗が手を下したと知れれば、島津も上杉も毛利も黙ってはいまい。日の本はふたたび戦乱の世となる。そうなっては元も子もあるまい。肝要なのは、諸大名が曲がりなりにもまとまった今の状態をそっくりそのまま頂戴することじゃ」

それゆえ、慎重に事を構えねばならぬと、家康はとんでもない本心を一介の囲碁師相手に吐露してみせる。

「言うておらなんだか、おぬしを朝廷に推挽《すいばん》したのは、このわしじゃ。正親町上皇が囲碁を嗜まれると聞いておったゆえ、伝手をたどって口利きしてやった。太閤殿下は囲碁にさほどの興味をしめさぬ。わしが庇護せねば、囲碁はただの手慰みに終わろう。よいか、おぬしはこっち側なのじゃ」

家康は冷めた茶を飲み、乾いた口を湿らせた。

「おもしろいはなしをひとつ教えてつかわそう。太閤殿下はそのむかし、信長さまから『六つ目』と呼ばれておったそうな。生まれつき右手の拇指が二本あってな、赤子の頃に切らなんでおかれたそうじゃ。あるとき、それを足軽連中にからかわれた。口惜しゅうてたまらず、太閤殿下はその場で拇指を一本嚙みきってみせた。そのはなしが信長さまの耳に伝わり、御前に呼ばれてお褒めのことばを頂戴した。『おのれの指を嚙みきる気概があれば、猛火のなかに飛びこむことも容易であろう』とな。それが出世の糸口に繫がったとか。前田利家から聞いた逸話ゆえ、嘘ではあるまい」

家康はこちらの反応を窺い、はなしをつづける。

「なるほどそう言えば、何か物思いに耽るとき、太閤殿下は右の拇指をやたらとお嘗めになる。まるで、来し方の傷を癒やしたいかのごとくにな」

何故、ことさら指を嘗めるはなしをするのか、日海は家康の意図するところがわからない。

「ふふ、みずからの指を嚙みきってみせる者など、信長さまでなければ引き立ててはおらぬ。さように切れやすい男など、わしならば早々に見切りをつけておったはずじゃ。ところが、何の因果か、『六つ目』の秀吉は天下人となった。天下を取って満足すればよいものを、欲を搔いて異国の領土にまで手を伸ばしおった。しかも、鶴松君がお隠れになってからは、物狂いの兆候すらみせはじめておる。共倒れになるまえに、何処ぞで見切りをつけねばなるまい」

家康は天元に黒石を置き、投了を宣言した。日海の六目半勝ちであったが、諸将のなかでは群を抜いて強いと正直におもわざるを得ない。また明日訪ねてこいと命じられ、もちろん、拒むことなどできなかった。

二

小西行長と黒田長政に率いられた先鋒は平安道《ピョンアンド》の平壌《ピョンヤン》まで進軍し、一方、加藤清正の率いる軍は開《ケ》城《ソン》から分かれて東北の咸鏡道《ハムギョンド》へ進撃していった。諸将は朝鮮半島を席捲《せっけん》して拠点を矢継ぎ早に落としていったが、真夏を過ぎて文月に入った頃、快進撃は止まった。

きっかけは脇坂安治《わきさかやすはる》率いる水軍の大敗である。全羅左道《チョルラウエンド》水軍節度使の李舜臣《イスンシン》が火力に優れた亀甲船を操り、泗川《サチョン》沖に碇泊していた大安宅《おおあたけ》船十二隻を潰滅させた。さらに、巨済《コジェド》島周辺の水域において数で遥かに勝る豊臣水軍を圧倒し、海からの補給路を断つことに成功したのだ。

水軍の勝利に呼応し、明国から陸路、四万にのぼる援軍がやってきた。息を吹き返した朝鮮の人々は義兵となって蹶起《けっき》し、要所を点で守る豊臣方にたいして苛烈な反撃を展開しはじめた。

雲行きが日増しに怪しくなりゆくなか、聚楽第から大政所危篤の報がもたらされた。

「嬶《かか》さま、嬶さま……」

秀吉は取り乱し、名護屋の陣所から離れることを即断したのである。

近習たちが慌てふためいたのは言うまでもない。石田三成や大谷吉継がおれば抜かりなく手配はできたであろうが、気の利く連中はみな、戦さ奉行として朝鮮へ渡っている。それでも早急に旅装を整え、秀吉一行は唐津街道を東へ取って返した。

小倉までは約三十里、一泊二日の道程である。日海も御伽衆のひとりとして随行を許された。帰洛《きらく》できるのは嬉しいものの、海沿いの風光明媚《めいび》な景観を堪能している暇はない。

日海は胸騒ぎを禁じ得なかった。行軍の際はいつも数千の兵によって守られているのに、こたびばかりは百人に満たぬ馬廻り衆をしたがえているにすぎない。大政所の身を案じて急ぎたい気持ちはわかるが、誰の目でみても秀吉の防は手薄すぎた。

小倉からさきは海峡を渡って、常ならば赤間関から山陽道を戻る。だが、京までの陸路は百六十里にもおよぶため、周防灘《すおうなだ》から瀬戸内を抜けて海路で畿内へ向かうことになっていた。

重い足取りで門司《もじ》の湊に着いてみると、朱塗りに金箔の施された煌びやかな関船が碇泊《ていはく》している。

「長さ十五間、幅四間、十六反帆で小櫓《しょうろ》七十二挺立。あれこそが九鬼《くき》の速さ自慢の御座船《ござぶね》にございます」

なるほど、関船にしては大きい。おそらく、五百石積みであろう。

与平と名乗る熟練の船頭は胸を張ったが、秀吉の近習はふんと鼻で笑う。

「ずいぶん小さいのう」

それが正直な感想であることは、日海にも理解できた。

何せ、船長十八間で幅六間、大櫓《おおろ》百挺立の大安宅を堺湊で目にしたことがある。甲板上には四層の天守閣まで聳えており、船舷《ふなべり》から「国崩し」の異名で呼ばれる大筒を咆哮させていた。「海上の城」とも称される安宅船にくらべれば、関船は遥かに小さい。波を切る水押《みよ》しの細長く尖った船首形状は、あきらかに防備よりも速度を優先させた構造だった。

「ご覧のとおり、総矢倉造《そうやぐら》りのなかほどには二層の屋形を設えてござります」

兵や水夫《かこ》たちを矢や鉛弾から守るべく、矢倉は楯板《たていた》と呼ばれる木製の装甲で囲われていた。巡航の際は帆を張って進むが、合戦ともなれば帆柱を倒し、櫓によって航行するという。

兵らは楯板に穿《うが》たれた狭間から火縄銃を撃ち、敵船への移乗攻撃を仕掛ける。敵船の船縁に接するや否や、楯板が外れて前に倒れ、橋渡しとなる仕掛けだった。が、衝突による破損には弱く、異国船のような体当たり攻撃には適さない。

そうした説明を長々と受けつつ、日海は秀吉のいる御座船に乗りこんだ。

秀吉一行は門司湊を出て、周防灘から瀬戸内を経て畿内へ向かう。伴走する関船はほかに二艘あり、各々に馬廻り衆が分かれて乗りこむ。御伽衆は御座船に乗るように命じられたので、秀吉の防はいっそう減じられた。

「防の兵が五十人に足らぬ。ちと少なすぎるな」

同様の懸念を抱いたのは織田有楽斎《うらくさい》、信長公と十三も年の離れた実弟だ。本能寺の変で二条城から逃れたのちは、甥の信雄に仕えて北条征伐などにもくわわった。信雄が改易されたのちは剃髪して有楽と号し、秀吉の御伽衆となって摂津国島下郡味舌《ました》に二千石を下賜されている。姪の淀殿との関わりが深いことでも知られ、今は亡き鶴松出産の際にも立ちあっていた。

日海は請われて二度ほど囲碁を打ったので、まったく知らぬ仲ではない。

「名人よ、どうおもう」

「はっ、どうとは」

「慎重な太閤殿下にしては、ちと軽率すぎやせぬか」

刺客が狙うとすれば、これほどの好機はあるまい、とでも言いたいのだろう。

秀吉自身は防のことなど気にも掛けず、甲板のなかに設えられた御座所へ潜りこんでいった。

「瀬戸内へ抜ければ、毛利水軍の留守部隊も出迎える段取りらしいが、少なくとも周防灘は関船三艘で乗りきらねばならぬ。杞憂であればよいがな、ちと嫌な予感がする」

有楽斎はつぶやき、馬廻り衆に目をやった。

精鋭の一隊を率いるのは、秀吉お気に入りの眉目秀麗な若武者である。

「真田幸村、真田の次男坊じゃな。いざというときの頼りは、あやつか」

強いかどうかは判断のしようがない。唐津街道の道中に関しては周囲への目配りも行き届いているようであったし、死に身で秀吉を守る気概だけはありそうだ。いずれにしろ、杞憂であればそれに越したことはなかった。

「まあ、海に出てしまえば、追ってくる者もあるまいか」

御座所のなかには、黄金の茶室もあるという。有楽斎はそちらに興味を移し、日海のもとから離れていった。

追風が吹いてきたので、正午過ぎには出帆が命じられた。

三艘の関船は併走しながら、蒼海《そうかい》に漕ぎだす。

真横に海豚《いるか》の群れをみつけると、秀吉も甲板に出てきて歓声をあげた。

彦島を背にした狭い海域である。このまま何事もなく瀬戸内へ抜けられるのではないかと、誰もがおもった。そのときだ。

――どおん。

轟音《ごうおん》とともに、船が大きく揺れた。

「岩礁じゃ。船首が乗りあげた」

破損こそ免れたが、船は右舷《うげん》寄りにかたむき、前へも後ろへも進まなくなった。

こうなれば、船尾に繋がれた小舟を海面に放って秀吉を乗せ、伴走する関船に助けてもらうしか手はない。

「何をやっておる」

秀吉は怒り心頭に発し、船頭の与平を連れてこさせた。

「下手くそめ」

みずから刀を抜いてみせるや、何と、みなの面前で与平の首を刎ねたのだ。

船はそのあいだも徐々にかたむき、船頭の首は甲板の端まで転がっていった。

「南無妙法蓮華経、南無妙法蓮華経……」

日海は眸子を瞑り、必死に題目を唱えることしかできない。

水夫たちの動揺が収まらぬなか、伴走する関船ではなく、怪しげな数艘の早舟《はやぶね》が後ろから近づいてきた。

瀬戸内の海賊はすべて従属させているので、物盗《ものと》りのたぐいではなかろう。考えられるのは漁船だが、乗りこんでいる二十人ほどの連中はみな、黒い筒袖に手甲脚絆を着けていた。

「あれは乱破だ。みなの衆、敵でござるぞ」

叫んだのは、真田幸村であった。

小姓たちに命じ、秀吉を船倉へ連れていかせる。

御伽衆たちもあとにつづいたが、日海は間に合わなかった。

乱破たちは接近して海に飛びこみ、果敢にも泳いで関船の舷《ふなばた》に縋りつく。そして、縄梯子を使い、四方から這いあがってきた。

「おい、こっちじゃ」

背後から誰かに袖を引っぱられる。

振りかえってみれば、臼のようなからだつきの男が立っていた。

家康の間者、服部半蔵にほかならない。

――きいん、きいん。

金音とともに、甲板の各所で剣戟《けんげき》がはじまった。

矢倉の陰に隠れていると、乱破のひとりが襲いかかってくる。

「ふん」

半蔵が短い刀を抜き、苦も無く始末した。

「ひぇっ」

頭を抱え、血の臭いを嗅いだ。吐き気を堪《こら》え、恐る恐る顔をあげる。

敵と味方が組《く》んず解《ほぐ》れず刃を交え、かたむく船上は阿鼻叫喚の坩堝《るつぼ》と化していた。

「伊達の黒脛巾組じゃ。この機を逃せばあとがないとばかりに、焦りおったのじゃ」

半蔵が冷静に囁いてくる。頰に笑みすら浮かべ、尋常ならざる情況を楽しんでいるかのようだった。

「半蔵どのは、何故ここへ」

「こんなこともあろうかと、御座船に乗りこんだのよ」

「どうなさるおつもりですか」

「成りゆきをみるしかあるまい。ただし、刺客どもが伊達の手下と気づかれぬようにせねばならぬ。まんがいち、秀吉が難を逃れたら、わが殿も謀殺の企てに関わったとみなされるやもしれぬゆえな」

みずからは刺客にならぬのかと問いかけ、日海はことばを飲みこむ。

至近でまたひとり、馬廻りの若侍が喉首を掻っ切られたのだ。

「わしは手を出さぬ。今はまだ、命じられておらぬゆえな」

半蔵は声を出さずに笑った。凄味のある横顔に、日海はぞっとさせられる。

――ぎぎっ。

船体は悲鳴をあげ、さらにかたむきを増していった。

馬廻り衆の数は、さほど優位ではない。それでも、粘り強く戦っていた。なかでも、真田幸村の強靭さは抜きんでている。船倉の入口で仁王立ちになり、陣風となって迫りくる乱破たちを一刀のもとに斬りすてた。

幸村は甲冑《かっちゅう》も着けておらず、返り血を浴びて真紅に染まった顔は赤鬼のようだ。

幸村のまわりには屍《しかばね》の山が築かれていき、しばらくすると、立っている乱破はひとりも居なくなった。

「ふん、秀吉め、運のよいやつ」

半蔵は舌打ちし、ふっと何処かに消えた。

馬廻り衆にも多くの犠牲が出たが、防の役目はどうにか果たすことができた。

やがて、伴走していた二艘の関船が近づいてきた。小舟も海面に降ろされ、秀吉は別の関船へ移っていった。

秀吉が船上で襲われたこの日、大政所は聚楽第で身罷った。

一行が大坂へ到達したのは葉月朔日のことであったが、母の死を知った秀吉はあまりの悲しさに卒倒してしまったという。

九死に一生を得た日海も帰洛を果たした。

悪夢のような出来事とはうらはらに、洛中の空は穏やかに晴れわたっていた。

三

彦島沖での座礁と刺客の襲撃は、裏で繋がっていた公算が大きい。

おそらく、船頭の与平は多額の報酬と引き換えに、わざと船を座礁させたのだろう。ただ、伊達政宗の刺客はひとり残らず船上で始末されたため、秀吉の側近たちに襲撃のからくりを調べる術はなかった。黒脛巾組の仕業だと知っているのは、服部半蔵を除けばおそらく、日海だけであったにちがいない。

修羅場の最中、日海は知らずともよい秘密を聞かされた。もちろん、半蔵はそうしてもよいと、家康から御墨付きを得ていたのだろうが、何を考えているのかよくわからない。日海にしてみれば、迷惑なだけのはなしだった。

秀吉は大政所の追善供養をおこなうべく、高野山に剃髪寺を開基させた。住持には東山阿弥陀ヶ峰の大仏本願でもある木食応其が就き、高野山には一万石が寄進されることとなった。

法要は葉月六日、大徳寺で厳かに営まれ、翌日、大政所の遺体は蓮台野で荼毘《だび》に付された。後陽成天皇は秀吉のもとへ勅使を遣わし、大政所に准三后《じゅさんごう》の追号をおくっている。

生母の法要は喪主の力量が試される一大行事でもあったが、秀吉は甥の関白秀次に仕切らせるかたちで滞りなく乗りきった。

秀次は合戦場でほとんど手柄をあげたこともなかったが、秀吉に与えられた近江の八幡山城下では楽市楽座などを振興して善政を敷き、関白に就任してからも公家衆や京都五山へ手厚い支援をおこなうことで信頼を築いてきた。

そもそも、三好家の養子となった縁から和歌や茶の湯の素養はあり、学問への探究心にも並々ならぬものが見受けられる。自然と周囲に人が集まり、齢二十五と若いわりには煩雑な行事への対応も抜かりなくできるようになっており、秀吉も今ひとつ頼りにならぬ甥のことを大いに見直した様子だった。

それゆえか、秀吉は伏見の指月《しづき》に隠居所を築くために測量などをやらせたのち、神無月朔日には後顧の憂いもなく、ふたたび、大坂城を出発して九州の名護屋へ向かったのである。

御伽衆も随行を命じられたが、幸運にも寂光寺に使者は訪れなかった。

聚楽第から使者が訪れたのは、秀吉が九州へ発ったひと月後のことだ。

洛中には朽ち葉を濡らす冷たい雨が降っていた。

命じられたとおりに聚楽第を訪ねると、寡黙な番士が奥座敷へ案内してくれた。

御殿内には何度か訪れていたが、あまりにも部屋数が多すぎて、いつも樹海のなかで迷っているかのような不安をおぼえる。石庭をぐるりと囲む長い廊下を渡り、招じられたさきは、風情のある壺庭《つぼにわ》をのぞむ茶室のように狭い部屋だった。

待っていたのは、頭を青々と剃りあげた織田有楽斎である。

「おう、参ったか。そこに座れ」

儀礼の挨拶を済ませると、有楽斎はみずから碁盤と碁笥を運んできた。

関船の船上でことばを交わして以来のことゆえ、日海は緊張の面持ちで身構える。

囲碁の対局に託《かこつ》けて、黒脛巾組のことを聞きだしたいのではあるまいか。そんな心配までしてしまった。

「主立った御伽衆はみな、名護屋へ連れていかれた。わしは病と偽り、難を逃れたのじゃ。囲碁名人も都に居残っておると聞き、暇潰しに一局挑もうとおもうた。ただそれだけのことゆえ、安心いたせ」

有楽斎は碁盤を畳に置き、さっそく碁笥から黒石をひとつ摘まむ。

「わしに勝ったら、あとで茶を点てて進ぜよう」

強引に誘われて仕方なく、日海は布石に付きあった。

「加藤清正がな、朝鮮の北端にある会寧城《フェリョンソン》で、かの国の王子ふたりを捕らえた。御座船で彦島沖を渡っておった頃のはなしじゃ。清正はさっそく、王子たちを使えば朝鮮との話し合いで優位に立てると進言した。ところが、石田三成らの戦さ奉行は、清正の策を一顧だにせなんだらしい」

三成は黒田孝高、小西行長、島津義弘、小早川隆景らを招集して軍議を開き、唐入りの中止と平壌城の堅守を決めた。軍議の決定にしたがい、長月朔日、先鋒の小西行長は明国遊撃将軍の沈惟敬《しんいけい》とのあいだで、五十日間にわたって停戦する旨の約束を取り交わしたという。

「今から、ふた月も前のはなしよ。緒戦の勢いは何処へやら、戦況は一進一退を繰りかえしておる。関白さまの弟君の秀勝さまが巨済島で病死なされたとも聞くし、雑兵たちの士気は相当に落ちこんでいよう。太閤殿下は全軍に活を入れるべく名護屋へ向かわれたが、一方では講和の道筋を探っておられるはずじゃ」

有楽斎は天元のそばに石を置き、鋭い一瞥《いちべつ》を投げかけてくる。

「ところで、おぬしは四年前の秋、乙訓寺へ参ったそうじゃな」

「えっ」

「ほほう、やはり、参っておったか」

有楽斎は意味ありげにつぶやき、すっと立ちあがった。

「どちらへ」

「厠《かわや》じゃ」

薄く笑いながら言い捨て、そそくさと出ていってしまう。

それから半刻《はんとき》近く待っても、有楽斎は戻ってこなかった。

何故、乙訓寺のことを聞かれたのか。

臆測すればするほど、不安は増していく。

空はいっそう掻き曇り、強風が吹きはじめていた。

あまりに寒いので尿意をもよおし、日海も座を離れた。

廊下には誰もおらず、人の気配すらない。

厠を探していると、金箔の襖絵が目に飛びこんできた。

「見事なものだな」

狩野派の絵師たちが描いた傑作であろう。

廊下を曲がるたびに、別の襖絵があらわれ、日海は厠を探していたことも忘れて、襖絵に誘われるように奥へと進んでいった。そして、襖と廊下に区切られた一角で佇んでしまう。

「迷ったか」

進んでも戻っても、同じようなところに行きあたった。

大声で叫ぶわけにもいかず、額から脂汗が滲みでてくる。

立ち止まって耳を澄ますと、風音に混じって微かに人の声が聞こえてきた。

喋っているのではなく、何人かで声を揃え、声明《しょうみょう》らしきものを唱えているようだ。

声のするほうへ足を忍ばせると、狭い廊下にたどりついた。

声は廊下の奥から聞こえてくる。

「ええい、ままよ」

日海はつぶやき、薄暗い廊下を進んでいった。

「奇一《きいつ》奇一、たちまち雲霞《うんか》を呼ぶ、宇内八方五方長男《うだいはっぽうごほうちょうなん》、たちまち九籤《きゅうせん》を貫き……」

陰陽師《おんみょうじ》の唱える呪言《じゅごん》であろう。

読経にも似た荘厳な音律が、四年前の禍々しい記憶を呼びさます。

あのとき、大徳寺の離室で耳にしたのは、衆生に法悦をもたらす荼枳尼天の真言だった。須彌壇のまえには古渓宗陳が座り、今は亡き利休も一心不乱に明咒を唱えていた。須彌壇の向こうには御簾が垂れ、御簾の向こうでは男女が交合していたのだ。

「……玄都《げんと》に達し、太一真君《たいいつしんくん》に感ず、奇一奇一、たちまち感通《かんつう》、如律令《によりつりよう》」

今や、咒言ははっきりと聞こえている。

太一真君は天地の根源や元気を司る神仙道の神、咒言を唱えれば邪気や瘴気《しょうき》が一掃され、多大な神秘力を得るという。密教と陰陽道の別はあるものの、聚楽第の深奥で四年前と同様の儀式がおこなわれているのだろうか。

近づいてはならぬと頭では知りつつも、足が止まってくれない。

――後悔したくなければ、すべて忘れるように。

と、あのとき、施薬院全宗にも釘を刺されたではないか。

蹴鞠を家業とする若い公家は、盗人どもの首といっしょに六条河原へ晒されていたではないか。

関わった者はみな、口を封じられるのだ。

今すぐに踵を返せと、日海はみずからを叱りつける。

「ひゃああ」

突如、女性の悲鳴が聞こえてきた。

野獣のごとき咆哮と、苦しげな呻きもつづく。

「うっ、うう……」

妙適を迎えた喘ぎの主が誰なのか、日海には容易に想像できた。

これ以上、進んではならぬ。

足を止め、後退りはじめた。

そのとき、ぴたりと声明が止んだ。

襖が開き、うらなり顔の大柄な人物が廊下へ出てくる。

帷子一枚しか纏っていないにもかかわらず、大汗を掻き、からだじゅうから湯気を立ちのぼらせていた。

「関白さま」

小姓らしき者が羽織を捧げ、背後から囁きかけている。

もはや、疑う余地はあるまい。関白秀次なのだ。

日海は仰天し、木像のごとく固まった。幸い、秀次はこちらに顔を向けず、大きく呼吸をしただけで部屋へ戻っていった。混乱する頭で考えたことが真実ならば、とんでもない場面に出会《でくわ》したことになる。

引き返すべく、後ろを向いた。

「うっ」

目前に気配もなく、白塗りの侍女が佇んでいる。

北政所に仕える侍女、孝蔵主であった。

「おぬしは誰じゃ、ひひひ」

薄気味悪く笑い、枯れ枝のような腕を伸ばすや、ぎゅっと、いちもつを握ってくる。

「おぬしも、媾《まぐわ》いたいのか」

ぱっと手が離れた瞬間、日海は一目散に逃げだしていた。

孝蔵主の笑い声だけが、いつまでも背中にまとわりついてくる。

闇雲に廊下を走りまわったあげく、最初に案内された小部屋らしきところへ舞いもどってきた。襖を開けて踏みこむと、碁盤は片付けられておらず、有楽斎が座っていたはずの場所へ、見知らぬ侍が座っている。

しかも、その人物は碁盤を脇に除《の》け、炉で茶釜を沸かしはじめた。

「有楽斎さまは、お戻りにならぬ」

「……あ、あなたさまは」

「瀬田掃部《せたかもん》じゃ」

名は聞いたことがある。信長公の槍奉行であったが、秀吉にも重用され、関白秀次の家老となった。利休の高弟にほかならず、茶人のあいだでは「勢多《せた》」と称する大ぶりの茶杓をつくったことでも知られていた。

「まあ、座られよ」

言われたとおり、日海は客畳に座った。

掃部は棗《なつめ》から抹茶を掬い、皿のような平高麗《ひらこうらい》の茶碗に二杯、三杯と落とす。使うのは「勢多」とおぼしき大ぶりの茶杓だ。さらに、茶釜の蓋を開け、柄杓で静かに湯を掬った。

流れるような所作をみれば、一流の茶人であることは日海にもわかる。

「拙僧は何故、有楽斎さまに呼ばれたのでございましょうか」

おもいきって尋ねてみると、掃部は他人事《ひとごと》のように喋りはじめた。

「陰陽師に耳打ちされたのやもしれぬ。鬼門の魔除《まよ》けに位の高い坊主をひとり、置いておけとな」

「鬼門の魔除け」

掃部は横を向き、すっと眼差しをあげた。

眼差しのさきには欄間《らんま》があり、向かいあった二匹の猿が彫られている。

猿は邪気を払う力を持つ。

ひょっとして、この部屋が御殿の鬼門にあたっているのだろうか。

掃部は何もこたえず、平高麗の茶碗を差しだす。

「水海《みずうみ》と申す。夏の茶碗だが、喉を潤されよ」

日海は「水海」と称する茶碗を取り、苦い茶をひと息に飲み干した。

「そうじゃ。すべて飲み干し、今日のことは忘れるがよい」

掃部は四年前の全宗と同じことを言い、横を向いてむっつり黙りこむ。

ここが退け時と悟り、日海は一礼して立ちあがると、部屋から逃れた。

この年の暮れ、後陽成天皇の代始《だいはじめ》により、元号は天正から文禄《ぶんろく》に変わった。

秘密めいた儀式が秀吉の指図でおこなわれたのかどうかなど、日海には知る由もないことであった。

四

文禄二（一五九三）年睦月五日、正親町上皇が崩御した。

秀吉は名護屋城で報せを聞き、他人事のように「ほう、そうか」とだけつぶやいたという。

一方、聚楽第の関白秀次は悲嘆に暮れた。上皇の佇まいや品格に惹かれ、神仏のように崇めていたからだと、吉田神社の吉田兼和が教えてくれた。

同月七日、平壌城の小西行長軍は李如松《りじょしょう》率いる明国軍に包囲され、漢城まで後退を余儀なくされた。

そののち、小早川隆景率いる五万の軍勢が明国軍を碧蹄館《へきていかん》で破るなどしたものの、補給のままならぬ豊臣方の劣勢は否めず、翌月には咸鏡道に布陣していた加藤清正軍も漢城まで後退した。

碁盤を挟んで溜息を吐くのは、洛中の留守居を任された前田玄以である。

朝鮮の戦況や名護屋城の様子は、逐一、使者からもたらされているようだった。それゆえ、囲碁の相手をつとめる日海も、知らずともよいことを聞かされてしまう。

「合戦で多くの犠牲者が出ると、厭戦《えんせん》気分は名護屋城の周辺にも拡がり、在陣の雑兵たちがまとまって逃亡するような事態も起きる。困ったものじゃ」

秀吉は各所に人留《ひとどめ》番所を設けさせるなどして、逃亡を取り締まらざるを得ないという。合戦場での離脱は雑兵に留まらず、豊後の大友義統などは陣中放棄の責めを負い、領土を丸ごと没収されるかもしれぬとのことらしかった。

戦局の好転が望めぬなか、石田三成は小西行長や宇喜多秀家などとしめしあわせ、明国の遊撃将軍で講和使の沈惟敬に和議を申し入れた。そして、卯月十八日、漢城からの撤退をはかった。

それからひと月後の皐月十五日、三成は明国の使者とおぼしき者たちをともなって名護屋へ帰還した。饗応《きようおう》を命じられた家康や利家などの諸将は、引見した相手が明国の万暦帝《ばんれきてい》から使わされた正規の使者でないことに気づいたものの、秀吉には敢えてそのことを伝えなかったという。

翌月の終わり頃、秀吉は三成たちの仕立てた使者に七項目の講和条件を突きつけた。すなわち、明国の皇女を後陽成天皇の后にし、日明貿易を再開させる。さらに、朝鮮半島の南部を割譲させるとともに、朝鮮国の王子と大臣を人質として差しださせ、朝鮮国の重臣に誓紙を提出させるといった内容である。

いずれも唐入りの功績を内外に遍く知らしめる内容であったが、現状の不利な戦局を鑑みれば、明国側へ提示されたとしても和議がまとまらぬことは火を見るよりもあきらかだった。

「さりとて、これでは和議など成立しませぬと、太閤殿下に上奏するわけにもいかぬであろう」

玄以は碁盤を睨み、深刻な顔で吐きすてる。

「加藤清正や黒田長政らの武断派は、戦さ奉行の連中が憎らしくて仕方ないようでな、ことに石田治部少は戦わずに偉そうな口ばかり叩くと嫌われておる」

三成は清正らの憎まれ口など意に返さず、先鋒の小西行長を味方につけ、合戦の継続ではなく、和議のほうへ大きく舵を切った。

「太閤殿下も和議を念頭に置いておられたゆえ、使者を引見したのじゃ。されど、治部少の連れてきた使者というのがくせものでな、とりあえずは唐入りを踏みとどまらせるために、行長や戦さ奉行たちが仕立てた非公認の連中ではないかと疑われておる。されど、誰ひとりとして、疑念を口に出さぬ。太閤殿下を怒らせたあげく、合戦が長引いてしまうのを望んでおらぬからよ」

洛中の人々は、そうした裏事情を知らない。豊臣方の軍勢が異国の領土を席捲《せっけん》しているものと信じて疑わず、多くの者はさしたる関心も向けていなかった。

古筆や古書を蒐集《しゅうしゅう》するのが好きな関白秀次の温厚な性分も、洛中に奇妙な平穏さをもたらしている。気を抜けば罰せられるかもしれぬという恐さは微塵もない。やはり、秀吉が京にいるのといないのとではこうもちがうものかと、日海はおもわざるを得なかった。

そうしたなか、人々の耳目を引きつける噂が大坂から聞こえてきた。

淀殿が懐妊し、来月には臨月を迎えるというのである。

めでたいはなしなのに、玄以は顔を顰《しか》めてみせた。

「産み月が水無月ならば、誰も勘ぐりはせぬ」

など と、意味深長なことまで口走る。

日海には察しがついた。

頭のなかで暦を繙き、日付を数える。

なるほど、秀吉は大政所の死去にあたり、昨年の葉月から長月にかけて京と大坂を行き来していた。大坂城の二ノ丸で起居する淀殿と褥《しとね》をともにする機会もあっただろうし、淀殿が懐妊しても何らおかしくはない。

ただし、あくまでもそれは、産み月が水無月以内にかぎるはなしだ。水無月を大きく越えたならば、勘ぐりを入れてくる者が出てこよう。何しろ、秀吉は神無月朔日には名護屋へ向けて出陣していた。十月十日と指を折って勘定できる者ならば、秀吉の不在中に胤が仕込まれたとおもうはずで、そうなれば、淀殿の不義密通が疑われても仕方なかった。

日海は聚楽第の深奥で怪しい儀式に遭遇している。直に目にしたわけではないが、陰陽師たちの咒言が響く部屋のなかに、淀殿と関白秀次が揃っていたことは疑いのないところだし、何がおこなわれていたのかも容易に想像できた。

産み月が水無月であってほしいと、日海も秘かに願っていたのである。

ところが、そうはならなかった。水無月どころか文月も越え、淀君が男の子を産んだのは葉月三日のことだった。

もはや、市井の者たちでさえも、秀吉と血の繋がった子ではないと疑っている。

「噂好きの公家衆はみな、陰で嘲笑っておるのやぞ」

意味ありげな顔で囁いたのは、吉田兼和であった。

「こうなれば、太閤殿下が嗣子と認めるかどうかやな」

兼和の言うとおり、人々の関心はその一点に注がれた。

まんがいち、嗣子として認められぬときは、淀殿も儀式に関わった者たちも、ことごとく粛清される恐れすらある。

日海は固唾を呑んで行方を見守った。

葉月なかば、秀吉は朝鮮在陣の諸将に帰還を命じた。

そして、みずからも名護屋城をあとにし、同月の終わりには大坂城へ舞いもどった。

喜色満面の笑みで帰還したというはなしを聞き、淀殿の産んだ子を嗣子として認めたのだとわかった。

日海は人知れず安堵しつつも、不穏な兆しを感じていた。

しばらくすると、何人もの陰陽師がさしたる理由もなく、洛中から遠国へ追放されたという噂が流れた。あるいは、大坂城では淀殿に近い女房たちが行方知れずになったという風聞も伝わってきた。

真実は藪の中だが、日海にとっても他人事ではない。秘事を知る者はことごとく狩りだされ、口を封じられてもおかしくはなかった。

鶴松のときもそうであったが、そもそも、誰の指図であのような儀式がおこなわれたのだろうか。

淀殿自身ではあるまい。孝蔵主が立ちあっていたことから推せば、少なくとも北政所は了承していたのだろう。もちろん、表向きの狙いは豊臣の胤を絶やさぬためだが、秀吉の指図かどうかは知りようがなかった。

いずれにしろ、秀吉は生まれた子を嗣子と認め、拾《ひろい》という名を付けた。北政所に気を遣ってか、乳母はつけず、淀殿自身の乳で育てさせるという。嗣子ならば乳母をつけて大事に育てるのが通例だが、秀吉はそうせぬと明言し、帰還してすぐには赤子の顔を覗きにも行かなかったらしい。

ところが、北政所に背中を押され、赤子の顔を目にした途端、涙をも流さんばかりに喜んだという。鶴松が生きている頃の陽気な秀吉に戻り、淀殿や女房衆のまえで能まで舞ってみせたのだ。

数日後、秀吉は関白秀次を大坂城へ呼びつけた。

押っ取り刀でやってきた甥を下座に侍らせ、日の本を五つに分割し、四つは与えるゆえ、ひとつは拾に与えよと、恫喝めいた口調で命じたのである。

石田三成の連れてきた「明国の使者」に七項目の条件を託したことで、秀吉の念頭から「唐入り」の三文字は消えてしまったかのようだった。

もちろん、諸将に撤退の命が下されたあとも、和議が成立するまで朝鮮に残留しなければならない雑兵たちは大勢いる。半島南東岸一帯に城をいくつも築き、少なくとも釜山は死守する構えで厳しい冬を越さねばなるまい。

残留する雑兵への気遣いなど、独《ひと》り善《よ》がりな為政者は持ちあわせないのだろう。拾の誕生で鬱々とした気分が吹き飛ばされたのか、秀吉はすっかり生気を取りもどし、後陽成天皇の天覧に供する能会を禁中で催した。

禁中では従来、堀池、渋谷、虎屋といった役者による素人筋の手猿楽《てさるがく》がおこなわれ、観世《かんぜ》、宝生《ほうしょう》、金剛《こんごう》、金春という四座の猿楽者は参内させない。ところが、秀吉は先例を破り、俄《にわ》か能楽師の武将たちに金春座の大夫《たゆう》をくわえた演者による御前能を披露すると言いだしたのである。

神無月の五日、七日、十一日と三日間におよんだ能会には、摂家《せっけ》や清華家《せいがけ》など高位の公家衆や聖護院などの門跡が参じ、徳川家康や前田利家をはじめとした名だたる武将たちも挙って顔を揃えた。

権大僧都の僧官を有する日海も昇殿を許され、末席から能を観《み》る栄誉を与えられた。

それにしても、さすがに三日つづけての観能は苦行に等しい。

長々と観せられるほうも、たまったものではなかろうが、あらためて考えてみれば後陽成天皇の女御は近衛前久の娘、娘の猶兄は秀吉なので、秀吉は天皇の義兄ということになる。兄が弟に能を演じてみせたところで咎められる理由はあるまいとばかりに、秀吉はやりたい放題に演じきり、禁中に集まった面々は浮かれた秀吉の能三昧《ざんまい》に付きあわされる羽目になった。

もっとも、日海の知るかぎり、陰口をたたく者はひとりもいなかった。まさに、世阿弥《ぜあみ》の説くところの衆人愛敬《あいきょう》の人、やはり、秀吉は場を盛りあげる達人であった。幇間《ほうかん》気質の陽気な為政者が本来の天衣無縫《てんいむほう》なすがたを取りもどし、洛中にも久方ぶりに平穏が訪れたやにおもわれた。

日海が気になったのは、禁中能の評判に関白秀次が一度も登場しないことだ。

太閤殿下は御自ら能を何番も披露なされ、後陽成天皇も大いに満足なされたといった評判は、公家衆などからも漏れ聞こえてきたが、秀吉自身が近習たちに命じて広めさせた噂でもあった。

豊臣の世を高らかに謳う目途もあってのことであろうに、関白秀次の動向は何ひとつ触れられていない。禁中へ参じていないはずはないのに、能の席におらぬかのような扱い自体、奇妙としか言いようがなかった。

奇妙なことは何もかも、淀殿の懐妊に結びつけて考えてしまう。

日海はそんな自分に、ほとほと嫌気が差していた。

五

拾は葉月三日に生まれたが、その二日後は夭折した鶴松の三回忌だった。

その頃、秀吉はまだ名護屋城に居たが、鶴松のことを忘れていたわけではない。作事途上の東山阿弥陀ヶ峰の大仏殿からみて南東のほど近い場所に、洛中随一の大きさとも言われる菩提寺を建立させた。

祥雲寺と命名された寺院には、正面百二十尺、側面七十七尺の大方丈がある。鶴松三回忌の法要も営まれる客殿だ。大屋根は檜皮葺きの入母屋《いりもや》造りで、建物の周囲には幅四尺の落縁《おちえん》がめぐらされている。

師走の寒風が吹きつけるなか、日海はとある人物に誘われ、祥雲寺までやってきた。

大方丈の正面に立つと、おのれの小ささをいやが上にも思い知らされる。

「こっちや、よう来たな」

入口から声を掛けてきたのは、頭巾をかぶった織田有楽斎にほかならない。

日海は一礼し、足早に近づいていった。

「こたびはお招きに与《あずか》り、かたじけのうございます」

「長谷川等伯《とうはく》の描いた障壁画は格別や。洛中の誰もが観たいとおもうておる。無論、おぬしも観たいはず。ふふ、それやから段取りを取ったのや。わしでなければ、できへんことや」

なるほど、等伯の障壁画がすばらしいという評判は聞いていた。機会があれば観てみたいともおもったが、どうして誘われたのか、肝心なところはわからない。いずれにしろ、拾が生まれた経緯を知っている以上、有楽斎の誘いを拒むことはできなかった。

「廊下の床板は氷のようやで」

有楽斎は笑いながら、大方丈から差し招く。

天井が高すぎて、よくみえないほどであった。

番士たちは人形のように立っているだけで、こちらには一瞥もくれない。

幅の広い廊下を足早に渡り、有楽斎は正面なかほど、縦七尺五寸はある襖の手前で足を止める。

「さあ、開けるで」

襖が左右に開いた瞬間、草花の群生する黄金の河原が目に飛びこんできた。

「『松に草花図』や」

有楽斎は真剣につぶやき、畳のうえに一歩踏みこむ。

日海は息を飲み、敷居の手前で立ち惚けた。

黄金の河原とみえたのは、真正面の障壁画にほかならない。

「さあ、入るがよい」

誘われて我に返り、恐る恐る敷居をまたぐ。

淡い光に照らされて、草花図が眼前に迫ってくる。

仲秋の月に照らされた草花は、秋の七草であろう。

黄金に煌めく障壁画は、正面にあるだけではなかった。

「左手は等伯の描いた『松に黄蜀葵《とろろあおい》図』、右手は娘婿の等学が描いた『松に草花図』。どうや、見事なものやろう」

長谷川等伯の力量ならば、以前から知られていた。利休を追いこむことになった大徳寺山門の天井画と柱絵、さらには塔頭のひとつである三玄院の水墨障壁画を描き、それがたいそうな評判になったのだ。

とは言うものの、御用絵師は狩野派と定まっており、秀吉から大きな注文を得ることができなかった。引き立ててくれた利休が自刃を遂げた不運も重なり、表舞台で脚光を浴びる機会を逸していたのだ。

ところが、狩野派総帥の永徳が急死したことで、長谷川一門に祥雲寺の障壁画を描く幸運が舞いこんできた。等伯を棟梁とする一門は寝食も忘れて作製に取り組み、二年の歳月を経て、大小九十枚余りの絵を世に送りだしたのである。

「葉月に逝かれた鶴松君を悼《いた》み、秋草が主題に選ばれたのや。太閤殿下もたいそうお気に召してな、等伯は知行二百石を賜った」

祥雲寺の障壁画を描いたことで、長谷川一門は狩野一門に肩を並べてみせた。等伯にとっては、知行よりもそちらのほうが嬉しかったにちがいない。

「大仕事を横取りされてはたまらぬとばかりに、狩野一門はえろう反撥《はんぱつ》しよった。されど、このわしが仲立ちの労を取りあげ、茶々さまに願いでてやったのや。茶々さまがうんと仰せになれば、太閤殿下は反対なされぬ。ふふ、等伯にはずいぶん恩を売らせてもろうたわ」

そのおかげで、好きなときにいつでも祥雲寺の障壁画を観ることができる。それだけでも見返りとしては大きかろうと、日海はおもった。

「ここは中之間や。隣の上段之間に、もっとすごい画がある」

有楽斎は右手の襖を開き、中之間よりも狭く細長い部屋へ踏みこんでいった。

左手の書院を目にするや、日海はまたも声を失ってしまう。

「『楓図《かえでず》』や」

野太い筆で描かれているのは、まことに楓なのだろうか。

眩いばかりに金箔の貼られた壁を背にして、神木と言うよりほかにない巨木が隆々と幹を伸ばしている。巨木の下草には、萩《はぎ》や菊や木犀《もくせい》などが濃密に咲き乱れていた。

「そんじょそこらの楓やない。等伯はな、大仏殿の普請場で屋久島の杉に目を留めたそうや」

太古の世から離島の深奥に聳えていた屋久杉の影響なのか。

眼前にぬっと迫りくる楓からは、燃えあがるような絵師の魂が伝わってくる。

日海は寒さも忘れ、障壁画に見入っていた。

「さて、ここからが本題や」

有楽斎は懐中から短刀を鞘《さや》ごと抜いた。

日海は慌てて、身を仰け反らせる。

「案ずるでない。護身用に携えておるだけや。おぬし、お拾さまの父御《ててご》が誰であるか、存じておるのであろう。いや、こたえずともよい。瀬田掃部がおぬしに釘を刺したはずや。目にしたことは、すべて忘れよとな」

忘れようとしたところで、忘れられるものではない。

「忘れずともよいのじゃ。ただし、当面のあいだは、胸の裡に仕舞っておけ」

「えっ……ど、どういうことにござりましょう」

「そもそも、一年前のあの日、何故におぬしを聚楽第へ招じたとおもう。ふふ、わしはな、先々のしかるべきとき、誰かが来し方の真実を告げるべきやとおもうておる。それができる生き証人を探しておったのや」

豊臣にも豊臣以外にも属さず、何があっても動じることはない。しかも、貝のごとく口が堅い者など滅多におらぬ。

「つらつら探してみるに、本能寺で兄上と碁を打ったおぬし以外に浮かばなんだ。それゆえ、招じたのじゃ。真実をみせるためにのう」

本能寺の変の前夜、日海が信長公と碁を打ったことは誰もが知っている。されど、信長公が本能寺から逃れたことまでは、有楽斎とて知るまい。少しでも疑っておれば、そちらを執拗《しつよう》に追及してくるはずだ。

日海は恐る恐る問うてみた。

「有楽斎さまは、乙訓寺のこともお尋ねになりましたな。あれは、何故にでござりましょう」

「五年前のことは、よう知らぬ。利休さまと北政所さまが仕組まれたことゆえな。孝蔵主にあとで聞いたのや。選ばれし者のなかに、おぬしもおったとな」

「選ばれし者」

「そうや。茶々さまご本人がお選びになったのや」

大徳寺の閨に導かれた者たちは、いったいどうなったのか。

蹴鞠を家業とする公家は晒し首になった。ほかの者も同じ運命をたどったのか、日海は恐ろしくて問うことができなかった。

「証しはいっさい残してはならぬと、かのお方があとで命じたのや。利休さまはそのとき抗ったがゆえに、命を縮められたのやもしれぬ」

秀吉は少なくとも、鶴松のときは知っていたのだ。

「こたびも太閤殿下はご存じだったのですか」

おもいきって、問いをぶつけてみた。

有楽斎は黙りこみ、怨念の籠もった顔を向けてくる。

「知らぬはずがあるまい。されど、茶々さまは、秀吉や北政所の思惑に縛られはせぬ」

「えっ」

「すべて、御自らの御意思でなされたことや。わかるか、茶々さまはの、穢れた百姓の血ではなく、高貴な織田家の血を絶やさぬため、身を犠牲になされたのや」

鶴松を悼む障壁画の面前で、有楽斎はとんでもない本音を吐露した。

日海は仰天して反応もできず、ただ、俯《うつむ》いて黙りこむしかない。

有楽斎は委細かまわず、おどろおどろしい口調でつづけた。

「わしは世捨て人のごとく生きながらえるため、猿の庇護を受けておるわけやない。どうやって織田家を再興させるか。織田の血を引く者に、どうやって天下を継がせるか。そのことだけを考え、日々、恥を忍んで生きておんのや」

もはや、有楽斎は我を忘れ、怒りに任せて唾を飛ばしながら、思いのたけをぶちまけている。

「高貴で気高い茶々さまが、老いた猿なんぞに傅《かしず》くはずがなかろう。最初から、心など通わせておられぬわ。唯一、思い通りにいかぬ相手ゆえ、かえって、猿は茶々さまを愛おしがるのや。されど、猿は知らぬ。拾の父親が誰であるかをな。秀次を選んだは、茶々さまじゃ。それを知っておんのは、北政所とごく近しい者たちだけや。北政所はつぎの世を統べる子に、少しでも秀吉の血を入れたかった。それゆえ、秀次を説きふせたのや。墓場まで持っていかねばならぬ秘密やと、北政所も秀次も心得ておる」

あと数年も経てば秀吉の天下は終わり、秀次が継ぐことになろう。拾がじつの子ならば、秀次は躊躇なく拾に天下を譲るはずだ。ゆえに、拾は秀次の子であらねばならなかった。

「茶々さまなりの深謀遠慮があってのことや」

日海はたまらず、両手で耳をふさごうとする。

「ふふ、もう遅い。秘密を知ったおぬしは、針の筵に座らせられたも同然や」

有楽斎のせいで、夢見の悪い晩を過ごすことになりそうだ。

日海は大方丈を逃れ、祥雲寺の山門から外へ出た。

鉛色の空から、ちらちらと白いものが降りてくる。

「雪やな」

鶴松の涙が凍りつき、雪を降らせたのだろうか。

日海は襟を寄せ、背中を押されるように歩きはじめた。

第七章　故もなき罪

一

文禄三（一五九四）年睦月、曲直瀬道三が身罷った。

享年八十八と聞き、日海は驚いた。暮れに誘われて囲碁を打ったときも矍鑠《かくしゃく》としていたし、平常《ふだん》から若々しかったので齢を気に掛けたこともなかったのだ。跡継ぎの玄朔《げんさく》も朝廷から法印の位を与えられた名医ゆえ、切支丹でもあった道三は後顧の憂いもなく天へ召されたにちがいない。

道三の死を誰よりも悲しんだのは弟子の施薬院全宗であったが、全宗から花見の誘いを受けたのは、春の彼岸も過ぎて鴨川の土堤に芹《せり》が萌えはじめた頃のことだった。

ただの花見ではない。太閤秀吉にしたがって大和国の吉野山へ繰りだす催しで、大坂城から連れていく御供衆は三千人におよぶという。関白秀次を筆頭に徳川家康や前田利家、伊達政宗や宇喜多秀家といった大立者たちも供奉し、歌会や能などを五日間にわたって楽しむのである。

洛中の公家たちも数多く招かれており、全宗は御伽衆へも声を掛けるようにと命じられていた。名誉なはなしだが、日海は気が進まなかった。朝鮮半島には多くの兵らが居残り、寒さに震えながら半島南部に点在する倭城《わじょう》の防備をおこなっている。兵たちの辛苦をおもえば、花見なんぞに浮かれていてよいはずはない。

それでも、拒めば秀吉や取りまきの心証を悪くするので、二十五日の出立に間に合うように大坂へ向かった。

途中で伏見を通ったとき、風景が一変しているのに驚かされた。東山の丘陵から連なる最南端の指月に隠居用の城を築くべく、秀吉は家康などの有力諸将に普請を申しつけたのだ。噂には聞いていたが、いよいよ城普請が始まるらしく、伏見の周辺には夥しい人足や資材が集められていた。

普請人足と言えば、五右衛門はどうなったのか見当もつかない。侍大将になるために「石川」という姓を名乗り、みずからを川並衆を率いて秀吉を助けた蜂須賀小六に重ねあわせていた。

今ごろ、どうしているのだろうか。

石田三成の呼びかけに応じて雑兵を大勢集め、九州の名護屋から海を渡ったとすれば、明国兵や朝鮮義勇兵との激烈な合戦のさなかで命を落とした公算も大きかった。

サヤとハトのことも気に掛かる。実父の長次郎や陶工たちとすがたを消して以来、洛中で見掛けたことはないし、噂すらも聞こえてこない。利休の愛でた楽茶碗は茶席で使われなくなり、骨董《こっとう》商のあいだに出まわっている様子もなかった。

秀吉に追随する者たちはこの世を謳歌し、秀吉の意に反した者たちは痕跡すらも消されてしまう。そうした世の中がまっとうなはずはないし、誰かが為政者の暴走を諫めねばならぬとはおもう。

　だが、日海には胸の裡を正直に打ちあけられる相手もいなかった。使いこんだ榧の碁盤を睨み、おのれで考えた定石を覆すべく、ひたすら石を置くことしかできない。言いたいことも言えぬ人生ほどつまらぬものはないなと愚痴をこぼしながら、暗くなっても碁盤と睨めっこをするしかないのだ。

　吉野山へ詣でる秀吉一行の行列は、沿道で見送る人々の目を奪うほど煌びやかなものだった。

　まずは金の刀と金襴緞子《きんらんどんす》で飾った小姓たちが登場し、つづいて真打ちの秀吉が小輿《こごし》に乗ってあらわれる。公家風の眉を描き、付け髭にお歯黒まで塗った剽軽《ひょうきん》な扮装は人々を大いに喜ばせ、豊臣の世が人々に安寧をもたらすことをいやが上にも印象づけた。

　付き従う者たちのなかには、常真こと織田信雄や長岡幽斎などのすがたもある。日海は末端につづく御伽衆のなかに紛れたが、見慣れた顔もちらほらあり、連歌師の里村紹巴とは久方ぶりの再会を懐かしんだ。

「いつ以来やろうか」

　本能寺の焼け跡で催された信長公の追善供養に出掛けたとき以来かもしれない。明智光秀の主催した愛宕百韻にも連れていかれたが、それは十二年前のはなしだ。考えてみれば、本能寺の変からまだ十二年しか経っておらぬのに、あの頃とは隔世の感がある。

「まさかな」

　と、紹巴は意味ありげに笑いかけてきた。

　まさか、織田家の一武将にすぎなかった秀吉が天下に覇を唱えようとは、いったい誰が予測し得たであろう。紹巴の言いたいことはわかる。織田信長と明智光秀をよく知る者ならば、秀吉は漁夫の利を狙って天下を取ったのではないかと、今でも疑っているからだ。

だが、いくら望んでも、時を十二年前に引き戻すことはできない。

今や、御土居に囲まれた洛中のまんなかには聚楽第が築かれ、秀吉の傀儡《かいらい》とは申せ、甥の秀次が関白となって政事をおこなっている。

「今はな、関白さまの御側におんのや」

紹巴は胸を張った。関白秀次にとって紹巴は連歌の師であり、心を許すことのできる数少ない相談相手のひとりなのだという。

そう言えば、織田有楽斎に誘われた日以来、聚楽第へは足を運んでいない。北ノ丸などが着々と増築されているのは知っていたが、もちろん、そうした重要な普請は若い関白の一存ではなく、秀吉の指示ですすめられているものとおもっていた。

「いいや、ちがう。関白さまのご一存や。豊家の繁栄を受け継ぐべく御自らのご意思で何事もお決めにならねばなりませぬと、家老どもに焚きつけられてんのや。ふふ、関白さまもすっかりその気になり、張りきっておられる。早く一本立ちして太閤殿下にお認めいただくのだと仰せになってなあ。鳴りを潜めて連歌でも詠まれておればよいものをと、少しばかり案じてんのや」

紹巴が何を案じているのか、日海には今ひとつわからなかった。淀殿出産の秘密について何か知っているのかもしれぬと勘ぐってみても、直に質《ただ》してみる勇気などあろうはずもない。

出発から二日後、一行のたどりついた吉野山は満開の桜に覆われていた。

蔵王権現へ参った秀吉は、本陣と定めた吉水院でさっそく歌の会を催した。当代一の連歌師である紹巴が招じられたのは言うまでもない。囲碁師の日海は招かれず、そののち、太閤能のお披露目に客として参じることを許された。

「影あきらけき日の本の、国民ゆたかなりけり……」

謡に合わせて賑やかに登場したのは、秀吉の供先をつとめる煌びやかな装束の供奉衆である。『吉《よし》野詣《のもうで》』と名付けられた能は、まさしく今日の花見のために創作された祝言能であった。

吉野山への道行《みちゆき》の途上、化身の老爺《ろうや》が霊験あらたかな吉野の謂《い》われを説く。五節《ごせち》の舞姫の起源にしたがって天女が優雅に舞っていると、そこへ蔵王権現が出現する。蔵王権現は何千という桜のなかから選りすぐった一本の枝を秀吉に捧げ、豊臣家の治世を賛美するという内容だ。

秀吉は舞い手でもあり、客としても大いに能を楽しんでいた。かたわらの秀次ともはなしが弾み、遠目で眺めても和気藹々《あいあい》とした様子に感じられ、日海は我知らず胸を撫でおろした。

聚楽第で目にした悪夢のごとき光景が忘れられない。茶々こと淀殿と秀次のあいだに何があったのか、はっきりみたわけではないが、おおよそのことは想像できた。それは瀬田掃部から脅しめいた台詞を吐かれたことで確信に変わり、あの日以来、太閤秀吉と関白秀次の関わりが気になって仕方なかったのだ。

吉野山での花見は秀吉の狙いどおり、豊臣家の体制が盤石であることを世間に遍く喧伝する役目を果たした。

そして、花見の余韻から醒めやらぬうちに、今度は高野山へ随行するようにとの命が日海のもとへ下されてきた。大政所の三回忌に合わせ、菩提を弔う青巌寺にて追善供養がおこなわれるのだという。青巌寺は秀吉が木食応其に命じて造営させ、当初は「剃髪寺」と号したが、三回忌法要をまえに号が改められた。秀吉は造営料として寺に一万石を納めたほか、高野山へも一万石を寄進している。昨年の文月には落慶供養が催されており、このたびは大政所の遺髪を牌前《はいぜん》に納めて供養するという。

日蓮宗の僧侶でもある日海にとって、生涯で初めての高野山詣となる。

暦の変わった弥生のはじめ、厳かな行列が霞みたなびく山道に黙々と連なった。

青巌寺で待ちかまえていたのは、一山八千人とも言われる真言宗の僧侶たちである。

当然のごとく、多額の寄進をしている大願主の秀吉をなおざりにするわけにはいかない。黄檗色の袈裟を纏った徳の高い僧侶たちは大門まで出迎え、秀吉の足を嘗めるほどの姿勢でお辞儀をしてみせた。

そののち、全山に木霊する読経の迫力にも驚かされたが、読経よりも度肝を抜かれたのは、秀吉の用意していた追善能であった。『明智《あけち》討《うち》』『柴田』『北条』という三合戦を主題としたものに『吉野詣』と『高野参詣』をくわえて、新謡五番を特設舞台で衆徒たちに披露するというのだ。

おそらく、事情を聞いていなかったのであろう。位の低い僧侶たちから、どよめきが起こった。女人禁制の高野山では、笛や太鼓の鳴り物はもちろん、芸能事はいっさい禁じられている。それは弘法大師の厳格な教えであるにもかかわらず、秀吉はまったく頓着《とんちゃく》しない。

新作の『高野参詣』では、道行の途中で老尼があらわれて高野山の縁起を語り、後半になって追善供養のさなか、何と大政所が菩薩となってあらわれる。「君が齢は万歳の、守護をくはふる志、ただ孝行の道による、ただ孝行の道による、行く末こそは久しけれ」と、秀吉の孝行のおかげで菩薩になることができたと語り、豊臣家の繁栄を寿《ことほ》ぐという内容だった。

三回忌追善供養そのものが、秀吉の孝行譚《こうこうたん》を喧伝するためにおこなわれる一大行事なのである。それを高野山の高僧たちもわかっているので、太閤能の開催に強く抗うことができない。

苦虫を嚙みつぶしたような顔の僧侶もひとりやふたりではなかったが、日海は久方ぶりに痛快な気分を味わった。宗派を問わず、権威に胡座を掻いてしまう高僧たちをよく知っているからだ。秀吉が鉄壁の戒律をものともせず、高野山に一矢報いたような気がしたのかもしれない。

少なくとも、火を掛けて伽藍をことごとく焼き尽くす野蛮なやり方よりはよかろう。そのあたりは信長公を悪い手本にしたのだろうと、日海は勝手に想像を逞《たくま》しくした。

ただ、太閤能が仕舞いまで披露されることはなかった。

お披露目も佳境を迎えたころ、一朶《いちだ》の雲も無い蒼天が一転して掻き曇り、北西から湧きでた黒雲が頭上を覆った。と、おもったのもつかのま、暴風とともに雷鳴まで轟《とどろ》きだし、もはや、能どころではなくなったのだ。

「天罰じゃ。お山がお怒りになっておる」

衆徒は右往左往し、秀吉たちは本堂へ駆けこんだ。

しばらくして雷鳴は止んだが、早々に下山する旨の命が下された。

さすがに、神仏の祟《たた》りを恐れたのかもしれない。尻尾を巻いて逃げようとするところなどは、いかにも変わり身の早い秀吉らしいやり方におもわれた。

それにしても、凶兆を告げるかのような空模様である。

見送りにでた僧侶たちの冷笑する顔を、日海は複雑なおもいで目に焼きつけた。

二

夏越しの祓《はら》えも七夕も過ぎ、高い空が鱗雲《うろこぐも》に覆われはじめた頃、伏見の指月に堂々たる城が完成し、秀吉は大坂から移ってきた。

大坂城は赤子にすぎぬお拾のものとなり、みずからの乳で育てている淀殿を傅役たちが支えるかたちになる。表向きの政庁は関白秀次の拠る聚楽第だが、政事の重要な決定は伏見城でなされるので、広大な巨椋池を南に抱える城下には有力大名たちの屋敷もつぎつぎに築かれていった。

日毎に風景の変わる伏見には、洛中から物見遊山の連中が大勢訪れた。

日海も野次馬のひとりになり、巨椋池の畔から豪壮な城を見上げている。

「ただの隠居所かとおもうたが、できあがってみれば立派な御城やないか」

ともに訪れた日淵は、感嘆の溜息ばかり吐いていた。

「再来年、明国の使節を迎えねばならぬそうです」

「ほう、それでか」

堅固な城へ変貌を遂げた理由は、京都所司代を束ねる前田玄以から聞いた。

弥生初旬の普請開始から、たった五月しか経っていない。槌音は洛中にも響くほどで、動員された人足の数は二十五万人におよぶのだと、玄以は自慢した。

秀吉の描いた普請の指図は、城ひとつに留まらない。木津川、桂川、宇治川という三大河川が合流する巨椋池の水運を効率よく利用し、京と大坂を繋ぐ湊を新たに築きあげるという壮大な構想だった。

宇治川を天然の外濠となすべく、東側に槙島堤を造って流路を変え、西側については淀堤を造って治水をおこなう。淀殿の産所だった淀城は築城からわずか五年で惜しげもなく破却し、西岸の淀津と古くからある東岸の岡屋津は湊の役目を終わらせる。陸路についても、巨椋池を南北に貫く小倉堤を築造し、京と大坂を結ぶ大和街道は堤上を行き来できるようにする。

ほぼ、秀吉の構想どおりになった。琵琶湖から渡航する荷船はすべて伏見城下を通過し、京へ運ばれる物資は伏見湊で陸揚げされるようになった。川筋も陸路も伏見が流通の中心となり、政事と商いはことごとく秀吉の膝下《しっか》に集約されたのである。

「これだけの普請を、半年足らずでやりおおせるとはな。太閤殿下恐るべしや」

近頃ではすっかり、それが日淵の口癖になっている。

ただし、普請で汗を掻いたのは、秀吉直属の家臣団ではない。無理難題を押しつけられたのは、徳川家を筆頭とする有力大名たちだった。淀川の堤普請を負担した毛利家や吉川家では、あまりの過重に人足たちが暴動を起こしかけたとも聞く。

興奮の醒めやらぬ日淵に誘われ、城下町のほうへも出向いてみた。

すっかり整備された目抜き通りには、大勢の町衆が集まっている商家がある。

どうやら、唐物などを扱う店らしい。

「ここや。噂の納屋助左衛門《なやすけざえもん》が出した店や」

助左衛門は商船で呂宋に渡り、めずらしい品々を買いつけてきた。先月、大坂城に招かれて秀吉へ目通りし、ろくろと呼ぶ部品で開閉できる唐傘《からかさ》や麝香鹿の香料、風変わりな茶壺や蠟燭《ろうそく》などを献上した。なかでも話題になったのは大きな壺で、大広間で催された即売会では五十個余りが飛ぶように売れたという。

「太閤殿下は、呂宋壺を三個買われたそうや」

目の玉が飛びでるほどの金銭が支払われ、納屋助左衛門は一日にして大金持ちになった。その噂が客を呼び、伏見にできたばかりの店は大いに繁盛しているのだ。

店先で口上を述べているのは、主人の助左衛門であろうか。

存外にまだ若いので、日海は驚かされた。

「太閤殿下はすばらしいお方や。呂宋壺を銀三枚で買《こ》うてくれはった。命懸けで海を渡った苦労をおもえば、これでも安いくらいやと、ありがたいおことばまで頂戴した。さすが、商いをよくわかっておいでや。さあ、ここにあるんは太閤殿下御墨付きの呂宋壺や。残りは少ないで。早い者勝ちや」

いつまでみていても飽きないが、日海は店先の喧噪に背を向けた。

夕刻、寂光寺へ戻ってみると、供人も連れずに訪ねてくる者がある。

連歌師の里村紹巴であった。

「ちと通りかかったゆえ、立ち寄ってみた。名人に囲碁の手ほどきでも受けてみようとおもうてな」

「ご冗談を」

胸騒ぎを感じたが、断るわけにもいかない。

本因坊の内へ招じ、枯山水のみえる部屋へ通してやった。

「ほう、よい庭やないか。隠しておったな」

「いいえ、そういうわけでは」

気の利く小坊主が茶を淹れてくる。

囲碁盤を用意しようとすると、紹巴はさっと掌を翳《かざ》した。

「いや、よいのだ。ちと、はなしをしよう」

ずずっと茶を啜り、薄曇りの空に目をくれる。

「大坂城でのはなしや、太閤殿下のご寝所に忍びこんだ盗人がおってな。そやつ、千鳥と名付けられた青磁の香炉を盗もうとしたのやが、蓋の上に止まった千鳥が鳴いたのを聞いて、腰を抜かしおった。ほんでもって、かたわらにあった文筥《ふばこ》だけを手に取り、すたこら逃げたのやと」

紹巴はくすっと笑い、はなしをつづけた。

「文筥には二枚の書状が入れてあったそうや。一枚目は太閤殿下より大和中納言秀保公に宛てられた朱印状の下書きでな、領内にある古い塔を建てなおして早々に伏見へ移せという内容や。秀保公の点てる茶のように温《ぬる》くてはいけない、熱心にやれと戯《ふざ》けながら叱咤なされておいでやったという」

齢十六の秀保は関白秀次の実弟だが、亡くなった秀長の婿養子であり、大和国百万石を治めている。しっかり者の伯父がのんびりした甥をやんわりと叱る内容で、書状に妙な点は見当たらない。

「妙なのは、太閤殿下から関白さま宛てに綴られた二枚目の書状や。蒲生家の遺領については知行没収のこととあった。ただし、こちらも下書きや。正直、意味がわからぬ。何せ、蒲生氏郷さまはご存命ゆえな、会津九十二万石を遺領と記すのはどう考えてもおかしかろう。笑えぬ悪戯《あそび》ともおもえぬし、太閤殿下のご存念がわからぬ」

「お待ちくだされ。何故、盗まれた書状の中味をご存じなのですか」

「盗人がな、わざわざ聚楽第へ文筥を届けにきたのよ。太閤殿下の秘密を報せれば、金になるとおもうたのかもしれぬ」

危ういと察したが、知りたい気持ちを抑えかね、日海は膝を乗りだした。

「それで、どうされたのですか」

「ご近習が罠を仕掛けて盗人を捕まえ、文筥だけを奪ってやったわ」

どうやら、そうした経緯で書状の中味も発覚したらしい。

「さっそく、関白さまにおみせすると、この文は届けられなかったことにせよとお命じになった。その理由を、この身にだけ打ちあけられたのや。太閤殿下は折に触れて、信長公の仰せになったおことばを繰りかえしておられたという。『武将のなかで、わしのつぎに天下を取るとすれば、蒲生氏郷をおいてほかにはおらぬ。武勇も器量も群を抜いておる』とな。太閤殿下はそのはなしをするときはいつも、口惜しげに拇指を嘗めておられたそうや。関白さまは、身震いしながらお告げになった。これは何かのまちがいゆえ、書状は読まなかったことにすると断言なされたのや」

日海は堪えきれず、唇を尖らせた。

「何故、わたしめにわざわざ、おはなしなさるのですか」

「決まっておろう。楽になりたいからや。おまはんとは愛宕百韻以来の仲やし、本因坊日海は口が堅いことでも知られておる。そやから、話し相手になってほしいと、誰もが望むのやないか」

迷惑だという台詞を、ぐっと日海は呑みこむ。

紹巴は本人の言ったとおり、秘密を吐露して楽になったらしく、頰に笑みを浮かべる余裕をみせた。

「盗人は洛中を騒がす通り者の首魁《しゅかい》でな、石川某と抜かしておった」

「えっ、石川某。もしや、石川五右衛門では」

「名までは知らぬ。おぬし、まさか、存じよりの者か」

「……い、いいえ」

「まあよい。誰にも告げぬゆえ、案じることはない」

石川某は雑兵として朝鮮半島へ渡り、修羅場を何度も踏んだあげくに生き残った。雑兵をまとめる番頭まで出世したが、嫌気がさして倭城から逃れ、商人の荷船に乗りこんで帰国の途に就いたのだ。

盗人一味は十数名ほどが芋蔓《いもづる》のように捕まり、数日後、三条河原で釜茹《かまゆ》での刑に処されるという。

紹巴は冷めた茶を飲み干し、やおら尻を持ちあげた。

「さればな、おかげで気が楽になった」

見送る日海の足は重い。

盗人一味の処刑がおこなわれたのは、それから半月後のことだった。

処刑まで日を要した理由などわからない。ひょっとしたら、盗まれた文筥の行方を吐かせようと、何日にもわたって厳しい責め苦がおこなわれたのかもしれない。

秋の彼岸も過ぎ、庭には萩が咲きはじめていた。

初雁《はつかり》が竿になって飛来する空は暗く、三条河原には朝から小雨がぱらついている。

河原のまんなかには大釜が設えられ、下から炎で焙《あぶ》られていた。

煮えたぎった湯のなかへ、盗人どもはつぎつぎに放りこまれていったのである。

河原に集まった見物人たちは、固唾を呑んで見守った。

日海は大粒の汗を額に滲ませ、釜のそばまで近づいてみた。

だが、石川某と名乗る盗人の首魁は、五右衛門とは似ても似つかぬ別人だった。

盗人の吐いた台詞が、いつまでも耳から離れない。

「猿太閤が望むのは、蒲生の首か関白の首か、地獄の閻魔もご存じない」

釜茹でなどという無惨なやり方を命じた秀吉にたいして、最後の抵抗をみせたかったのだろうか。

石川某と名乗る盗人は呵々と嗤《わら》い、大釜のなかで煮殺されていった。

三

霜月、冷たい雨が降りつづくなか、千利休に後継とみなされた娘婿の少庵《しょうあん》が蟄居を解かれ、庇護されたさきの会津から戻ってきた。子の宗旦《そうたん》ともども千家の再興を許され、秀吉からは利休の遺品なども返されたが、すべては蒲生氏郷の並々ならぬ尽力があったおかげであろうと、誰もがおもっている。

洛中の蒲生屋敷は寂光寺とさほど離れておらず、二条大路と万里小路《までのこうじ》が交叉するあたりにあった。秀吉の肝煎《きもい》りで造られた二条柳町の遊郭にも近く、柳並木の美しい景観を堪能できるのだが、同じ界隈には小西隆佐の遺《のこ》した金二千両で再建された切支丹の教会もある。

スペイン人のペドロ・バウティスタが司祭をつとめるフランシスコ会の教会だった。今は無き南蛮寺を営んでいたイエズス会とのちがいは、仏門における宗派のちがいに似たようなものと洛中では受けとめられている。慈悲と情けを旨とする受け皿さえあれば、宗派を問わず入信したい者はいくらでもいた。

伴天連追放令ののち、隆佐は堺奉行の役目を辞したものの、不遇を託《かこ》っていたわけではない。秀吉からの信頼はわずかも薄れず、朝鮮出兵の際にはふたたび側近として迎えられた。肥前名護屋城へも伺候したが、発病して京へ戻り、妻子に教会再建の遺言を託して身罷ったのである。

伴天連たちにも敬われた偉大な父の遺志は、さきごろ堺代官に任じられた長男の如清《じょせい》に受け継がれた。言うまでもなく、次男の行長は朝鮮出兵の第一線で活躍する大名にほかならない。大名は秀吉から棄教するように命じられたが、行長が敬虔《けいけん》な切支丹でありつづけていることは子供でも知っている。

隠れ切支丹大名を罰しようとすれば、蒲生氏郷や前田利家とて無事ではない。高山右近の追放で有力武将を失う痛手に懲りた秀吉は、石田三成などの側近たちに何を言われようとも知らぬふりを決めこみ、ここ数年は切支丹そのものへの締めつけも弛める方針を保っている。

宥和策《ゆうわ》が長くつづけばよいがと、日海は胸の裡で祈りつつ、白い漆喰の塗られた新しい教会へ足を向けてみた。

弥助に脅されて死の恐怖を味わって以来、切支丹との関わりを避けてきたのだ。

姥柳町の南蛮寺が燃やされたのは、今からちょうど五年前のことだった。同じ年の葉月、日海は南蛮寺のそばで黒檀のような肌を持つ弥助と再会した。従者として信長公を信奉していた弥助は秀吉に恨みを抱いており、そのとき耳にした台詞は今でもはっきりとおぼえている。

――ヒデヨシはテンカを盗んだ。ゼウスを虐げ、禍をもたらす。

弥助は切支丹の洗礼を受け、秀吉の命を狙っているのだと確信した。

雑賀の鉄砲撃ちだった照算しかり、家康の密命を帯びた服部半蔵しかり、伊達家の黒脛巾組しかり、秀吉の命を狙う者は少なくない。だが、鉄壁の防禦《ぼうぎょ》を破って首を掻くのは誰かといえば、かつて異国の大平原で獅子をも狩っていた弥助をおいてほかにいないと、日海はおもっている。

大窓が目を引く教会からは、美しい賛美歌が聞こえてきた。

引き留めようとする内なる声に抗い、日海は敷居をまたいでみる。

吹きぬけの聖堂は白い漆喰の壁に囲まれ、正面にはマリア像が佇んでいた。

賛美歌を歌っているのは、継ぎ接ぎの着物を纏った若い娘たちだ。

床に跪《ひざまず》き、熱心に祈りを捧げる信者たちもいる。

もちろん、僧体では目立ちすぎたが、教会に来る者は誰ひとりとして拒まぬのが切支丹であった。

日海も頭を垂れ、世話になった隆佐の冥福を祈った。

しばらくすると、背後に誰かが近づいてくる。

振り向けば、妙齢の娘が微笑んでいた。

「あっ、サヤではないか」

驚きすぎて、声が掠れてしまう。

「久方ぶりやね。どれくらいぶりやろう」

「三年と十月だ」

「数えていてくれはったんか。何や、嬉しいな」

他人の目がなければ抱き寄せていたかもしれないと、日海は出家らしからぬことを考えた。それほど再会を渇望していたのかと、みずからのおもいの深さに驚かされてしまう。

「ここでは、ルシアと呼ばれておんのや」

誇らしげなサヤの顔が眩しすぎて、まともに見返すこともできない。

「洗礼を受けたのか」

日海が尋ねると、サヤは嬉しそうにうなずく。

「そうや。マグダレーナさまにお願いしたのや」

「もしや、それは亡くなった小西隆佐どのの」

「ご妻女や。お坊さん、お知りあいなんか」

「いいや、知りあいというほどでもない」

南蛮寺で隆佐に紹介され、一度だけ挨拶を交わしたことがあった。

「マグダレーナさまが北政所さまにお仕えしていたのはご存じやろう。今でもな、北政所さまからお呼びが掛かるのやて。つい先だっては、マグダレーナさまの付き添いでわても伏見城へ行ったんよ。

奥向きしかみてへんけど、広いお城やったわ。お坊さんも行かれたことはあんのやろう」

「伏見城へか。ないな」

「へえ、それは驚き桃の木や。お坊さん、ずいぶん偉《えろ》うならはったのに、御城へはまだ呼んでもらえへんのか。ふふ、何で切支丹の洗礼を受けたとおもう」

「さあな」

「内緒で教えたる」

サヤは悪戯っぽく笑い、顔を近づけてくる。

山梔子《くちなし》のごとき芳香に、鼻を軽く擽《くすぐ》られた。

「秀吉に毒を盛るためや」

ぎくっとして、金縛りにあったように動けなくなる。

サヤはふっと耳許に息を吹きかけ、ゆっくり離れていった。

「驚いたんか」

「ん、ああ」

「長次郎がみずから命を絶ったのや。役人どもから酷い責め苦を受けてなあ。土を捏《こ》ねられへんように、十本の指をぜんぶ潰されたんや。ご飯も食べられんようになってな、可哀相に、おとうは首を吊ったんや」

弟子の陶工たちもみな、散り散りになったという。利休に関わった者たちはみな、ひとつところに集められて理不尽な扱いを受けたあげく、極秘裡に処刑されたか、都から追放されたらしかった。

「猿太閤が命じたのや。おとうの恨みを晴らさんかぎり、死んでも死にきれん。そやから、マグダレーナさまから洗礼してもらったのや」

すべては、秀吉に近づくための方便だというのか。

胸が苦しくなってきた。

危うすぎると忠告しても、勝ち気な娘には聞き入れてもらえまい。サヤは日海とはまったく別のところで生きている。幼い頃から過酷すぎる日常を送り、町娘がふつうに抱く夢など持ち得なかったのだ。

日海はサヤの顔をみつめ、ふいにはなしを変えた。

「ハトはどうしておる」

「一年前、五右衛門を追って渡海した。生きてると信じてんのやけど、時折、不安になる。ハトの泣き声が聞こえて、夜中に目が覚めることもある」

「そうか」

はなしの接《つ》ぎ穂に困っていると、サヤは妙なはなしをしはじめた。

「三月ほどまえに、三条河原で釜茹でにされた盗人一味がおったやろう」

「ああ」

「束ねてたんは権兵衛という男でな、一時、大坂天満のトリデにもおったやつや。欲深くて間抜けな権兵衛が、秀吉の寝所に忍びこめるはずもない」

「忍びこんでおらぬというのか」

「ああ、そうや。忍びこんだことにされ、天下の大泥棒に仕立てあげられたんや」

どういうことなのか、サヤは裏事情を知っているようだった。

「お坊さんのくせして、そないなことが知りたいんか。ほなら、教えてあげる。寝所に忍びこんだんは伊賀者や。権兵衛は伊賀者にそそのかされ、文筥を持って聚楽第へ行けば、褒美をたんまり貰えるということばを信じた。文筥の中味なんぞ、権兵衛は知らへんかったやろう。何せ、字が読めぬ。中味も知らずに文筥を抱え、危ない橋を渡ったのや。欲深くて間抜けな阿呆にしか、でけへん芸当やで。しかも、釜茹でにまでされて、憐れなはなしや」

釜茹でにされた盗人の顔などおぼえていない。だが、サヤのはなしは嘘ではなかろうと、日海はおもった。

伊賀者と聞いて、即座に服部半蔵を脳裏に思い浮かべた。

秀吉の寝所に忍びこんでおきながら、何故、命を獲らなかったのか。

そちらのほうが不思議に感じられたものの、もちろん、忍びこんだのが半蔵とはかぎらない。文筥を聚楽第へ届けさせた理由もよくわからなかった。秀次を疑心暗鬼にさせ、秀吉との不和を醸成させる狙いでもあったのか。家康がそこまで姑息な手法を考えつくとはおもえない。半蔵が独断でやったことなのだろう。

あれこれ想像をめぐらせていると、額に嫌な汗が滲んできた。

サヤが身を寄せ、袂でそっと拭いてくれる。

「ほんまは恐い。でもな、やると決めたんや。おとうの口惜しそうな死に顔をみて、やらなあかんとおもうたんや」

サヤは自分自身を納得させるために喋っている。少なくとも、日海にはそうみえた。

「天下を統べる者が、自分の意に沿わんからいうて、人を容易に殺めたらあかん。秀吉は偉《えろ》うなりすぎたんや。ほんで、まわりがようみえんようになっとんのや」

サヤの言うとおり、朝鮮半島に大軍を渡海させたことも、権力を握って驕り高ぶる為政者の蛮行にちがいない。それを諫める勇気のある者が、秀吉の周囲にはひとりもいないのだ。利休を失ったことで歯止めが利かなくなったのかもしれぬと、日海はあらためておもった。

「伏見城では難しいやろな」

サヤは刺客になりきり、目を据わらせてつぶやく。

「狙い目は大坂城や。どうにかして淀殿に取り入り、お拾と遊んでるところへ忍びこむ。猿太閤がいちばん隙をみせるところやろうからな」

みずからを納得させるように、サヤは何度もうなずいた。

危ういから止めておけと説いたところで、聞いてもらえぬことはわかっている。

日海はマリア像を見上げ、どうかサヤを守ってほしいと祈らずにはいられなかった。

四

文禄四（一五九五）年、水無月。

洛中は酷暑に見舞われ、鴨川は水浴びをする者たちで賑わっている。

サヤと再会してから半年余り経ったが、いっこうに音沙汰は聞こえてこない。あれから何度か教会も訪れてはみたものの、ルシアという洗礼名の娘に再会することはできずにいた。

それにしても、暑い。日中は頭がぼうっとしているので、さすがの日海も囲碁を打つ気にならなかった。だからと言って、梟《ふくろう》のように夜通し起きているわけにもいかず、伽藍に秋風が吹きぬける季節を心待ちにするしかない。

「関白さまにも困ったものじゃ」

久方ぶりに所司代へ招じられて足を向けると、前田玄以が扇子《せんす》をぱたぱたやりながら喋りかけてきた。

ふたりのあいだには、四角い碁盤が置かれている。

玄以はどれだけ暑くとも、盤上の勝負に執念をみせた。好きか嫌いかで言えば、自分よりも囲碁が好きなのではないかと、日海がおもってしまうほどなのだ。

「おぬしも噂には聞いておろう」

真偽のほどはさておき、巷間では関白秀次の数々の奇行が取り沙汰されている。数日前も奥向きの女性たちを引きつれ、女人禁制の比叡山で鹿狩りをおこなったらしかった。一昨年の睦月に正親町上皇が崩御された折も、鹿狩りにうつつを抜かしていたために「殺生関白」などという蔑称を付けられている。

「昼夜酒色に溺《おぼ》れ、夜になると山狗のように、うおんうおんと吠えなさるとか。以前のご立派な面影はもうない。徳川さまや伊達さまは心の病ではないかとご案じになり、見舞いに訪れては叱咤激励なされておるようでな、公家のなかには『物狂いの兆しありや否や』と、わざわざ所司代へ問いあわせる御仁もおられる。かような噂が太閤殿下のお耳に届けば、いかなる処分が下されるかわかったものではない」

たとえ秀吉といえども、朝廷最高職の関白に就く甥を処分できるのだろうか。

玄以の目は疑いもなく、容易に処分できると言っている。淀殿がお拾という跡継ぎを産んでしまって以降、両者のわだかまりは徐々に拭い難いものとなり、今や一触即発の危機を迎えつつあった。

「しかもな、困ったことが起きそうなのじゃ」

玄以は外に漏らしてはならぬことを、平然と喋りはじめた。

「ほかでもない、家臣の不正が発覚した蒲生家の遺領について、このほど、太閤殿下より知行没収の朱印状が発布された。にもかかわらず、関白さまからは朱印状の中味をお認めなさる旨のご返事がいっこうにないのじゃ」

英傑の誉れ高い蒲生氏郷は、今年の如月はじめに病没した。昨年から体調はおもわしくなかったが、それでも渡海の兵らを鼓舞すべく、九州の名護屋城へおもむいていた。ところが、茶会の席で茶を呑んだ直後に下血し、どうにか京へ戻ってこられはしたが、二条柳町のそばにある屋敷で息を引き取ったのである。

名護屋城の茶席で茶を点てたのが瀬田掃部であったと聞き、日海は身震いを禁じ得なかった。何者かの企てによって毒を盛られたとおもったのは、秀吉の寝所から盗まれた文筥の中味を知っている者だけであろう。かつて紹巴に囁かれたことばを信じれば、関白秀次も右の事情を知っている者のひとりだった。

「武人としても教養人としても、関白秀次公は蒲生氏郷さまをお慕いになっていた。今にしておもえば、奇行の噂が立ちはじめたのは、蒲生さまがお亡くなりになった直後からであったやもしれぬ」

玄以の邪推は外れていないと、日海はおもった。

秀次は蒲生氏郷が毒殺されたと確信しており、密命を下すことのできる人物がひとりしかいないこともわかっている。だが、そんなことはあり得ないと諭すもうひとりの自分がそばにいて、感情を制御し辛くなっているのかもしれなかった。

実弟である大和中納言秀保の死も、落胆する心持ちに拍車を掛けたにちがいない。蒲生氏郷が亡くなったわずかふた月後のことであった。表向きは病死と告げられたが、家臣から毒を盛られたのではないかとの噂が立ち、周囲は疑心暗鬼になったという。

秀保の死によって家名は断絶となり、秀長の遺領を継ぐ者も新たに配されなかった。あれだけ兄に尽くした弟の痕跡すらも、秀吉は消し去ってみせたのである。

秀次が平常心でいられるはずはなかった。

そうした裏事情を知ってか知らずか、玄以は重い溜息を吐いてみせる。

「石田三成なんぞはやきもきしておってな、再三にわたって聚楽第へ使者を送りつけておる。探りを入れた使者の語るところによれば、どうやら、関白さまは蒲生家の遺領をそのまま遺児の鶴千代君にお遺《のこ》しあそばされたいようじゃ。となれば、太閤殿下のご意向を拒むことになる。前代未聞の出来事じゃ。太閤殿下が烈火のごとくお怒りになるのは目にみえておる」

かりに、秀吉がみずからの意思で蒲生氏郷を葬ったとすれば、信長公の威光を色濃く感じさせる英傑への強烈な嫉妬を抜きには考えられない。だが、やはり、毒を盛った理由としてより強いのは実利のほうであろう。蒲生家の会津と秀保の大和を取りあげるだけで、二百万石近くは浮くのである。

朝鮮半島における予期せぬ戦線の膠着が、秀吉の気持ちに影を落としている証左なのかもしれなかった。

合戦に勝利しても、与える領地が足りなくなれば、諸将たちは従いてこなくなる。そうした恐れが現実とならぬように、為政者は従前から手立てを講じておかねばならない。領地不足の悩みは焦りとなり、近いところから潰しておこうと考えたのかもしれぬ。

秀吉自身の発想ではなかったとしても、姑息な側近たちの考えそうなことだし、それを秀吉が黙認したとするならば、功労者を蔑《ないがし》ろにする道義上の罪は免れぬとおもわざるを得ない。


数日後、日海は伏見城へ初めて登城することになった。

さまざまな芸能を家業にする公家のなかに混じり、御所への参内を許された御伽衆のひとりとして能の会に招じられたのだ。

刺客となって秀吉の命を狙うと言ったサヤの顔が頭に過ったものの、城内に造られた見事な檜の能舞台が血塗られた修羅場に成りかわろうなどとは想像もしていなかった。

朝から退屈な太閤能が延々とつづいたのち、水無月に合わせた『賀茂』が演じられる段になった。

秀吉は舞い手ではなく、客として舞台を眺めていた。

鏡板に描かれた堂々とした老松《おいまつ》を背にして、賀茂神社に参詣した神官と従者があらわれる。鴨川の河原には祭壇が築かれ、白木綿《しらゆう》に白羽の矢が一本立っていた。神官が御手洗《みたらし》の水を汲みにきたふたりの里女に謂われを尋ねると、里女たちは矢を持ちかえって男児を懐妊した秦氏女《はたのうじじょ》のはなしを語りはじめる。生まれた子が別雷 神《わけいかずちのかみ》にほかならず、生母と矢もともども賀茂三所の祭神になったという逸話であった。

里女ふたりの仕種に合わせた謡の掛けあいが美しい。

「御手洗や、清き心に澄む水の、賀茂の河原に出づるなり」

「直に頼まば人の世も」

「神ぞただすの道ならん」

「半ば行く空水無月の影更けて、秋程もなき御祓川《みそぎがわ》」

「風も涼しき夕波に心も澄める水桶の、持ち顔ならぬ身にしあれど、命の程はちはやぶる、神に歩みを運ぶ身の、宮居《みやい》曇らぬ心かな」

ゆったりとした謡に聞き入っていると、橋掛かりから天女と別雷神が登場し、舞台は緩から急に転換する。ことに、昨子が飛びだした大飛出《おおとびで》の面を付けた別雷神は、身のこなしが出色の出来栄えと言うよりほかにない。

能については素人も同然の日海の目でみても、別雷神の所作や舞いは見事のひと言に尽きた。

事前に聞いていたはなしでは、面を付けているのは能の名人と評される常真こと織田信雄であるという。大飛出は瞳の孔《あな》に特徴があり、右目はやや下を向き、左目は正面を向いている。いわゆる「天地の目」を有してるので、何処をみているか判然としない。それがまた一種異様な雰囲気を醸しだし、大口から赤い舌を出した面で迫ってこられると、おもわず、身を反らしてしまうほどだった。

凶事が起こったのは、後段の舞いが佳境を迎えたときのことである。

別雷神が手にした幣を捨て、懐中から短刀を取りだしたのだ。

流れに沿った所作にも感じられ、何が起こったのかわからなかった。

舞台を見上げる最前列のまんなかには、秀吉がちょこんと座っている。

突如、別雷神は鬘《かつら》をはぐり取り、面の内からくぐもった声で唸りあげた。

「おのれ、猿太閤め」

末席にある日海は、おのれの耳を疑った。

さらに、能役者は大飛出の面も顔から剥ぎとる。

「あっ」

一同は驚きの声をあげた。

後シテの別雷神を舞っていたのは、常真こと織田信雄ではなかった。

誰ひとり知らぬ顔。知らぬ間に、舞い手が入れ替わっていたのである。

「刺客じゃ」

と、石田三成が叫んだ。

咄嗟に秀吉の盾となったのは、能の師でもある暮松新九郎である。

刺客は右手に高々と白刃を掲げ、檜の舞台から鷹《たか》のごとく舞いおりた。

そして、暮松の眉間を断とうとしたが、逆しまに抱きつかれてしまう。

「それっ、今じゃ」

秀吉の叫びに応じ、小姓たちが殺到した。

白刃を抜いた者が何人もおり、刺客はその場で膾斬《なますぎ》りにされた。

おそらく、断末魔の悲鳴をあげる暇もなかったであろう。舞台の下は血の池になったにもかかわらず、小姓たちのあいだから疳高い声が響いてきた。

「誰じゃ、誰の命でやったのじゃ……」

三成である。

屍骸と化した刺客の襟首を摑み、上下に激しく揺さぶってみせる。

「……なにっ、関白さまじゃと。恐れ多い、戯れ言を抜かすでないぞ」

深遠な能ではなく、猿芝居でもみせられているようだった。

ひょっとしたら、三成の口から「関白」という台詞を言わせるために仕組まれた狂言なのではないかと、日海は勘ぐったほどである。

真実はどうであれ、口さがない公家たちも見守るなか、天下人である太閤秀吉が刺客に命を狙われたのはあきらかだ。

と同時に、関白秀次は針の筵に座らされたも同然となった。

五

伏見城は一気に緊迫の様相を呈し、公家のあいだでは秀次成敗の噂が囁かれだした。

関白秀次をどうにかしたいと考えているのだとすれば、それは秀吉がお拾の出産に関わる秘密を知ってしまったからではあるまいか。

いや、いくら何でも、それは穿ちすぎであろう。

凶事のあった伏見城から戻り、数日のあいだ、日海は本因坊に籠もった。

食は細くなり、断食でもつづけているかのように、からだは痩せ細っている。

脳裏に浮かんでくるのは、紹巴の語った逸話の数々だった。

「関白さまは眉目秀麗な美丈夫であられるが、穏やかな性分でお気が弱く、少しばかり愚痴っぽいところがある。世間でも言われているとおり、武張ったところはわずかもなく、連歌にしろ、茶の湯にしろ、学ぶことのお好きな文《ふみ》の君《きみ》であられる」

なるほど、秀次は連歌や古典の芸能を好み、それらを庇護することに心血を注いできた。たとえば、能の詞章は難解すぎてことばが理解できぬと嘆じ、五山の僧や公家衆に命じて注釈書を編ませることにした。それが百二曲からなる『謡抄《うたいしょう》』として編纂《へんさん》されるはこびとなり、このほど山科言経《やましなときつね》のもとで校正が終わったという。

紹巴は偏屈なところのある連歌師だが、秀次のことを語るときは楽しげだった。

「関白さまにとって良き日の思い出と申せば、利休さまを茶席に招かれた際の逸話であろう」

秀次はあるとき、藤原定家直筆の小倉《おぐら》色紙を手に入れ、披露目の茶会を開いた。卯月も終わりに近い明け方、利休は主賓として招かれたが、茶席には主人もいなければ灯りの支度もない。ただ、鶴首の茶釜だけが風炉のうえで音を起てている。妙だなと首を捻っていると、後ろの障子が徐々に明るくなってきた。

障子の狭間から月の光が射し込み、床の闇に浮かびあがったのは一枚の色紙、薄墨の文字で書かれていたのは定家の筆になる後徳大寺左大臣の歌にほかならなかった。

――ほととぎす鳴きつる方をながむれば　ただ有明の月ぞ残れる
まさしく、歌に詠まれた情景こそが茶会の演出であることに気づき、さしもの利休も感服してみせたという。

「『さても名誉不思議な御作意かな』と、利休さまは仰せになったそうや。そのおはなしをなさるときの関白さまは、悪戯好きの童子のようでなあ、わしはあのお顔が好きでたまらぬ」

紹巴は泣き笑いの顔で、良き日の思い出を語った。秀次の置かれている苦境を案じているのはあきらかだった。

日海も紹巴を介して、秀次の身の上を憐れんだ。

ただの「文の君」でありつづければ、安楽な生涯を送ったかもしれぬのに、血縁だからという理由で、絶大な力を持つ為政者から重荷を背負わされた。骨肉相争う戦国の世にあって、血縁であることはいざというときに意味をなさない。天下人の叔父に抹殺される危うさと背中合わせの日々を過ごし、三十手前の若者が物狂いの兆候をみせたとしても不思議ではなかった。

秀吉はお拾が生まれてすぐのち、天下六十余州の五分の一をお拾に与えるようにと迫り、秀次の娘を赤子にすぎぬお拾の妻とするように命じた。秀次が唯々諾々としたがったのは言うまでもない。

一方では、秀次が関白の立場で良かれとおもってしたことが、秀吉の怒りを買った。朝鮮出兵で手許《てもと》不如意《ふにょい》な大名たち、たとえば、毛利、筒井、長岡などの諸大名へ軍資金を貸したことが、謀反の兆候ではあるまいかと、あらぬ臆測を呼んだのである。

秀吉から陰に日向《ひなた》に威圧されつづけ、懊悩《おうのう》した秀次は床に臥《ふ》せってしまう。薬師の曲直瀬玄朔を呼んだところが、どうしたわけか、朝廷より「怪しからぬ所業」として秀吉に告げ口された。後陽成天皇よりも関白の脈診を優先させたとして、何と玄朔は「天脈拝診怠業」の罪に問われたのだ。

日海には、秀次を窮地に陥れるためのこじつけにしかおもえなかった。

さらに、秀次は身の危うさを感じ、後ろ盾になって仲裁してほしいと願ったのであろうか、朝廷に白銀五千枚という莫大《ばくだい》な献金をおこない、平常から親しい、伊達、最上、毛利、長岡といった諸侯たちへ、関白には逆らわぬという内容の起請文を要求した。

事ここにいたって、ついに秀吉は決断し、石田三成と増田長盛を詰問の使者に立て、聚楽第へ向かわせたのである。

それが今月、文月三日の出来事だった。

秀次が疑われた罪状は、謀反であったという。おそらく、聚楽第へやってきた三成や長盛が、死に神の使いに感じられたにちがいない。

詰問から五日後の八日、秀次は関白ならびに左大臣の位を剝奪《はくだつ》され、秀吉から高野山へ向かうようにとの命を下された。


今日は十五日、秀次が高野山の青巌寺に蟄居してから七日目を迎えている。

朝から雀《すずめ》の鳴き声さえも聞こえてこない。

本因坊は閑寂として、時が止まったかのようだった。

寂光寺に由々しい報せが届いたのは、夕暮れのことである。

「関白さまがお腹を召されたぞ」

駆けこんできたのは、日淵であった。

大政所の菩提寺でもある青巌寺は、秀吉の送りこんだ数千の兵に囲まれた。検使《けんし》役は犬猿の仲で知られる福島正則であったが、覚悟を決めた秀次は泰然と構え、見事な所作で腹を切ってみせたという。

「太閤殿下に謀反を疑われ、腹を切って潔白を証し立てしたのだと申す者もおる」

洛中の人々はおおむね秀次に同情を寄せたが、数日も経つと伏見のほうから生前のさまざまな悪評が聞こえてきた。たとえば、飯に混入した砂粒を咎めて庖丁人《ほうちょうにん》を斬殺したとか、市中で盲人を愚弄しながら膾斬りにしたとか、秀次の性分を考えればとうていあり得ぬような醜聞が喧伝されたのだ。

謀反人として処断されたことの正しさを強調するために、無理にこじつけた辻褄《つじつま》合わせにしかおもえなかった。

秀吉は同月のうちに、お拾の傅役である前田利家と宇喜多秀家にそれぞれ起請文を差しださせ、上杉景勝などの諸大名二十八名にたいして、お拾への忠誠と法の遵守《じゅんしゅ》を求める血判連署の起請文を書かせた。

そして、落成からわずか八年の聚楽第は跡形もなく破却され、使える資材はことごとく伏見へ運ばれた。

関白秀次の痕跡をこの世から消す動きは、それだけに留まらない。

暦が変わった葉月二日の暁闇《あかつきやみ》、荷車に数人ずつ分かれて乗せられた女房衆や幼子たちが、大路を引きまわされたのちに三条河原へ連れてこられた。

鹿垣《ししがき》をめぐらせたなかには松明が点々と焚かれ、数百からなる厳《いか》めしげな兵らが囲んでいる。さらに、大勢の見物人も刑場を遠巻きにし、固唾を呑んで成りゆきを見守っていた。なかには、ぶつぶつと念仏を唱えている老人もいる。

日海のすがたも、見物人のなかに混じっていた。

白装束に身を包んでいるのは、菊亭家から秀次のもとへ嫁した御台所であろうか。かたわらで脅える長女の宮御方《みやのおんかた》は、まだ十三である。三の姫の手を繫ぐ母のお辰《たつ》、若君を庇《かば》う母のお佐子《さこ》など、刑場に引かれる女房衆や子供たちの数は四十におよぶ。東北の最上家から連れてこられた駒姫《こまひめ》などは、側室となってまだ三日しか経っておらず、秀次の顔すら知らぬという。

妻妾《さいしょう》たちはみな、辞世を詠んだ。のちにあきらかにされた辞世のなかで日海の耳に残ったのは、おつまの方が詠んだ「故もなき罪にあふみのかがみ山　くもれる御代のしるしなりけり」という一首だった。

秀次に着せられたのが「故もなき罪」であったことは、女房衆にもわかっていたのだ。みずからの都合で血の繋がった甥にさえも理不尽な死を突きつける。そのような為政者は早々に滅びるしかないと、まことは血を吐くようなおもいで叫びたかったにちがいない。

検分の席には、石田三成と増田長盛が憮然《ぶぜん》とした顔で座っていた。まるで、能面を付けているかのようであった。

河原には縦穴が長々と掘られ、女房衆の正面には秀次の腐った生首が据えられている。首を目にするやいなや、おなごたちのあいだから一斉に慟哭《どうこく》と嗚咽が漏れた。

「始めよ」

髭面の足軽が検使役の命を受け、若君ふたりのもとへ近づいていく。若君たちを子犬のように抱きあげ、鋭利な刃物で串刺しにしてみせた。これを合図に、おなごたちはつぎつぎに処刑され、縦穴に蹴落とされていった。

折りかさなる屍骸を直視できず、見物人たちは目を逸らす。

あまりの悲惨さに耐えきれず、日海は刑場に背を向けた。


女房衆の処刑と相前後して、秀次と関わりのあった者たちにも処分が下された。

すでに、家老の木村重茲《しげこれ》や前野長康は殉死し、近習の瀬田掃部は処刑されていたが、大名では伊達政宗が謀反に関与した疑いをかけられた。のちに讒言であったと判明したものの、聚楽第へ頻繁に出入りしていた諸侯たちは生きた心地がしなかったはずだ。

連歌の師であった里村紹巴も、謀反に加担したとの讒言によって知行をことごとく奪われた。

日海がそのことを知ったのは、葉月も終わりに近い頃である。

石田三成は何と秀次の遺領である近江佐和山を与えられ、十九万四千石の大名になっていた。洛中でそのはなしが持ちきりになっているさなか、紹巴はたったひとりで寂光寺を訪ねてきた。

日海は留守にしており、夕方に帰ってくると、宿坊に短冊が一枚残されていた。

「月花を心のままにみつくしぬ　なにか浮世におもひ残さむ」

口に出して読みながら、ぎくりとした。

「……こ、これは」

端正な筆跡にはおぼえがある。秀次直筆の辞世にちがいあるまい。

紹巴は何故に、かように貴重なものを残していったのか。

「しばらく洛中を離れるゆえ、おぬしに預かっておいてほしいそうじゃ」

日淵が暗がりから喋りかけてきた。

「金目のものやめぼしいものは、ことごとく役人に奪われる。関白さまの辞世だけは奪われたくないと仰せじゃった」

それゆえ、しばらくのあいだ預かってほしいのだという。

ほっと、日淵は溜息を漏らす。

「享年二十八、お若い関白であられたのう」

山門を潜った紹巴は、小坊主たちから物乞いとまちがえられたらしい。

そのはなしを聞いて、日海は鬱々とした心境にならざるを得なかった。

第八章　波濤のごとく

一

文禄五（一五九六）年、如月。

洛中に梅の香りが漂う頃、日海は東山連峰を仰ぎながら三条大橋を渡り、散策がてら阿弥陀ヶ峰の麓までやってきた。

仰け反って見上げたのは、途轍《とてつ》もなく大きな大仏である。東大寺の大仏よりも遥かに大きい。大仏を安置する大仏殿がまた途轍もなく大きく、大坂城の天守閣がすっぽり覆われてしまうほどであった。

落慶は昨秋、九年掛かりで築かれた大仏殿においては、秀吉の命であらゆる宗派から僧侶が集められ、大政所の菩提を弔う法要が催された。寂光寺は他宗派を拒む不受不施派の戒律に縛られておらず、叔父の日淵も命に応じて供養に参じたが、日海は理由も告げずに本因坊へ籠もった。

大仏殿建立には何の意味も見出すことができない。そもそも、信長公の菩提を弔う御位牌所が築かれるはずだったのに、秀吉が関白任官を機に日の本一の大仏殿を建立すると勝手に宣言したからである。

位牌所の住持になるはずの古渓宗陳は不服を申し立てて譴責《けんせき》処分となり、一時、太宰府へ追放されてしまった。それにより、東山大仏殿の初代住持には、聖護院の門跡である道澄に白羽の矢が立てられた。

道澄は近衛前久の実弟ゆえに、前久の猶子でもある秀吉からみれば叔父にあたる。何でも言うことを聞く「叔父」を住持に据え、あらゆる宗派の僧侶たちを大仏のもとに平伏させることこそが、秀吉の狙いにちがいなかった。

ただし、当初は金銅造りのはずだった大仏は、金と手間が掛かりすぎるという理由から、木枠を繋げて漆で固める漆膠造りとなった。

一見すると金箔押しの立派な大仏のようだが、日の本一の張り子と言っても過言ではない。そのせいか、心の底からありがたがる参詣者も少なく、日海には上辺だけを飾って権威を保とうとする秀吉のすがたと大仏が重なってみえた。

それでも、伏見街道の整備や五条大橋の付けかえなどがおこなわれたおかげで、参詣人は洛外から引きも切らずに訪れる。門前の餅屋で売る大仏餅は飛ぶように売れているらしいのだが、じつはこの餅屋こそ、かつて普請人足を束ねていた五右衛門の住処《すみか》であった。

餅屋の敷居をまたいでみると、背の丸まった老婆が孫娘とふたりで切り盛りしている。五右衛門のことを尋ねても、老婆は知らぬと応じた。余計なことは喋らぬと決めているようなので、日海も執拗には聞かなかった。

床几《しょうぎ》の端に座り、餅を頬張りながら参詣客をみるともなく眺めた。旅装の老夫婦もいれば、両親に手を繫がれた幼子のすがたもある。

「平穏な光景だな」

本来は大仏ではなく、信長公の位牌が安置されねばならなかったのだ。

今でも、そうおもっている。囲碁の才能を認めてもらい、名人の称号まで頂戴した。しかも、死の間際までかたわらに侍ることを許された。生涯にわたって、信長公を慕う気持ちが消えることはあるまい。

だが、ふとおもう。信長公の世がつづいていたら、洛中にこれほどの平安が訪れたであろうか。

秀吉は信長公の死を起死回生の転機と受けとめ、明智光秀を相手取った弔い合戦に勝ち、あれよという間に天下を取った。当初は強欲で鼻持ちならない人物だと反撥を抱いたが、侍の常識をことごとく覆すやりように、日海は我知らず共感をおぼえるようになった。

縁ある土地にしがみつき、刃向かう者は力尽くでねじ伏せる。侍の弱点を、出自が侍でない秀吉はよくわかっていた。そして、軽々と超えてみせたのだ。国持大名や公家どころか、帝をも軽んじ、あらゆる権威に媚びない姿勢を世にしめした。

そうしたやりようを痛快に感じないと言えば嘘になる。秀吉は有り余る金を惜しみなく使い、人々の度肝を抜くような大普請をつぎつぎとやってのけた。誰もが秀吉の描く遠大な構想をおもしろがり、できあがった城や町の見事さに舌を巻きつつ喝采を浴びせた。

日海のなかでも次第に信長公の影は薄くなり、秀吉抜きでは今の世の繁栄を語ることはできぬと考えるようになった。

「繁栄か」

しかし、それすらも張り子の大仏と同じものかもしれない。

日の本を統一することに飽き足らず、秀吉は「唐渡り」と称して大軍を朝鮮半島へ送りこんだ。他国を蹂躙《じゅうりん》することで自国に繁栄をもたらそうとするのなら、それは偽りの繁栄にすぎまいと、日海はおもう。

今や、誰もが偽りの繁栄を享受すべく、従順な僕《しもべ》となって為政者に仕えている。政事への不平や不満を口にすれば、即座に断罪されることを知っているからだ。三条河原で関白秀次の女房衆が処刑された陰惨な光景を思い出し、自分や肉親はああなりたくはないと、誰もがおもっているのである。

張り子の大仏は虚仮威しで、目の前にある平安はまぼろしにすぎぬ。

わかっていても何ひとつできぬ自分に、日海は苛立《いらだ》ちをおぼえた。

「日海さま、日海さま」

かたわらから、誰かが呼んでいる。

顔を向ければ、御所風の髷を結った娘が微笑んでいた。

「あっ、サヤか」

「お久しぶり。ぼうっとされて、何かお考え事でも」

「いいや、別に」

「ほほ、ことばを濁されたな。当ててみようか。あの大仏、ただの張り子やないかと、そないにおもったのやろう。ほうら、顔色が変わりはった。当たりや」

嬉しそうにはしゃぐサヤを眺めていると、それだけで満たされた気分になる。

「見ちがえたぞ。教会で再会したときとは、まるで別人ではないか」

「洗礼を受けた頃はまだ、継ぎ接ぎの襤褸が似合《にお》うとったからな。今はちがう。身なりもことば遣いも、ぜえんぶ。わたし、生まれかわったんや。詳しいはなしが聞きたいんやったら、従いてきたらええ」

サヤは意味ありげに微笑み、さっと袂を翻す。

芳香に誘われるように、日海は床几から尻を持ちあげた。

丘陵を下りて向かったさきは、道ひとつ隔てた東山七条の寺である。

サヤはひらひらと蝶が舞うように歩き、気軽な調子で山門を潜った。

「……こ、ここは」

「そうや、養源院や」

淀殿が父である浅井長政の菩提を弔うべく、二十一回忌の一昨年に建立させた寺だ。

由緒は聞いていたが、足を向けたことはなかった。

信長公を裏切って「薄濃《はくだみ》」という髑髏の盃にされた長政の逸話を聞いていたからであろうか。物見遊山に訪ねようともおもわなかったし、信長公に命じられて薄濃から酒を呑んでみせた秀吉が、よくぞ建立を許したものだと驚いたのをおぼえている。

「さあ、如来さまにお祈りせな」

サヤに手を取られ、強引に本堂へ連れていかれた。

阿弥陀如来に祈りを捧げていると、廊下の奥からひたひたと跫音が近づいてくる。

「じつはな、お引きあわせしたいおひとがおんのや」

サヤに耳許で囁かれ、ぎくっとして振りむいた。

本堂へやってきたのは、天女と見紛うほどの美しい女性である。

「げっ」

淀殿にほかならない。

後ろに侍るお歯黒の侍女は、孝蔵主と名乗るさいであろう。

さいは本能寺の変の際、信長から影武者の骨を砕いて呑むように命じられた。主人の命を守って灰になった骨を呑み、そののち、伝手をたどって北政所に仕えるようになった。淀殿の身を介して織田家の胤を遺す使命を帯びているのだと、日海は勝手に臆測していた。

密事の裏で暗躍する怪しげな侍女は、常のように死の影を纏っている。

だが、さいのことよりも、今は淀殿であった。

本来であれば、一介の法華坊主が直々にはなしのできる相手ではない。

平伏して顔もあげられずにいると、淀殿は立ったまま優しげに語りかけてきた。

「苦しゅうない。そなたが、囲碁名人の日海か」

「はい」

「面をあげよ」

優しく命じられ、恐る恐る面をあげた。

「ほう、賢そうな面構えじゃ。さすが、信長公が名人とお付けになっただけのことはある」

施薬院全宗に誘われ、乙訓寺で初めて目にしたときの衝撃が忘れられない。今にしておもえば、一目で骨抜きにされてしまったのであろう。そののち、大徳寺へ呼ばれ、おのれが呼ばれた理由を知ったときも、死ぬかもしれぬという恐怖や不安とうらはらに、至上の喜びを感じた。

何しろ、この身は淀殿に子胤を授ける候補のひとりに選ばれたのだ。誇らしかった。聚楽第で二度目に秘事を目にしたときも、からだの芯が疼《うず》いて仕方なかった。

煩悩とは、何と恐ろしいものなのか。

僧であることを恨めしいとさえ感じたのは、何もかも淀殿のせいであろう。

日海は夢心地だった。淀殿から直に語りかけられているのだ。そんなことはあり得ないというおもいが強く、この場に導かれた理由をあれこれ穿鑿する余裕もなかった。

淀殿は袖で口を隠し、妖《あや》しげに笑う。

「太閤殿下は打ち出の小槌《こづち》じゃ。わらわの願いは何でも聞き入れてくださる。養源院の建立にあたっても、嫌なお顔ひとつされなかった。父浅井長政の髑髏で祝杯をあげたにもかかわらずなあ。ふふ、信長公なら許さなんだであろうよ。建立などもってのほかとお怒りになり、手討ちにされたやもしれぬ。何せ、父上は信長公を裏切り、卑怯にも背中から斬りつけたのじゃ。死は当然の報いであった。されど、父上との戦いを踏み台にした家臣どもは許せぬ。秀吉は賢しらげに申した。金ヶ崎《の》の退き口で生きのびたのがはじまりじゃったと。おぬしの父を敵にまわした戦いがすべてのはじまりであったと、あやつめ、自慢げにうそぶきおったのじゃ」

淀殿の顔が般若《はんにゃ》にみえてきた。

「のう、日海とやら、ここに侍る孝蔵主に聞いたぞ。おぬし、炎に巻かれた本能寺から信長公にしたがって逃れたそうじゃな」

ぎろりと睨まれ、日海は目を逸らすこともできない。口のなかが乾ききっていた。

「ふん、行き先は言わずともよいわ。信長公の最期を見届けたのであろうよ。されば、おぬし以上に信頼のできる者はおらぬ。ふふ、いずれ遣いを向かわせるゆえ、わらわの願いをかなえてたも」

「……ね、願いにござりますか」

狼狽える日海に向かって、淀殿はぐいっと胸を張る。

「そうじゃ、待っておれ。わらわは売らぬ。猿なんぞに、けっして魂は売らぬ」

淀殿は嫣然と微笑み、衣擦れの音とともに去っていった。

気づいてみれば、孝蔵主もサヤも消え、膝前に茶碗がぽつんと置いてある。

震える手で茶碗を持ち、ひと口ごくりと呑んでみた。

ただの温い茶が、髑髏の盃に注がれた酒にも感じられる。

いったい、この身に何を託そうというのか。

日海は言い知れぬ不安に押しつぶされそうになった。

二

紫陽花が雨に濡れている。

皐月なかば、四つのお拾は参内し、従五位以下の位を得た。御所の紫宸殿前庭では禁中能が催され、帝をはじめとする高位の公家衆や有力大名たちの面前で、秀吉はみずから演じてみせたという。

「十五番のうち、五番まで演じられたそうや」

末席で観ていた吉田兼和によれば、秀吉はまるで物狂いにでもなったかのように舞いつづけたらしい。

「お拾さまのためや」

参内させたのがよほど嬉しかったのだろうと、日海はおもった。

「それもある。されどな、太閤殿下も還暦や。五番も演じるのはしんどかろう。お拾さまのことを認めてもらうために、骨身を削らはったのや」

兼和は涙ぐみながら語ったが、そこまで秀吉に入れ込んでいる様子が不思議でたまらなかった。多額の寄進を受けているうちに骨抜きにされたのだろうかと疑ってみたくもなったが、公家たちは秀吉の気前の良さにつけこみ、多かれ少なかれ恩恵を受けてきた。今さら世渡り上手な連中に反感を抱いても仕方ないし、囲碁で糧を得ている自分も同類ではないかとおもう。

養源院で目見得の機会を得て以来、淀殿からの使者は来ていない。

ルシアの洗礼名を授かったサヤがどうなったのかも知らなかった。

淀殿の望みとは、いったい何なのだろうか。

関白秀次や女房衆の悲惨な最期を人伝に聞き、みずからも抹殺される危うさを感じたのだとすれば、望むべきことはかぎられてこよう。

本因坊にひとり籠もって碁盤に石を置いていると、追いつめられた者の心情が手に取るようにわかる。猿に魂は売らぬと発した勝ち気な気性から推せば、淀殿は秀吉の死を望んでいるのではなかろうか。

サヤは偶然を装ったが、あらかじめ孝蔵主あたりから養源院へ連れてくるように命じられていたはずだ。淀殿に信頼できると言われて有頂天になりかけたが、いったい、この身に何をさせようとしているのか。

もしかしたら、淀殿と秀吉の対局で捨て石に使われるのかもしれないという邪念から、日海は逃れられなかった。

憂うべき朝鮮半島の情勢については、渡海の開始された四年前からほとんど動きはない。

「和睦じゃ。それ以外に手がないことは、太閤殿下もわかっておられる」

所司代の前田玄以は溜息混じりに言っていた。

秀吉も諸侯もみな、最前線の小西行長に明国との難しい和睦交渉を委ねている。朝鮮半島に在陣する諸侯は、和睦に反対して蟄居させられた加藤清正を除き、配下の兵たちを半島南部の城に留まらせ、暇に飽かせては虎狩りなどをやっていた。伏見城には塩漬けにした虎の肉が献上されたとの噂も聞く。

いずれにしろ、今はかりそめの平和が保たれているのにすぎない。

梅雨は明け、暑い夏も過ぎた。

洛中に秋風が吹きはじめたころ、信濃国の浅間山が噴火したとの伝聞がもたらされた。東西を行き来する商人たちによれば、卯月の初めにも噴火していたが、こたびは天地を揺るがすほどの大噴火だったらしい。

朝廷から占卜を命じられた吉田兼和は、天変地異の兆しを察していた。

占卜が的中したのは半月足らずのち、閏文月十三日のことである。

日海は午後遅く、初めて伏見城の二ノ丸へ伺候した。

二ノ丸は淀殿とお拾のために築かれたもので、秀吉や北政所の起居する本丸よりも敷地が広い。ただし、淀殿とお拾は大坂城におり、本因坊にやってきて伺候を命じた使者は秀吉直々の命を帯びた小姓だった。

伏見に屋敷を構えた諸将から対局の誘いがあり、日海はこのところ足繁く伏見城下へ通っていた。それを聞きつけた秀吉が、手慰みに対局を望んでいるというのである。

今まではなかったことだけに妙な心持ちになったが、小姓によれば、お拾が幼いながらも囲碁に興味をしめしており、遊び相手になりたい秀吉は手ほどきができる程度に上達しておきたいらしかった。

日海はそのはなしを聞き、淀殿の差し金ではないかと勘ぐった。四つのお拾が囲碁に興味を持つはずもないし、すべては秀吉に近づかせるための方便、作り話にすぎないとさえおもったのだ。

ともあれ、びくびくしながら伺候してはみたものの、控え部屋で待てど暮らせど、いっこうにお呼びが掛からない。四半刻《しはんとき》ほどもすれば夕暮れになってしまうので、日海は様子を窺おうと廊下に出た。

するとそこへ、案内役の小姓が慌てた様子でやってきた。

「日海さま、申し訳ござらぬ。じつは、加藤主計頭《かずえのかみ》さまがお越しでして」

「えっ」

加藤主計頭清正は秀吉の勘気を蒙り、蟄居の沙汰を受けたと聞いていた。もしかしたら、秘かに許しを請いに訪れたのかもしれない。

「かような事情ゆえ、今日のところはお引き取り願えませぬか」

呼びつけておいてそれはなかろうと、胸の裡で毒づいた。

と同時に、秀吉と会わずによいので、ほっと安堵の溜息を吐く。

「まことに、申し訳ござらぬ」

小姓は情けない顔でお辞儀をしかけた。

つぎの瞬間、血を吐いて仰向けに倒れる。

胸のまんなかには、手槍が深々と刺さっていた。

「えっ」

日海は仰天し、石仏のように固まった。

大きな黒い影が、後ろから小脇を擦り抜けていく。

「あっ」

弥助であった。
信長公の忠実な僕にして、黒檀の肌を持つ最強の刺客にほかならない。
弥助は小姓の胸に刺さった手槍を抜き、白い目でぎろりと睨む。
「ヒデヨシは何処」
日海は震える手を持ちあげ、廊下の向こうを指差した。
弥助は庭に飛びおり、石灯籠の陰に身を隠す。
と、そのときだった。
ぐらりと、足許が揺れた。
どんと下から突きあげられ、尻餅をついてしまう。
大きな横揺れがつづき、廊下の柱がずれはじめた。
大地震である。
「うわっ」
軒が落ち、庭の石灯籠が倒れた。
弥助は何処にもいない。
日海は立ってもいられず、這うようにして廊下を進んだ。
しばらく進むと、奥のほうから誰かの声が聞こえてくる。
「殿下を外へ。早く外へお連れせよ」
廊下で仁王立ちになった人物は、関羽《かんう》のごとき美髯《びぜん》の持ち主だった。

出兵の馬揃えで目にしたことがある。
加藤清正にほかならない。
清正の背後から、秀吉らしき人物が小姓たちに守られて出てきた。
頭に鉄の兜をかぶり、両手を預けて小姓たちに引きずられている。
蒼白な顔は恐怖で引き攣《つ》り、声を出すこともできない。
揺れは収まるどころか、いっそう激しくなってきた。
突如、庭に殺気が膨らむ。
――ひゅん。
手槍が投じられ、秀吉の正面に立つ小姓が倒れた。
胸のまんなかに、手槍が突きたっている。
「ひゃっ」
秀吉は腰を抜かし、その拍子に兜が脱げてしまう。
月代《さかやき》のてっぺんに、鳥の巣のような白髪が立っていた。
「守れ、わしを守れ」
唾を飛ばす秀吉は、駄々をこねる童子のようだ。
清正はのっそり近づき、小姓の胸に刺さった手槍を抜いた。
「何やつじゃ」
ぎろりと睨んださきには、艶やかな裸体の弥助が立っている。

揺れる地べたに両脚を広げ、不動明王のごとく微動だにしない。

「あっ、おぬしは……もしや、弥助か」

驚愕の声をあげたのは、秀吉であった。

「おぬし、生きておったのか」

本能寺の変で死んだとおもわれていた弥助が、刺客となって秀吉のもとへ舞いもどってきたのである。

「……な、何故、わしの命を狙う」

顎を震わせる秀吉の問いに、弥助は地の底から湧きだすかのような重厚な声で応じた。

「ノブナガさまのご遺言ゆえ」

「何じゃと」

「天下を掠めとった者に死を」

手槍を投げた弥助は、ほかに得物《えもの》を携えていない。

だが、かつては異国の大平原で獅子に立ちむかったほどの男である。

みずからを凶器と化し、徒手空拳《としゅくうけん》でも充分に闘う力は持っていよう。

「まいる」

弥助は土を蹴り、大きな歩幅で秀吉に迫った。

しかし、清正が頑強な盾となって立ちはだかる。

「莫迦め」

槍を持たせれば天下無双、この場に加藤清正が居たことは秀吉にとって幸運だったというよりほかにない。

「奴僕《やっこ》め、殿下に指一本でも触れさせてなるものか。ふりゃ……っ」

気合一声、清正は撞木足《しゅもくあし》に構え、鋭い突きを繰りだした。

弥助は軽々と躱《かわ》し、槍のけら首を小脇にたばさむや、ぐんと身を持ちあげる。

——がつっ。

頭突きをまともに喰らった清正はたまらず、槍から手を放してしまった。

「虎之助、これを使え」

秀吉が後ろから、愛刀を鞘ごと寄こす。

清正はこれを受けとり、しゅっと本身《ほんみ》を抜きはなった。

刃長二尺三寸弱、大柄な清正には短くみえる。だが、これこそが足利義昭から秀吉に下賜された名刀、藤四郎吉光《とうしろうよしみつ》であった。

「一期一振《いちごひとふり》か」

清正はうっとりとしながら、長岡幽斎が名付けた刀の通称を口走る。

紛うかたなき垂涎《すいぜん》の一振りにちがいない。

握っているだけで、五体に力が漲ってきた。

相手が強靭な弥助であっても、負ける気がしない。

「地獄へ堕ちよ」

清正は嬉々として叫び、一期一振を大上段に振りあげた。

鈍い光を放つ平地《ひらじ》には、丸い碁石が連なったようにみえる互《ぐ》の目乱れの刃文が浮きでている。

「覚悟せい」

清正は叫び、本身を振りおろした。

――ばすっ。

初太刀《しょだち》で、弥助の持つ槍の柄が断たれる。

さらに、下から薙《な》ぎあげられた二刀目は、黒檀の肌を斜めに裂いた。

「ぬおっ」

ところが、弥助は倒れもせず、斬られた勢いのまま清正に組みついていく。

丸太のような腕を喉首にまわし、ぎゅっと首を締めあげたのだ。

「ぬぐっ」

さしもの清正も身動きができない。

白目を剝いた瞬間、ふたたび、地面が大きく揺れた。

ふたりは上下に重なって倒れ、下になった弥助が沓脱《くつぬ》ぎ石に頭を打ちつける。

「……や、やったか」

秀吉が目玉も飛びださんばかりに叫んだ。

つぎの瞬間、弥助がぶわっと身を持ちあげてくる。

「死に損ないめが」

清正は一期一振を青眼《せいがん》に構え、猪首の切っ先で腹を串刺しにした。

「ぐおっ」

弥助が動きを止める。

「それい、とどめを刺せ」

清正の怒声とともに、小姓たちが殺到した。

「ふわあぁ」

四方八方から串刺しにされても、弥助は倒れない。

根を張ったように佇んだまま、こときれたのである。

「見事な最期じゃ」

清正がおもわず、合掌してみせる。

一部始終を見届けた日海は、声をあげずに泣いた。

信長公に忠心を捧げた者同士、弥助には親しみを抱いていたのだ。

——天下を掠めとった者に死を。

弥助の発したことばが忘れられない。

まことにそれが信長公の遺言だとすれば、誰かが引き継ぐべきではあるまいか。

無惨に倒壊した城内の片隅で、日海は歯の根も合わせられぬほど震えながら、そんなことを考えた。

三

洛中は瓦礫《がれき》の山と化した。

寂光寺も被害を受けたが、本因坊はどうにか倒壊を免れた。

無惨なすがたとなった伏見城は破却され、同じ伏見のなかで地盤が堅固な木幡山に再建されるはこびとなった。指図は大坂城を基に作成され、一年ののちに五層の天守閣を有する立派な城が完成するらしい。

東山大仏殿も半壊し、何と大仏の頭が転がり落ちた。秀吉は「仏力が弱すぎる」と怒り、山城周辺で数万人もの死者を出した大地震の原因が張り子の大仏にあるかのように喚いたという。

一方、大坂城はさほど大きな被害を受けなかったにもかかわらず、秀吉は早急に修復すべく、毛利家にたいして三千人の人足を調達するように命じた。

「無理難題を仰せになる」

秀吉贔屓《びいき》だった吉田兼和も、これには腹を立てていた。洛中が大変な情況だというのに、お拾の拠る大坂城の修復を優先させるやり方が許せぬのだ。

大義名分に乏しい朝鮮出兵にしろ、秀次とその一族を断罪した経緯にしろ、地震以前から許されざる所業はいくつもあったはずなのに、公家たちは対岸の火事とばかりに傍観した。今さら文句を言っても遅すぎると、日海はおもわざるを得ない。

兼和によれば、秀吉からも打診があり、神無月には御所内で改元の儀が催されるという。新しい元号は「慶長」であると聞かされても、何ひとつ感慨は湧かなかった。

地震の爪痕《つめあと》が大きすぎて、頭が追いつかない。

余裕のある寺社では、家を失った人々を救うための取り組みがはじまっていた。寂光寺では地震直後も大勢の怪我人を受けいれてきたが、檀家から掻き集めた米や野菜で、連日のように施粥《せがゆ》をおこなった。餓えた人々の腹を少しでも満たすことができればという気持ちで、日海も手伝いに勤しんだ。

「唐入りが再開されるかもしれぬ」

そんな噂が流れはじめたのは、秋も深まった頃のことである。

日海は放っておけなくなり、所司代の前田玄以を訪ねてみた。

幸いにも玄以は会ってくれ、囲碁を打ちながら重い口を開いた。

「大坂城に明国の使節を迎えたのじゃ。初日は儀礼どおりの挨拶で終わったゆえ、和気藹々としたものであった」

何せ、明国を束ねる万暦帝の寄こした正式の使者たちである。当初は日本へ渡海させることすら困難におもわれたが、小西行長らの粘り強い和睦交渉が実を結んだかたちとなった。

秀吉は使者を介して万暦帝より、冠服と誥命《こうめい》と印章を下賜された。明国の冊封《さくほう》を受けるのは足利義満以来のことらしく、臣下の徳川家康や前田利家には明国の官職が与えられたという。

「二日目も途中までは波風は立たなんだ。太閤殿下は冠を着けられ、赤い官服を纏っておいでだったからな」

ところが、五山の僧である腹心の西笑承兌が使者のもたらした万暦帝の書状を奉読するや、秀吉の顔色は変わった。

怒りが沸騰したのは、承兌が「爾《なんじ》を封じて日本国王と為す」と発したときである。秀吉の心積もりでは「勝ち戦」の成果として、万暦帝より「大明皇帝」にする旨の約束が得られるものと考えていた。ところが、書状には日本を明国の属国として認める旨の内容しかない。朝鮮国の王子を人質に貰い受けることや対等に貿易をおこなう旨の内容には一切触れられておらず、秀吉から和睦の条件としてしめしたはずの内容は黙殺されたことが判明したのだ。

「怒髪天を衝くとは、太閤殿下のためにあるようなことばじゃ」

秀吉は官服を脱ぎ捨て、平伏す使者たちの面前で書状を破り捨てた。

かたわらに侍る小西行長は、蒼白な顔で畳を睨んでいたという。

「何故、かような仕儀になったのか、わしにはさっぱりわからぬ」

小西行長は万暦帝が心変わりされたと懸命に弁明したようだった。しかし、交渉の難航はあらかじめ予想されたことだったので、何処まで信じてよいのかもわからぬと、玄以は言う。

ともあれ、和睦の機運は一気に萎《しぼ》んだ。朝鮮半島の南岸に築いた十五余りの城は破却せずに残されることとなり、秀吉は来年早々には新たな陣立てで攻め寄せる腹を決めたらしかった。

「当面の狙いは全羅道の制圧じゃ。ここだけのはなし、唐入りなんぞは夢のまた夢、渡海を命じられた諸将のなかには口にする者とておらぬ」

長期にわたる異国での戦いが、雑兵たちを疲弊させていた。陣所から逃亡する者も多くあり、なかには船で九州へ勝手に戻ってくる連中もいる。逃亡した者たちを処刑するべく、名護屋城には戦さ目《め》付《つけ》配下の直臣たちが目を光らせているとも聞いた。

天変地異や朝鮮半島の情勢は、洛中の人々を不安に陥れた。不安から逃れようと神仏に縋るようになり、切支丹の教会でも入信する者たちが増えていった。


秋も深まった頃、日海は心の片隅でサヤとの再会を望みつつ、久方ぶりに教会へ足を向けてみた。

門前では炊きだしをやっており、襤褸を纏った者たちが列を成している。

列から少し離れたところに、鷲鼻《わしばな》で白髪の老人がひっそり佇んでいた。

尖塔《せんとう》の十字架を見上げる顔が、雨曇りの空と同じように曇っている。

はっとして、日海は老人に近づいた。

「オルガンティーノさま」

声を掛けると、鷲鼻の老人は満面の笑みを浮かべてみせる。

「これは日海さま、お久しぶりですね」

「十年ぶりになりましょうか」

「今は無き南蛮寺でお会いしましたな。あのときは、ジュスト右近も礼拝に訪れておられた」

「高山右近さまは、ご無事でおられましょうか」

「ええ、今は前田さまのところにおられます」

今から九年前に伴天連追放令が出され、オルガンティーノは高山右近の拠る小豆島へ逃れたと、小西隆佐に聞いたことがあった。

その後、右近は加賀で前田家の庇護を受け、玄以の取りなしで秀吉から洛中への在住も許されたらしい。

一方、オルガンティーノは九州へ渡ったのち、天正十九（一五九一）年の閏睦月、秀吉が遣欧少年使節を引見した際、付き添いで聚楽第へ伺候した。それが五年前のはなしだ。利休が自刃した前月の出来事なので、日海もよくおぼえている。

「教会へお入りにならないのですか」

「ええ、ここはフランシスコ会の教会なので」

なるほど、オルガンティーノはイエズス会の宣教師であった。

仏門における宗派のちがいに近いようだが、今や布教の担い手はスペインという強国の後ろ盾があるフランシスコ会にある。

「何やら、浮かないお顔ですな」

「不安なのですよ。司祭のペドロ・バウティスタは、我らイエズス会士の助言をまったく聞き入れませぬ」

オルガンティーノによれば、スペイン人のペドロ・バウティスタは三年前に呂宋総督の使節として秀吉に謁見し、日本での滞在と教会建設の許しを得たという。

それ以来、頓着無く畿内で布教活動をつづけるペドロ・バウティスタにたいし、秀吉の気まぐれな性分を知るオルガンティーノは再三にわたって慎重な行動を促したが、まったく聞く耳を持ってくれないらしかった。

「ひと月ほど前、サンフェリペ号というスペインの商船が暴風雨で難破しかけ、土佐の浦戸へ寄港いたしました。さっそく、増田長盛さまが派遣され、積み荷や乗組員の持ち物が没収されたそうです。それだけで済めばよいのですが、先だって前田玄以さまをお訪ねしたところ、乗組員たちから危惧すべき証言を得た旨を伺いました」

オルガンティーノは身を寄せ、低い声でつぶやくように告げた。

「スペインはこの国の征服を目論んでおり、伴天連はその尖兵であるとの由々しき内容です。もちろん、さようなことはあり得ません。されど、太閤殿下のお耳に入れれば、どのような処断が下されるかわからぬとのことでした」

聞き捨てならぬはなしだと、日海は眉をひそめた。

ふたたび厳しい禁教令が発布されれば、オルガンティーノをはじめとするイエズス会士たちが信長公の時代から営々とつづけてきた努力は水泡に帰すことになろう。

あれほど陽気だった神父の顔は灰色に沈み、見る影もないほどに窶《やつ》れている。

日海は再会を約束して別れたが、それからひと月半ほどが経過し、オルガンティーノの不安は的中してしまった。

秀吉は切支丹の禁教令を布告し、京大坂に住むフランシスコ会士と主立った切支丹を捕縛したうえで磔刑《たっけい》に処する旨の命を下した。さっそく、ペドロ・バウティスタを筆頭に会士七名と信者十七名が縄を打たれた。そして、二十四名は一条戻橋で順に左の耳朶を切り落とされ、数珠繋ぎの恰好で市中を引きまわされたのである。

日海は凄惨な光景に息を呑むしかなかったが、二十四名は徒歩で長崎まで連れていかれ、磔になるのだという。

不気味に感じられたのは、繋がれた者たちが笑みを浮かべていたことだった。

切支丹のあいだでは殉教が崇高なものとして受けとめられ、死んでも魂の救済はかならず得られ、磔にされた者は聖人になるものと信じられている。それゆえ、切支丹は死を恐れず、むしろ、苦難を喜んで引きうける。

ペドロ・バウティスタも異国の地で処刑される運命を呪うどころか、誇らしくおもっているのにちがいない。

「憐れな」

日海は出家として、死にゆく者たちの心持ちが理解できた。

禁を破った布教活動の悲惨な結末にはちがいないが、困窮に喘ぐ弱き者たちの魂をひとつでも多く救うことができたのだとすれば、神仏を奉じる者にとって、これほどの喜びはほかになかろう。

のちに前田玄以から、オルガンティーノの消息を聞かされたことがあった。

みずから大坂城を訪ね、会士や信者の捕縛にあたった奉行の配下から、殉教者たちの遺品を貰い受けたのだという。

遺品というのは、三条戻橋で切り落とされた耳朶であった。

オルガンティーノが涙を流しながら遺品を押しいただいたと聞き、日海は玄以の面前で溢れる涙を止めることができなくなった。

四

年が改まり、秀吉は一門の小早川秀秋を総大将に据えて、朝鮮半島への再出兵を命じた。和睦交渉が不首尾に終わった小西行長も、地震の際に弥助に襲われた秀吉を助けて勘気を解かれた加藤清正も、ふたたび海を渡っていった。総勢十四万からなる大軍勢である。慶尚道の沿岸には、釜山城、蔚山城《ウルサンソン》、西生浦城《ソセンポソン》、泗川城といった拠点がつぎつぎに増強されていった。

昨年の大地震以来、洛中には辻斬りや辻強盗のたぐいが横行しはじめたが、木幡山に移された伏見城の築城は順調にすすめられ、皐月のはじめには五層の天守閣を有する堂々たる城ができあがった。秀吉は秀頼と名乗らせたお拾を連れ、大坂城から木幡山伏見城へ居を移したのである。

一方、頭を失った東山大仏は撤去され、大仏殿の主は長らく不在のままであったが、あるとき秀吉に夢のお告げがあったらしく、何と信濃の善光寺から御本尊の阿弥陀如来像を動座させることとなった。

途轍もなく大きな大仏殿に小さな阿弥陀如来像を安置するのは、誰がどう考えても不釣合いであったが、出家のなかでも口に出して異議を唱える者はいない。逆らえば命の保証はないので、為政者に唯々諾々としたがうしかなかった。

阿弥陀如来像が安置されたのは文月の半ば過ぎで、同じ頃、大坂城周辺はたいへんな騒ぎになった。

秀吉に謁見を望んだ呂宋総督の使節が、土産に黒象を連れてきたのである。

秀吉は手を叩いて喜び、秀頼と淀殿を象の鼻に触れさせたりしたという。

秀吉たちが象と戯れている頃、朝鮮半島では熾烈な攻防戦が繰りひろげられていた。諸将からは戦果を誇示するために、塩漬けにした敵兵の耳や鼻が大量に送られてくる。さすがに捨てるわけにはいかず、善光寺の阿弥陀如来像を動座させた東山大仏のそばに耳塚が築かれた。

供養の施餓鬼《せがき》が催されたのは長月の終わり、全羅道の海戦で豊臣水軍を指揮する来島通総《くるしまみちふさ》が戦死したとの悲報が伝えられた十日余りのちのことだった。

日海も施餓鬼に参じて祈りを捧げ、そののち、夕暮れの帰路をたどっていた。

三条大橋を渡り、四つ辻に差しかかったところで、風体の賤しい連中に呼びとめられる。辻強盗だなと、すぐにわかった。

「おい、坊主、金目のものを置いていけ」

首ひとつ大きな髭面の男が、身を乗りだしてくる。

どこかでみたことのある顔だった。

「あっ、陣幕ではないか」

「ん、わしの名を知っとるんか」

「五右衛門どのといっしょに、天満のトリデにおったであろう」

「おもいだした。おぬし、囲碁坊主やな」

怪訝《けげん》な顔の手下どもを制し、陣幕はつまらなそうに吐きすてる。

「おぬしに手を出したら、頭に叱られる」

「五右衛門どのは、どうしておられる」

「海の向こうから戻ってきた。会いたきゃ、会わせたるで」

「頼む」

危うぃとはおもったが、会っていろいろはなしを聞きたかった。

陣幕たちのあとに従いていくと、途中で日が暮れてしまう。

仲間は徐々に離れ、気づけば陣幕ひとりになっていた。

「ふふ、連中は稼ぎに行ったんや」

通行人を脅して金品を奪うのだという。役人に捕まれば首を刎ねられるが、異国の地で野垂れ死ぬよりはましだと、陣幕はみなの気持ちを代弁する。

五右衛門とともに渡海し、数々の修羅場を潜りぬけてきたのだろう。

聞けば、凍傷で手の指を三本失っていた。

洛北に向かって、一刻ほど黙々と歩きつづけただろうか。

息も荒くなりかけたとき、薄闇の彼方に篝火がみえた。

「あそこが塒《ねぐら》じゃ」

雑木林を抜けると、荒れ寺がある。

どうやら、鞍馬《くらま》山《やま》の麓までやってきたらしい。

御堂には誰もおらず、みな、稼ぎに出ているようだった。

御堂に入って灯明を灯し、しばらく待っていると、がさっと枯れ葉を踏む音が聞こえ、階《きざはし》を上って大きな人影が近づいてくる。

「陣幕、誰や」

灯明に照らされた大男は頭髪を逆立てさせ、虎の毛皮を腰に巻いていた。

「ほう、囲碁坊主か」

紛れもなく、五右衛門であった。

日海はにっこり笑いかけた。

「五右衛門どの、久方ぶりでござります」

「おう、そうやな。いつ以来やろか」

直に会ってはなしたのは、小田原攻めのあとであった。が、渡海の直前、東山大仏殿の普請場で見掛けていた。

今から六年前のことだ。五右衛門は石田三成の呼びかけに応じ、普請場の人足たちを率いて渡海するのだと胸を張っていた。

「六年……そないになるんか。まあ、無理もなかろう。東山大仏殿もできた途端に仏罰に遭い、肝心の大仏がおらぬようになった。身代わりにされたんが、善光寺の阿弥陀如来や。おまはん、拝んだことがあるんか」

「いいえ」

「ふふ、ならば拝ましたる。おい、ハト」

外に向かって叫ぶと、逞しく成長したハトが階を上がってきた。

大事そうに抱えてるのは、高さ一尺五寸ほどの阿弥陀如来像である。

あまりに神々しく、日海はおもわず額《ぬか》ずいてしまった。

よくよく眺めてみれば、像は法衣を両肩に纏い、下げた左手は人差し指と中指だけを伸ばした刀印《とういん》である。紛れもなく、善光寺御本尊の特徴を備えていた。

「ふふ、つい今し方、大仏殿から盗んできたのや。今日からおれさまの守り仏や。大願成就のあかつきには、あるべきところにお戻しせねばならぬ。どっちにしろ、殺風景な大仏殿に安置されているよりゃましやろう」

五右衛門は阿弥陀如来像の頭を撫で、朝鮮半島における戦さがいかに悲惨なものであったかを語りはじめた。

「なかでも辛いのは籠城戦や。寒さと飢えを凌ぐのに、ずいぶん苦労させられたわ」

食べるものがなくなれば、麩《ふすま》や苔を平気で食べた。冬場に凍え死ぬ雑兵が続出したときなどは、死んだ連中の肉を隠れて食べている者まであったという。

「あれは生き地獄や」

雑兵たちのなかには、逃亡して敵の手に落ちる者も多くあった。やがて、敵の捕虜になった連中に誘われ、投降する者もあらわれた。

「緒戦は連戦連勝でな、容易に終わる戦さやと高を括っておったのや」

ところがしばらくすると、朝鮮の兵らは目の色を変えて刃向かってくるようになった。一向宗の門徒や切支丹と同じで、死ぬことを何も恐れぬ厄介な相手だったと、五右衛門は溜息を吐いた。

戦況が徐々に悪化するなか、後方から明国軍の支援もくわわった。

「わしらは小西行長の下につき、平壌まで行ったのや」

国境に近い平壌を奪われると、明国のやつらもさすがに慌てたのだろう。李如松という出自が朝鮮の将軍に五万の軍勢を与え、雪崩《なだれ》を打って攻めこんできたという。

対する平壌城を守る小西行長軍は一万五千、城から鉄砲を乱射して迎え討ったが、李如松軍は城外の四方八方から大筒を撃ってきた。

「予想以上に戦さ上手でな」

大筒の性能も優れており、ついに耐えきれなくなった小西軍は漢城への撤退を余儀なくされた。

「陸だけやない。海でも散々に敗れた。李舜臣の率いる朝鮮水軍は負け知らずや」

数日前の海戦でも、百三十艘余りの来島水軍がたった十三艘の亀甲船に完膚無きまでに敗れたらしかった。

「渡海したやつらは、みんなわかっとる。これは負け戦さや。勝ち戦さやと信じてんのは、耄碌《もうろく》した秀吉だけや」

渡海する前は蜂須賀小六の再来と言われ、無邪気に喜んでいた、その頃とはあきらかに、秀吉への評価が変わっている。むしろ、憎悪すら抱いている様子なので、日海は不安になった。

「秀吉の言うことを聞いておったら、大筒で吹っ飛ばされるか、何処かの倭城で飢え死ぬか、どっちにしろさきはない。そやから、見切りをつけることにした。そもそも、わしらは猿太閤の手下やないからな」

尻尾を巻いて逃げだすだけなら、渡海までしたせっかくの苦労が水泡に帰す。

「わしは天満のトリデを仕切る五右衛門さまやで。手ぶらで日の本へは帰れぬ。そこでな、一か八か、敵の大将と会《お》うてみることにしたんや」

「えっ」

敵の本陣へ忍びこみ、李如松の寝所へまんまと潜りこんだという。

「まさか」

「嘘やない。御墨付きと前金をきっちり貰うたさかいにな」

かたわらに座る陣幕とハトも、にやにやしながらうなずいてみせる。

五右衛門が笑いながら、上機嫌でつづけた。

「李如松の枕元で胡座を掻き、まんがいち秀吉の首を獲ったら、いくらくれるか聞いたのや。李如松は目を丸くしてな、それができるんなら、報酬は好きなだけくれてやると約束しよった。明国が冊封した国のひとつをくれてもよいと抜かす。ふふ、はったりでも何でも言ってみるもんやとおもうたで」

五右衛門は壺ひとつぶんの銀を手にし、隠密裡に刺客を請けおったうえで帰還したのである。

まことに、明国の将軍との約束を果たす気なのだろうか。

日海は渇いた喉に唾を落としこんだ。

「国ひとつくれると言われれば、やるしかないやろう。それにな、この戦さは猿太閤が死なんと終わらんのや。小西行長たちは本音では止めたがっておるが、口に出したら命はない。加藤清正のごとき、猿の言うことしか聞かぬ猪武者もおるしな」

ことばを失う日海の鼻先へ、五右衛門はぬっと恐い顔を寄せてくる。

「わしが何で秘密を漏らしたんか、わかるか」

「……い、いいや、わからぬ」

「サヤに聞いたからや。おまはんが養源院で淀殿に目見得したとな」

「えっ」

「ほんまなんか」

三白眼に睨みつけられ、日海は必死にうなずいた。

「ほんなら、同じ穴の狢《むじな》や。秘密を打ちあけても、外に漏れる心配はないやろう。ふふ、猿太閤をどうやって料理するかは、今からじっくり考えなあかん。おまはんは当代一の囲碁名人や。何か良い智恵があったら、聞かせてくれへんか」

明国の大将と五分で渡りあい、大仏殿から阿弥陀如来像を盗んだ大盗人が、凄味のある顔で笑いかけてくる。

喉元に刃をあてがわれたような気分になり、日海はからだの震えを抑えきれなくなった。

五

年末から年始にかけては蔚山城などで熾烈な籠城戦があり、雑兵たちのあいだには厭戦気分が広まっているようだった。

そうした経緯は、伏見城下の徳川屋敷に呼ばれて囲碁を打ったときに聞いたものだ。

家康はのんびり湯治などをしながら、戦況を常に遠くから眺めていた。

朝鮮半島に渡った石田三成などの戦さ目付と加藤清正らの諸将は喧嘩が絶えず、対立の溝は深まるばかりとのはなしもあり、足掛け六年におよぶ渡海遠征も限界が近づいているのは誰の目にもあきらかだ。

ところが、肝心の秀吉は戦線の縮小さえも言語道断として許さず、さしもの家康も為政者の頑なな方針を覆す方策が見出せずにいた。

「いっそ、半蔵を使うか」

黒石を目外しに置き、戯れたように漏らした顔が忘れられない。

笑っているのは口だけで、目は笑っていなかった。しかも、家康は碁盤の隅から辺にかけての局面を睨み、妙なはなしをしはじめた。

「鴆《ちん》という鳥を存じておるか」

司馬遷《しばせん》の『史記』や『太平記』にも出てくる怪鳥で、梟に似たかたちで紫がかった緑色をしており、毒蛇を好んで食すらしい。

「鴆は危うい鳥でな、羽を浸した酒だけで人を殺めることができるとか。くふふ、さような羽があるなら、何としてでも手に入れたいものよ」

背筋がぞっとしたが、家康はおそらく手を汚すまいと、日海は読んでいた。

今川家の人質として育った幼少の頃から、逆らわぬ律儀者の面を付けてやり過ごす術を身につけている。一度だけ秀吉に抗ったものの、かなわぬと察して身を引いた。それからは生来の慎重さを崩さず、巌のごとく動かぬことが勝機を掴むうえで肝要と心得ているはずだ。となれば、容易なことでは服部半蔵に暗殺の密命も下すまいと、日海はなかば落胆しながら白石を置くしかなかった。

秀吉が死なねば、不毛な戦いはいつまでもつづく。引導を渡すべきはあなたではないのかと、日海は家康に言ってやりたかった。

寒い季節も過ぎ、気づいてみれば五右衛門と再会してから半年が経っていた。

慶長三（一五九八）年弥生のなかば、秀吉は伏見の醍醐寺《だいごじ》三宝院で花見を催すことにしたという。

久方ぶりの華やかな行事である。

花見の奉行に任じられた前田玄以によれば、この日のために吉野から七百本の山桜が移植され、醍醐山の山腹まで覆いつくすほどになったという。

秀吉は下見のために寺へ足繁く通い、殿舎の造営や能舞台の仮設から庭の改修にいたるまで細かく指示し、休息用の茶屋を八軒も築かせた。特筆すべきは、一千三百人からの女房衆を招いたことである。女房衆は二度の着替えをおこなうため、衣裳《いしょう》の支度を命じられた島津家はとんでもない散財をさせられたらしかった。

派手な錦繡の扮装で登場した秀吉は、随行した日海の目からみても、あいかわらず矍鑠としていた。

顔も白塗りに仕上げてあったが、醍醐寺にいたる道中では笑みひとつ浮かべず、町娘に声を掛ける気軽さも失せていた。

女房衆を乗せた輿の順は、一番手に北政所、二番手に淀殿、三番手以下は松の丸殿をはじめとした側室たち、さらには、前田利家正室のまつがつづいた。物々しい装備の兵たちは存外に少なく、諸侯といっても招じられているのは前田利家くらいのもので、何と言っても目立つのは華々しい衣裳を纏った女房衆であった。

空は薄曇りで鳥が鳴き、墨絵のように連なる笠取山の稜線には霞がたなびいている。

日海は御伽衆の末席から、まるで刺客にでもなったかのように、秀吉の様子を窺っていた。

仁王門を潜ると、醍醐寺は吉野の山に変わっている。

枝振りの見事な桜木だけを厳選しただけあって、うつつの憂さを一瞬で忘れてしまうほどの見事さであった。

――たん、たん、たたたん、たん。

雅《みやび》な音が聞こえるので目をやれば、名手として名高い長岡幽斎が薄縁《うすべり》のうえで鼓を打っている。常ならば、秀吉みずから舞ってみせるのだが、直面《ひためん》でひとさし舞ったのは常真こと織田信雄であった。

露天の薄縁には赤い毛氈《もうせん》が敷きつめられ、中央に腰を落ちつけた秀吉のかたわらには幼い秀頼が座り、北政所と淀殿が順に並んで座る。ふたりの背後には、孝蔵主が影のように侍っていた。

花に負けじと着飾った女房衆を見渡しても、サヤのすがたはみつけられない。一千三百人とあまりに数が多いので、無理もないことであろう。

御伽衆も各々《おのおの》の席は決まっており、小姓たちの手で酒や肴《さかな》も出された。

もちろん、出家の日海は酒を嗜まず、温めの茶で渇いた喉を潤していた。

境内が騒然となったのは、花見の宴もたけなわとなった頃のことである。

日海は気づいた。淀殿と秀頼だけが、花見の桟敷《さじき》から離れていったのだ。

用足しであろうかとおもった刹那、ぱんぱんと乾いた筒音が響いた。

得物を手にした暴徒たちが仁王門を破り、どっと躍りこんでくる。

混乱のさなか、公家のひとりが叫んでいるのを聞いた。

「謀反や、凡下どもが謀反を起こしたのや」

もしやと、日海はおもった。もしや、五右衛門が秀吉の仕置に不満を持つ有象無象の連中を扇動しているのではあるまいか。

右往左往する女房衆に混じって、日海は仮設された茶屋のひとつに走った。

途中で思いとどまり、後ろを振りかえる。

「わあああ」

風体の賤しい者たちと近習たちが干戈《かんか》を交えていた。

躍りこんでくる連中の先頭には、陣幕のすがたがある。

やはり、そうなのだ。

五右衛門が雑多な連中を煽り、醍醐寺の境内へ奇襲を掛けたにちがいない。

斬られた連中の断末魔や女房衆の悲鳴が聞こえてくる。

危うい情況であるにもかかわらず、日海は何故か胸を躍らせていた。
——やれ、やってしまえ。
喝采を送るのは、心の奥底に棲《す》む悪鬼であろうか。
今や、陣幕に率いられた暴徒たちは、秀吉の逃げ込んだ堂宇の手前まで迫っている。
だが、そこからさきへは進めない。
堂宇の正面で立ちはだかったのは、前田利家であった。
秀吉のひとつ年下なので、すでに還暦を過ぎている。
にもかかわらず、諸肌《もろはだ》脱ぎになったからだには肉の鎧がついていた。
まつに命じて薙刀《なぎなた》を持ってこさせるや、金剛力士のごとく身構えてみせる。
秀吉にとって、これ以上頑強な盾はあるまい。
「おのれ、下郎」
利家は昂然と発するや、薙刀を頭上で旋回させた。
——ぶん。
盗人あがりの連中は、刃音を聞いただけで腰を抜かし、近づくことすらできない。
「耄碌爺め、わしが相手じゃ」
陣幕が長尺の直槍《すやり》をたばさみ、前面へ押しだしてきた。
利家は眸子を細め、ぐっと腰を落とす。
「ほう、力士くずれか」

「問答無用じゃ、それっ」

陣幕の繰りだす槍の穂先が、利家の頬を掠める。

「ぬえい……っ」

つぎの瞬間、利家の薙刀は陣幕の首を刎ねていた。

――ばっ。

首無し胴は鮮血を噴きあげ、仰向けに倒れていく。

塵芥《じんかい》が巻きあがるさまを、敵も味方も呆然《ぼうぜん》と眺めた。

と、そのときである。

五重塔の正面に仮設された能舞台のうえから、人のものとはおもえぬほどの大音声《だいおんじょう》が轟いた。

「各々方、そこまでじゃ」

仁王立ちした大男こそ、五右衛門にほかならない。

「わしは悪の権化、石川五右衛門じゃ」

すべての者が、舞台上の五右衛門に目を張りつけた。

何と、小脇には幼子を抱えている。

「ふはは、秀頼じゃ。秀頼と交換に、太閤の老い首を所望いたす。さあ、どうする、秀吉、穴蔵から出てこぬか」

驚愕《きょうがく》したみなの目が、堂宇の入口に集まった。

小柄な秀吉が誘われるように、ひょっこりあらわれる。

「ふほっ、出てきおったな。さすがに、秀頼が可愛いとみえる。さあ、こっちへ来い。ここにおるうらぶれた連中のなかには、海の向こうで辛酸を嘗めさせられた者たちも大勢おる。そやつらに頭を垂れ、益もない合戦で苦労を掛けたと謝ってみせろ」

秀吉は表情も変えずに歩を進め、五右衛門を見上げる位置で足を止めた。

五右衛門は大声を張りあげる。

「猿太閤よ、さあ、謝れ。土下座してみせよ。ふん、できぬのか」

秀吉は威嚇するように前歯を剝いた。

「盗人め、言いたいことはそれだけか」

「何じゃと。よいのか、秀頼がどうなっても」

五右衛門は短刀を抜き、秀頼の喉元へ白刃をあてがう。

気づいてみれば、能舞台の三方を近習の弓組が包囲していた。

秀吉は日の丸の描かれた黄金の扇を開き、頭上に高々と持ちあげる。

五右衛門は狼狽えた。

「おい、よいのか。まことに、よいのか」

――ばさっ。

秀吉が扇を振りおろすや、一斉に矢が放たれた。

――ばすっ、ばすばすっ。

日海は息をするのも忘れている。

五右衛門は秀頼ともども、矢達磨《やだるま》にされてしまったのだ。

「莫迦め、そやつは影じゃ」

秀吉は吐き捨て、くるっと踵を返す。

五右衛門は倒れず、かっと血のかたまりを吐いた。

立ったままではいるものの、こときれてしまったのであろう。

雪崩《なだ》れ込んできた連中は、潮が引いたように去っていく。

我に返った日海の袖を、後ろからつんつん引く者があった。

サヤである。

長い髪を御所風に束ね、花色模様の豪華な着物を纏っていた。

「頭は死んだ。見事に命を散らしよった。つぎは、わたしの番や」

ぎゅっと手を握られ、日海はおもわず身を縮めてしまう。

「ふふ、案ずるな。頭の轍は踏まぬゆえ」

潤んだ瞳に悽愴な笑みを浮かべ、サヤは滑るように遠ざかっていく。

雪のように舞う桜の花弁が、意志の強い娘のすがたを掻き消した。

「サヤ……」

きっと悪夢をみているのだと、日海はおのれに言いつづけた。

第九章　詰めの一手

一

　醍醐の花見からふた月ののち、秀吉はじめじめした梅雨の鬱陶しさに耐えきれなかったのか、病床に臥してしまった。

　そして、暑い夏のあいだじゅう木幡山の伏見城に籠もり、養生につとめたものの、容易には床上げとならず、七夕の翌日には御本尊のいない東山大仏殿で病平癒の祈禱がおこなわれた。

　日海も数多の僧侶に混じって読経に参じたが、胸中には調伏降魔《ちょうぶくごうま》の鬼字《きじ》を描き、病平癒の寄加持《よせかじ》ではなく、悪人や仏敵を滅する呪詛《じゅそ》を唱えつづけた。

　何故にそのような邪悪な心持ちになるのか、自分でもよくわからなかった。

　秀吉さえこの世から消えれば、異国の地における不毛な戦さは終わる。それ以外に衆生が救われる道はないとの一念であった。

　だが、日海の呪詛は届かず、秀吉は快癒したとの噂が耳に聞こえてきた。

肩を落としたのは、日海ばかりではない。叔父の日淵も口には出さぬが、人々の気持ちがいっこうに晴れぬのは、頑迷な為政者の迷走に付きあわされているせいだとわかっている。悪循環の頸木《くびき》から逃れる唯一の方法は、やはり、誰も逆らえぬ化物と化した為政者の死でしかないのだ。

仲秋となり、伏見城で月見の宴が催された。

徳川家康や前田利家をはじめとする諸将が招かれ、みなで豪勢な料理と能の鑑賞などを楽しんだ。日海も御伽衆のひとりとして参じ、遠目から秀吉を眺めたが、機嫌良く秀頼と戯れる様子からしても、病は平癒したのだとおもわざるを得なかった。ただ、叢雲《むらくも》に翳《かげ》りゆく月を見上げながら、日海は胸騒ぎを禁じ得ずにいた。

翌日、本因坊に若い男が訪ねてきた。

ハトである。

「サヤが捕まった」

開口一番、苦しそうに吐きすてる。

昨夜遅く、ハトはサヤとともに、大胆にも秀吉の寝所へ忍びこんだという。

サヤは眠っている秀吉の枕元に近づき、両手で短刀を持ちあげるや、夜着のうえから胸許めがけて振りおろした。ところが、白刃は貫通しない。目を開けた秀吉は右手でサヤの喉首を鷲摑みにし、大声で「出会え、くせものじゃ」と叫んだ。

その声を背にしつつ、ハトはサヤを見捨てて逃げたのである。

「秀吉は勘の鋭いやつや。刺客の気配を察し、鎖帷子を着込んで眠ってたんや。わしはサヤに言われておった。失敗《しくじ》ったら、どうにかして生きのび、孝蔵主の指図を仰げとな」

「孝蔵主どのに言われて来たのか」

「そうや。あんたが最後の一手や。サヤは今ごろ、酷い拷問を受けておるはずや。助けられるのは、あんたしかおらん」

「どうして、この身が」

「一刻もせんうちに、御城から使いがやって来る。あんたは伏見城へ囲碁を打ちにいくんや。四角い碁盤を挟んで、秀吉と差し向かいで座る。そのときをおいて葬る機は訪れまいと、孝蔵主は言うておった」

秀吉が死ねば、サヤは助かるのだろうか。

「淀の方さまがかならず助けてくださると、孝蔵主は約束した。そのことばを信じるしかない。あんたはやってくれると、孝蔵主は言うたんや。理由なんぞわからぬ。助けてくれ、頼む、このとおりや。サヤを失いたくないんや」

ハトは泣きながら訴え、逃げるように去っていった。

捕まった以上、サヤが生きている保証はない。ハトもわかっているのだ。

そして、淀殿は恐れている。サヤが拷問に耐えきれず、誰に命じられたかを吐けば、秀吉は怒髪天を衝く勢いで憤り、無惨なやり口で処刑されるにちがいない。淀殿は針の筵に座らされ、死ぬほど焦っているのだと、日海は想像した。

秀吉に引導を渡せば、サヤばかりか、淀殿をも救うことができる。

「すべては淀の方さまのため……」

何故、この手で引導を渡さねばならぬのか、今まではよくわからなかったが、ハトのはなしを聞き、漠としていた理由が明確な輪郭を帯びつつあった。

されど、滅する理由があるというだけで、闇雲に走るわけにはいかない。

確実に成功する道筋が得られなければ、秀吉との対局にのぞむことは難しかろう。

待ちかまえていると、ハトの言ったとおり、城からの使者が訪ねてきた。

「日海さま、ご無沙汰しております」

窶れた顔であらわれたのは、施薬院全宗である。

吉野山で最後に会って以来、四年ぶりになろうか。

携えてきた内容は、明日葉月十八日の夕七つ頃、秀吉の御前に参じてほしいというものだった。

「じつは、秀頼さまが囲碁にえらく興味をしめされておられるとか。淀の方さまたってのお願いにより、太閤殿下のお打ちになる囲碁を後学のためにみせてやりたいとのことにございます。それならば、対戦相手は名人の日海さまをおいてほかにはいないと、かような仕儀に相成りましてな」

秀頼が望むのであれば、どのようなことでも願いをかなえてやりたい。常からそうおもっている秀吉は、入念な下準備をしてから一局にのぞむべく、明日、日海を御前に呼んだのである。

「以前、作り碁の棋譜《きふ》をつくっていただきましたな。五子の手合いで黒石の太閤殿下がお勝ちになるという」

「百手勝ちの棋譜にござりますか」

「いかにも。太閤殿下はここ数日、その棋譜と睨めっこをしておられまする」

秀吉は囲碁をあまりやらぬ。互先で対戦すれば負けるのはわかっているし、五子程度の差でも日海相手に勝ち目がないことは本人もわかっている。だが、秀頼のみているまえで負けるわけにはいかない。勝ってみせるためには、あらかじめ定められた手順に沿って打たねばならなかった。

「要するに、太閤殿下にお勝ちいただくための段取り稽古にござります」

まわりくどい方法だとおもったが、秀吉に疑われずに近づくことができる妙案はほかにあるまい。

「ご承知いただけますかな」

詰めよられ、日海はわずかに眉をひそめる。

膝を寄せて迫る全宗が敵なのか味方なのか、明確な返答をするまえに、まずはそれを見極めねばならなかった。

全宗は目を逸らし、ぼそっとこぼす。

「太閤殿下は何かお考えになるとき、右の拇指をお嘗めになられます」

以前、家康も同じことを言っていた。来し方の傷を癒やしたいかのごとく、自分で嚙みきった拇指の古傷を嘗めるのだという。

「お稽古の際は、これをお持ち願いたい」

全宗は懐中から袱紗《ふくさ》を取りだし、床にそっと置いた。

袱紗を開くと、那智黒の碁石がひとつだけ包んである。

「これを太閤殿下の碁笥に。湿らせれば、なお効果は高《たこ》うござる」

「効果」

「さよう、くれぐれも触った指を嘗めぬようにお気をつけくだされ」

「何が塗ってあるのですか」

みずからの高鳴る鼓動を聞きながら、日海は憮然とした顔で問うた。

すると、全宗はこちらを三白眼で睨みつける。

「鴆毒にござるよ」

日海は絶句した。

もはや、問いかえすことばは何もない。

秀吉の脈も取る番医が、明確な道筋をつくってくれたのだ。

全宗は秘密を打ちあけてほっとしたのか、微笑んでみせる。

「先だって須磨《すま》に足を向け、しばし海を眺めてまいりました」

「ほう」

「寄せては返す波を眺めておると、何故か、太閤殿下のお命を狙う刺客たちの顔が浮かんでまいった。あれやこれや、おぼえきれぬほどおりますが、それがしが検使を命じられた者たちの顔は忘れられない。刺客が放たれるたびに、太閤殿下は警戒を厳重になされてきた。刺客たちのなかには、殿下のすぐそばまで近づいた者もおります。されど、滅したいと渇望するおもいが勝ちすぎるゆえか、かならず殺気を悟られ、波のごとく砕け散るしかなかった。たとえば、それがしが手を下そうとしても、勘づかれるにちがいない。太閤殿下に悟られぬためには、どのような局面でも心を平らかに保ち、常の所作を崩さぬ御仁でなければなりませぬ。日海どの、貴殿が選ばれた理由はそこにある」

選ばれた。いったい、誰に選ばれたというのか。

日海は燻らせた怒りの持って行き場を探していた。

全宗はまったく気にも掛けない。

「淀の方さまは、これが最後の好機と仰せになりました。この機を逃せば、日の本は坂道を転がるように凋落《ちょうらく》していくであろうと」

「凋落」

「はい。太閤殿下は引き際を失っておられるようにお見受けいたします。浅ましくも生に執着し、世の中を誤った方向へ導こうとなされている。淀の方さまには地獄の淵がみえておられるのです。今手を打っておかねば、すべての者が不幸になる。しかも、誰かが手を下したとおもわれてはなりませぬ。小姓にすら悟られてはならぬ。何者かが手を下したと知れれば、この世はふたたび混乱の坩堝に落とされましょう。諸侯が覇を争う戦国の世に舞いもどるやもしれぬ。そうさせぬためには、いつの間にか眠るように死んでいった体《てい》にいたさねばならぬ。それができるのは、日海どのしかおらぬであろうと」

「淀の方さまがさように」

「涙ながらに仰いました。ただし、一抹の不安があるとすれば、出家であること。はたして、日海さまに殺生戒を破るお覚悟がおありかどうか、その点だけを見極めてまいれと、淀の方さまはお命じに」

全宗は声を嗄らして喋りきり、項垂《うなだ》れたように板張りの本堂をみつめる。

覚悟があるかどうか、日海は返答の代わりに問うてやった。

「全宗どのの望みは何ですか」

「それがしの望み。それは、諸国に施薬院を築くことにござります。医は仁術、薬代もろくに払えぬ衆生を救ってこその薬師だと、曲直瀬道三先生は仰いました。先生の教えを遍くひろめることこそ、おのが使命と考えておりまする」

「立派なお考えです」

「いいえ、けっして立派ではない」

全宗は溜息を吐いた。

「京大坂に施薬院ができたのは、太閤殿下のおかげです。それがしは今も、心の底から殿下に感謝しております。仁の真髄をどなたよりもわかっておられると、今でも信じたい。されど、かたちばかりに耳塚を築いて僧侶たちに供養させる。さように乱暴なやり方を是とするお方に、もはや、仁を説いても詮無いことにござりましょう。諫言を拒む為政者は、玉座から去るしかないのです」

全宗は滔々と訴え、両手を床についた。

「申し訳ござりませぬ。本坊の閑寂とした雰囲気がそうさせたのか、一生分、喋ったような気がいたします」

日海は易々と応じることができない。ずっしりと重い役目を託され、ことばすらも失ってしまったのだ。

「されば、これにて」

全宗の潤んだ瞳が、おそらくは二度と会うこともあるまいと、告げているように感じられた。

立ちあがった全宗を見送ろうとすると、それにはおよばぬと頑なに拒まれた。

無理筋な願いを持ちこんだことで、やはり、罪の意識を感じているのかもしれなかった。

磨きこまれた板張りの本堂には、丁寧にたたまれた袱紗が置き去りにされていた。

袱紗のなかには、鴆毒の塗られた那智黒の石が包んである。毒を懐中に忍ばせ、はたして秀吉の面前でも平常心でいられるのか、日海には自信などあろうはずもない。

されど、激動する世の流れからみれば、碁打ちの心の動きなど、取るに足りないものなのだろう。

悪夢のごとき時は刻まれ、進むべき道筋は示されたということなのか。

あとは踏みだす勇気があるかどうか。

仏門の徒としてではなく、傷ついた者たちの痛みを知る人としての生き様がためされているのかもしれぬ。

二

いったい、何の力に衝き動かされているのか。

日海ならやる。かならず、やり遂げる。期待にこたえたいばっかりに、敢えて手を汚そうとしているのか。手を汚すと言っても、那智黒の碁石を碁笥に落とすだけではないか。だいいち、鴆毒が効くかどうかもわからぬ。秀吉は死なぬかもしれぬではないか。

もちろん、中途半端な気持ちでのぞめば失敗《しくじ》る。失敗れば、待っているのは死だ。ならば、懐中に短刀でも呑んでおくか。できるはずもなかろう。すべては運なのだ。おもいを遂げられるか否かは、神仏が決めることにちがいない。

翌日、日海は伏見城へ向かった。

門を潜るまでは、足許がふわふわとして定まらなかったが、案内役の小姓に導かれて長い廊下をたどるうちに、心が静謐な湖面のように静まった。

控え部屋でしばらく待たされても、緊張のせいで震えることはない。

この世に未練があるからこそ、恐怖や憎悪を抱くのだ。

碁盤と向き合い、四十年近くは生きた。

それでよいではないか。

禅僧が公案を解くように熟考を重ね、数々の定石を編みだしてきた。縦横十九路ずつの線が交差する盤上に石を置き、数多くの傑物たちと手談も重ねた。

本気の勝負に負けたことはない。妙手をおもいついたときは至福であった。

もはや、いつなりとでも死んでもよい。

そうおもえば、気も楽になる。

やがて、お呼びが掛かった。

日海はすっと立ちあがり、八畳ほどの書院へ導かれていく。

床の間を背にして、秀吉は座っていた。

「囲碁坊主か、よう来た」

近頃ではめずらしく、機嫌がよさそうだ。

空は薄曇りだが、格子戸のほうから涼風が迷いこんでくる。

床の間に飾られた横長の軸には、山水画が描かれていた。

月の光に照らされた湖面に、小舟がぽつんと浮かんでいる。

はっとした。

牧谿の『洞庭秋月図』なのだ。

足利将軍家に代々伝わった宝物で、明智光秀が喉から手が出るほど欲しがっていたにもかかわらず、信長公から秀吉に下賜された。秀吉は宝物の山水画を生涯初の茶会で飾り、何よりもたいせつにしてきたはずであった。ところが、北野天満宮で催された大茶会では、野晒しになった髑髏のごとく、衆生の面前で風に晒されていた。

信長公を強く意識したやりようではないかと、日海は憤慨したのをおぼえている。

ひょっとしたら、殺意が芽生えたのは、あの瞬間だったのかもしれない。

自分にとって掛け替えのない恩人でもあった信長公を蔑ろにし、みずからの権威を際立たせてみせた。秀吉らしい演出の小道具に使われた『洞庭秋月図』が、何故か今日は位の高い本来の居場所にきちんと飾られていた。

日海は息を呑み、しばし呆然と佇んでしまった。

「どうした、座らぬか」

秀吉は上座から降り、床の間を横にみる位置に座る。

すでに、榧の碁盤は用意されており、日海も両袖を撥ねあげて対座した。

「全宗から事情は聞いておろう。百手勝ちのおさらいじゃ」

「はい」

盤面に石が置かれておらずとも、百手目に盤上を埋め尽くす白黒斑の模様を思い描くことはできる。

「石は一度置いたら、動かすことができぬ。まちがえば、そこから綻《ほころ》びが生まれ、取り返しがつかぬようになる。六つの幼子でも、いや、六つの幼子ゆえに、直感で嘘を見抜きよるに相違ない。わしはな、それが恐いのじゃ。わかるか、それゆえ、おぬしをわざわざ呼んだのじゃ」

秀吉はまんなかの天元に黒石を置き、四方四箇所の星に黒石を置いていった。

五子の手合いではじまる一手目は、日海が右上隅の星から目外しに白石を置く。

さらに、おもむろにはじまった対戦は、右下隅の星を中心に据えての小競り合いへと進み、いったん右上隅に戻って上辺へ伸び、二十手ほどの攻防がつづく。

そして、布石の段階から中盤にかけては、十五手ほど左上隅の攻防となるのだが、大場《おおば》が形成されるのは碁盤の上方ではない。黒石の五十四手目からさきは、右下隅から中央を窺う熾烈な攻防が展開されていくのである。

秀吉は手順を完璧に記憶しており、一定の間隔で正確に黒石を置いていった。

日海の考案した作り碁ではあったが、二度だけ直に対戦したことはある。秀吉はいずれも途中で道に迷い、随所で手を差しのべてやらねばならなかった。

だが、三度目の今日は、手助けの必要もなさそうだ。やはり、秀頼に情けないすがたをみせたくないという気持ちが強いのだろう。

黒石は六十手目で一度、目先を変えるかのように右辺へ飛ぶ。

二度の対戦ではいずれも、ここで秀吉は厠に立った。

日海はそのときを待っている。

秀吉は笑みすら浮かべながら、六十手目の黒石を右辺の定まった位置に置いた。

「どうじゃ、非の打ち所のない打ち方であろう。ふふ、当然よな。日の本一の名人がつくった手順じゃ」

満足げにうなずき、やおら腰を持ちあげる。

日海が平伏すなか、秀吉はそそくさと出ていった。

外の廊下には、小姓が控えていよう。

部屋には、誰もいない。今なら、鴆毒の塗られた那智黒の碁石を秀吉の碁笥に落とすことができる。

やるのか、やらぬのか。

この期に及んでも、日海は迷っていた。

懐中から袱紗を取りだし、膝の脇に置く。

碁笥の蓋は開いたままだ。少し手を伸ばせば、容易に届く位置にある。

秀吉が碁石を摘まみ、その指を嘗めるかどうかはわからぬ。そこは、運に任せるしかない。だが、あきらかに毒を盛るのと同じ行為を、おのが手でやるのか、やらぬのか。仏を拝んできたみずからの良心に、日海はもう一度問いかけてみる。

秀吉は死なねばならぬ。それが世のためなのだ。

されど、おぬしに、人を殺めることができるのか。

袱紗を開く手が震えた。

激しく震え、抑えきれなくなる。

早くやれ。勇気を出すのだ。命を賭して、正義をみせるのだ。

おのれを鼓舞すればするほど、手の震えは抑え難いものになった。

刹那、襖がふわりと開き、秀吉がゆったりと戻ってくる。

手の震えが、ぴたりと止まった。

日海は静かに袱紗をたたみ、ほっと小さく溜息を吐いた。

安堵なのか、それとも落胆なのか、自分でもよくわからない。

秀吉はふたたび、碁盤の向こうに座った。

そのすがたがあまりにも遠く感じるのは気のせいか。

日海は白石を摘まみ、六十一手目を置こうとした。

「待て」

秀吉から疳高い声が掛かる。

どきりとして、身を固めた。

秀吉は中腰になり、何をおもったか、碁盤を慎重に持ちあげる。そして、位置を逆しまにして置きなおした。

「ここからさきは、余《よ》が白石になる。ふふ、碁盤なんぞ持ちあげず、余とおぬしが席を入れ替われば済むだけのことであったわ」

おもいがけない展開に、日海の頭は真っ白になった。

「十手ほど手数を増やし、白が勝つ手順を考えよ。できるな」

「……は、はい」

「ふふ、臆《おく》したか」

気まぐれな秀吉でなければ、まずあり得ぬことだ。

ただ、冷静になって考えれば、潰《つい》えたとおもっていた好機がめぐってきたことになりはせぬか。

だいいち、日海はみずからの手で黒石を盤上に置くことができる。

鴆毒の塗られた黒石をわざと取らせるように仕向ければ、刺客の役割をまっとうする目は残っているのだ。

百手までは手順を変更せず、黒石を取らせることはできるのか。

まずは、そこだ。

六十一手目から百手目までを頭のなかで順にたどり、黒石が白石に四方から囲まれる一手を探る。あった。

天元に近い九十手目だ。

ここに毒の黒石を置けば、九十三手目で当たりになり、九十七手目で秀吉に取らせることができる。十手増やして白を勝たせることはできるが、ほかに黒石を取らせる手はない。

これまでの二度の対局において、日海は九十手目に置かれた黒石を九十七手目で取っていた。秀吉がそれを見逃していなければ、同じように毒の黒石を取ってくれるはずだ。

その一手に賭けるしかないと、日海は心に決めた。

相手から貰った好機を、むざむざ逃すことはない。

「白と黒が逆さになり、名人といえどもさぞやりづらかろう。されどな、余はうっかり忘れておったのじゃ。白石は強い者が使い、黒石は弱い者が使うと、秀頼に教えてやらねばならぬ。となれば、余が黒石ではまずかろう、のう」

秀吉は笑いながら、六十一手目の白石を右辺に置いた。

もちろん、黒石の頭に切りかえた日海は、つぎの一手を難なく右下隅に置く。

そこからさきは怒濤の攻め合いによって、碁盤の右下隅から中央にかけての大場が築かれていった。

もはや、日海には盤上を彩る白と黒の模様しかみえない。興が乗ってくると、いつもこうなる。いっさいの音が消え、やがて、盤上が荒波のように揺れはじめる。荒れ狂った海へ放りだされ、渦巻く水底へ飲み込まれそうになるのだ。

一方、秀吉は手順をまちがえず、正確無比に白石を置きつづけた。

そして、右下隅と下辺星のあいだに、八十九手目を置いた。

と同時に、日海は気づかれぬように袱紗を開き、毒の黒石を摘まむ。

さきほどとはちがい、気持ちはいたって冷静だった。

表情も変えず、天元のそばに九十手目の黒石を置く。

紛れもなく、それは全宗を介して淀の方から託された那智黒の石にほかならない。

「どうした、手が汗ばんでおるのか」

秀吉はにやりと笑い、下から睨みつけてくる。

もしや、ばれたのではあるまいか。

日海は動揺しつつも、能面のごとき顔で応じた。

「どうぞ、殿下の番にござります」

「ふむ」

秀吉は九十一手目の白石を掛け接ぎに置き、おもむろに語りはじめた。

「長く生きると、ろくなことはない。されどな、余はもう少し生きたいのじゃ。生きて唐国の玉座に座りたい。信長の成し遂げられなかったことをする。それが、余の夢なのじゃ」

信長、夢、いったい、何のはなしをしているのか。

日海の頭は混乱しはじめる。

「昨夜、黒象に乗る夢をみた。ところが、乗っているのは余ではない。信長であった。余はただの草履取りでな、信長に向かって降りろ降りろと叫んだ途端、黒象に踏みつぶされたのじゃ……不吉な夢であった。それにしても、信長はいったい、何を望んでおったのであろう」

秀吉は自問自答しながら、おのれの拇指を嘗めだす。

日海は恐怖を必死に抑えつけ、九十六手目の黒石を置いた。

いよいよ、つぎが九十七手目、狙いどおり、秀吉は白石で四方を囲み、鴆毒の塗られた那智黒の石を拾うはずだ。

「おう、そうじゃ。おぬしなら存じておろう。信長の最期を」

「えっ」

「惚《とぼ》けるでない。余の目は節穴ではないぞ。信長は死に際に何を言うた」

秀吉は九十七手目の白石を置き、死に石となった毒の黒石に手を伸ばす。

そして、寸前で手を止め、血走った凄まじい眸子で睨みつけてきた。

「名人日海、申してみよ。信長は最期に何を言うたのじゃ」

息をすることもできなくなった。

秀吉はふっと笑みを漏らし、毒の黒石をひょいと拾う。

「くふふ、死活にあらず」

碁笥の蓋に黒石を置き、黒石を摘まんだほうの拇指をぺろりと嘗めた。

そして、ふたたび黒石を摘まみ、掌《てのひら》のうえでもてあそぶ。

日海は眸子を瞠り、瞬きをするのも忘れている。

いつの間にか、秀吉は寝息を立てはじめた。

小姓が音もなくあらわれ、そっと後ろから耳打ちをする。

「殿下はお休みになられました。碁盤はいかがいたしましょう」

「おそらく、つづきはご所望なされますまい」

「されば、片付けてもよろしゅうござるか」

「かまいませぬ。まんがいち、つづきをご所望なされても、手順はすべて頭にござりますれば、何ひとつご心配にはおよびませぬ」

小姓はうなずき、日海は静かに席を立った。

秀吉が死の床に就いたと聞いたのは、それから数刻後のことだ。

いつ死んだのかも、どうして死んだのかも判然としない。

その死は翌年の夏頃まで秘され、朝鮮半島からは憔悴《しょうすい》した兵たちが陸続と舞いもどってきた。

けっして鴆毒で死んだのではないと、日海は自分に言い聞かせつづけた。

淀君からの使者は訪れず、孝蔵主や施薬院全宗やハトに再会することもなかった。

月日とともに記憶は薄れゆき、すべてがなかったことなのだと納得できるまでには長い時が必要だった。

十六年後、慶長十九年神無月

徳川家康の命で山崎妙喜庵の待庵へ招じられたのは、淀川の土手に藤袴や女郎花の咲きはじめた文月のことであった。

あれから三月、秀頼と淀殿が念願としていた東山大仏殿の上棟式はおこなわれず、大坂城をめぐる情勢はめまぐるしい動きをみせた。家康は二条城に二十万の軍勢を集結させ、かたや秀頼は大坂城に豊臣恩顧の浪人たちを招き入れて堅固な防備を築き、双方は一触即発の様相を呈しつつある。

日海のすがたは今、焦臭い大坂城下にあった。

待庵で囁かれた家康のことばが、耳から離れない。

――おぬしはおそらく、詰め碁の答を知っておる。わしを誑かそうとしても無駄じゃぞ。

ほとけになった秀吉は那智黒の碁石を握っていたと、家康は服部半蔵から報告を受けた。関ヶ原の戦いののち、半蔵はとある咎人から謎めいたことばを聞いたという。

――太閤殺しは本因坊に聞け。

そう言って舌を嚙み切った咎人とは、ハトではないのか。

天満天神の裏手にあった「トリデ」を訪ねてみようとおもったのは、そのことを確かめたいためでもある。

山茶花《さざんか》日和のもと、日海は乗合船で淀川の河口寄りにある湊へ着いた。

大坂城はあいかわらず、天空を衝かんとせんばかりに堂々と聳えている。黒漆塗りの下見板張りに灰色の漆喰壁、波と連なる比翼千鳥の破風と方形の望楼を司る唐破風、ただし、破風の金具や五層望楼の屋根瓦に使われた黄金は色褪《いろあ》せ、大屋根のてっぺんに飾られた一対の鯱は輝きを失っていた。

城下は餓狼《がろう》のごとき浪人たちに埋め尽くされ、うっかりしていると身ぐるみを剝ぎとられてしまいそうな殺伐とした空気に包まれている。

中洲の手前には、行基上人の手になる古い木橋が架かっていた。

日海は木橋を渡り、天満天神の杜がある辺りまで歩いていった。

袂を切ったハトを追いかけ、サヤと初めて会ったところだ。

「懐かしいな」

以前の面影はある。竹藪を抜けたさきには、崩れかけた石積みの門もみつかった。

ただ、門を潜ったさきには、渺《びょう》とした空き地だけが拡がっている。鼻がつんとするような小便臭さもなく、襤褸長屋が長々とつづく「トリデ」は跡形もなく消えていた。

――盗人も人斬りも物乞いも逃げ込んでくる。ほんでも、秀吉はトリデを潰せぬ。ここにはむかしから役に立つ連中が住んでおってな、それがわかっておるからや……秀吉はここの連中と出自が同じやから、みなの気持ちがようわかるのやて。嘘か真実《まこと》かわからへんはなしやけどな。

サヤの声が耳にはっきりと甦ってくる。

――ひょう。

一陣の風が吹きぬけ、日海の裾を攫《さら》っていった。

風上に目をやれば、襤褸を纏った幼い姉弟が佇んでいる。

かつてのサヤとハトのようだとおもい、日海はそちらへ足を向けた。

姉弟は踵を返し、手を繋いで歩きはじめる。

向かうさきには、荒々しい人足たちが砦の普請をおこなっていた。

もしや、真田丸とかいう出城の普請であろうか。

日海は躊躇《ためら》いつつも、普請場へ足を踏みいれる。

幼い姉弟は強面《こわもて》の人足たちのあいだを小兎のように縫いながら、どんどん奥へと進んでいった。

そちらには小屋が設けられ、具足を纏った足軽たちが屯《たむろ》している。

「さあ、あんたら、呑んでおくれ、戦勝祈願の祝い酒だよ」

何処からか、陽気な女の声が聞こえてきた。

みやれば、薹《とう》の立った女たちが酒樽から柄杓で酒を振るまっていた。

近在の町衆が荷車で酒樽を運び入れ、足軽相手に商売でもしているのだろうか。

「徳川なんぞ、屁でもないよ。誰か、死に損ないの狸爺に引導を渡しておやり」

威勢のよい女のことばに、足軽たちは大笑いしてみせる。

振り向いた女の顔をみて、日海は石地蔵のように固まった。

「……サ、サヤ」

まちがいない、サヤなのだ。

さきほどの姉弟が、サヤの袖に縋りついている。

日海は我に返り、恐る恐る足を踏みだした。

サヤも姉弟を連れ、こちらへ近づいてくる。

「……おぬし、生きておったのか」

声を掛けると、サヤはしっかりうなずいた。

「いつか、お礼に伺おうとおもっていたんや。こうして生きておられんのも、お坊さんのおかげやからね」

淀君は約束を守り、サヤを拷問蔵から助けだしたのだろう。

「ハトは死んだ。淀君さまの間諜になってな、関ヶ原の戦いでも活躍したんやで」

「わかっておる、半蔵に殺《や》られたのだな」

「そうや、許せへん。半蔵も半蔵の飼い主も」

サヤの敵はどうやら、秀吉から家康に替わったらしい。

「筋が通らんことは嫌いなのや」

「そうだろうとも」

サヤはちっとも変わっていない。

横暴な時の為政者に抗う反骨魂が、日海には眩しすぎた。

「そのふたり、おぬしの子か」

「マリアとジュストや」

「洗礼名だな」

「ふふ、そうや。何を信じるかなんて、他人が口を挟むことやない。かつて、五右衛門の頭もそう言うておった。父無し子《ててなしご》のふたりを一人前にすることが、わたしに託された使命なんや」

サヤはさらりと言ってのけ、妖艶に笑う。

初めて会ったときと同じ笑顔だと、日海はおもった。

「この戦さ、たぶん、徳川は負ける。ほんでも、豊臣が何処まで持ちこたえるかはわからん。たとい、豊臣がこの世から消えても、大坂の町が消えることはない。わたしらがいるかぎり、どんな世の中になっても、大坂から活気が消えることはない。お坊さんも、そうおもうやろう」

日海は力強くうなずいた。

時代は変わり、大坂の地にトリデはなくなっても、トリデで暮らした人々の精神は生きつづけるのだ。

風が茶の芳香を運んでくる。

サヤに再会できたことを、日海は御仏に感謝せずにはいられなかった。

【参考文献】

『図説　豊臣秀吉』柴裕之　戎光祥出版
『秀吉の虚像と実像』堀新、井上泰至（編著）　笠間書院
『へうげもの古田織部伝　数寄の天下を獲った武将』桑田忠親　矢部誠一郎（監修）　ダイヤモンド社
『豊臣政権の正体』山本博文、堀新、曽根勇二（編著）　柏書房
『戦争の日本史15　秀吉の天下統一戦争』小和田哲男　吉川弘文館
『天下人秀吉の時代』藤井譲治　啓文舎
『秀吉はキリシタン大名に毒殺された』田中進二郎　副島隆彦（監修）　電波社
『利休と戦国武将　十五人の「利休七哲」』加来耕三　淡交社
『読みなおす日本史　秀吉の手紙を読む』染谷光廣　吉川弘文館
『カラー版徹底図解　豊臣秀吉　日本で一番出世した男の常識を破壊したその生き様』榎本秋　新星出版社
『千利休　切腹と晩年の真実』中村修也　朝日新書
『秀吉研究の最前線　ここまでわかった「天下人」の実像』日本史史料研究会　洋泉社
『戦国武将と能楽　信長・秀吉・家康』原田香織　新典社新書
『清須会議　秀吉天下取りのスイッチはいつ入ったのか？』渡邊大門　朝日新書
『豊臣秀吉』小和田哲男　中公新書

【取材協力】　敬称略

齊藤譲一（日本棋院　囲碁殿堂資料館）

南雄司（囲碁史会会員・古碁彙《い》萃《すい》研究会）

本作は左記の新聞に連載された「秀吉と本因坊」を改題し、加筆・修正を施したものです。

北羽新報
函館新聞
日本海新聞
岐阜新聞
新潟日報
佐賀新聞
山梨日日新聞
東奥日報
福島民友

〈著者紹介〉
坂岡 真（さかおか しん）　1961年、新潟県生まれ。花鳥風月、義理人情を妙味溢れる筆致で描く、実力派の時代歴史小説家。将軍家毒味役に材を取った「鬼役」シリーズ（光文社文庫）は200万部を超える大ヒット。主なシリーズに「はぐれ又兵衛例繰控」「照れ降れ長屋風聞帖」（いずれも双葉文庫）、「うぽっぽ同心」（中公文庫）、「火盗改しノ字組」（文春文庫）、「死ぬがよく候」（小学館文庫）、他の作品に『冬の蟬』（徳間文庫）、『一分』（光文社文庫）などがある。なお、『絶局 本能寺異聞』（小学館）は本作に流れを継ぐ作品として信長と本因坊との秘められた関わりを描いた傑作。『本能寺異聞 信長と本因坊』と改題して2023年9月に文庫化。

太閤暗殺
秀吉と本因坊
2023年9月15日　第1刷発行

著　者　坂岡 真
発行人　見城 徹
編集人　森下康樹

発行所　株式会社 幻冬舎
〒151-0051 東京都渋谷区千駄ヶ谷4-9-7
電話：03(5411)6211(編集)
03(5411)6222(営業)
公式HP：https://www.gentosha.co.jp/

印刷・製本所　株式会社 光邦

検印廃止

ISBN978-4-344-04085-4 C0093

この本に関するご意見・ご感想は、
下記アンケートフォームからお寄せください。
https://www.gentosha.co.jp/e/